Melissa Mogollón

Hizo una maestría en ficción del Iowa Writers'
Workshop y tiene un título de la Universidad
George Washington. Oriunda de Colombia, cre-
ció en Florida. Actualmente es profesora en Rhode
Island, donde vive con su pareja y su perro.

melissamogollon.com
TWITTER: @melmogollon
INSTAGRAM: @melissamogollonwriter

OYE

Melissa Mogollón

VINTAGE ESPAÑOL

Penguin
Random House
Grupo Editorial

Título original: *Oye*
Primera edición: mayo de 2024

© 2024, Melissa Mogollón
© 2024, Penguin Random House Grupo Editorial USA, LLC
8950 SW 74th Court, Suite 2010
Miami, FL 33156

Traducción: 2024, Maria Natalia Paille
Diseño e ilustración de cubierta: Alan Berry Rhys
Adaptación de PRHGE

Impreso en Colombia / *Printed in Colombia*

ISBN: 979-8-89098-064-9

24 25 26 27 28   10 9 8 7 6 5 4 3 2 1

A mi abuela y a todas las abuelas, por enseñarme a reír.

Is this more than you bargained for yet?
—FALL OUT BOY

Entre broma y broma, la verdad se asoma.

—TODAS LAS MAMÁS

PRIMERA PARTE

1

Pásame el teléfono

—No puedo creer que hoy me llamaras seis veces para esto, Mari.

Abue va a estar bien.

Así evacúe o se quede.

Es como un Pokemón inmortal.

Ay, dios. ¿Y me dejaste un mensaje de voz?

Acabo de ver la notificación…

Eres tan *boomer* reprimida…

Bueno, ya que sé que estás viva, voy a necesitar un segundo para respirar.

Pensé que te habían secuestrado, y que la policía me llamaba para exigir respuestas; porque me tienes guardada como "psicópata de ICE" en tu teléfono.

Sí. Mi mamá me dijo que todavía no lo has cambiado.

Lo cual no solo es grosero, sino poco práctico, de hecho. ¿No crees?

¿Qué va a pasar el día que de verdad tengas una emergencia?

Vas a estar casi como en tu último aliento, implorando ayuda. Y la policía no podrá contactarme porque mi teléfono estará otra vez bajo llave dentro del escritorio de la señora Nelson por timbrar durante la clase.

Luciana Domínguez. ¿Es tu teléfono?

¿Sí?

Pásalo. Puedes recuperarlo al final de la clase.

Espera, ¿es Mari? Esa hija de puta.

¡Luciana!

Lo siento. Es... mi hermana.

Estaba con timbre porque NADIE ME LLAMA, MAN.

Imagina mi sorpresa cuando recupero el teléfono y veo seis llamadas perdidas, y pienso que o estás muerta o que me están incriminando —¡y devuelvo la llamada para oír tu insoportable vocecita que grita cosas sobre nuestra abuela!

A-já.

Y contigo, de verdad, es todo o nada, ¿no?

Porque no te había oído ni media palabra desde que volviste a la universidad.

Nop. Ni una sola palabra cuando te texteé toda vulnerable, preguntándote si era raro que todavía le tuviera miedo a mi mamá, aunque estuviera a punto de comenzar el último año de colegio.

No debería tenerle tanto miedo, pero sus ojos son aterradores. ¿Es normal? ¿Debería sentirme más confiada?

O durante el importante hito personal de Rihanna, el lanzamiento de su línea *Fenty Beauty*, la semana pasada.

Ignora los mensajes sobre mi mamá, ya lo superé. ¿Pero puedes transferirme $30? Es urgente.

Y ahora estás aquí.

Bombardeando mi teléfono mientras trato de alistarme para un huracán.

Y para el decepcionante inicio de mi inminente edad adulta.

Gracias.

¡No! No empieces a preguntar "cómo estás" ahora, perra.

¡Te necesitaba hace un mes!

Y ya me da igual. Porque tienes suerte de que se avecine una tormenta. No tengo tiempo de hablar de esto.

Dime, ¿tu plan es también intimidar cibernéticamente y acosar a Abue para que evacúe con nosotras? Porque eres bastante buena para eso.

Ah, ¿no te escucha ni te contesta las llamadas? Qué raro, si tienes la voz de un ángel.

Bueno, relájate, jaja.

Solo escríbele un mensaje que diga que te soñaste con Jesús y que te dijo que los adultos deben pesar al menos 45 kilos para entrar al cielo. Entonces que, si de verdad quiere conocer a la princesa Diana tendrá que esperar, porque no le conviene morir ya mismo en un huracán pesando solo 43 kilos.

Hablo en serio, Mari. Sabes lo que Abue siente por Lady Di.

Está bien. Pero, como la supuesta más "sabia" y más "confiable" de nosotras, ¿al menos podrías recordarle también que todas las tiendas cierran durante los huracanes? Traté de decírselo, pero no me creyó.

Si te quedas, no podrás comprar nada, Abue. Ni siquiera en Marshalls.

Todo lo que dices es mentira, Luciana.

No puedes decidir que es mentira solo porque las noticias lo dicen en inglés.

¿Por qué no? Es la lengua de los mentirosos.

Te prometo que el centro comercial va a estar cerrado, amiga. No vas a poder entrar. Nadie va a estar aquí, solo tú y el huracán Irma. ¡Entonces vamos! Dicen que será la peor tormenta de 2017. Ve a empacar tus cosas y vámonos.

¡No! No soy una oveja.

Aj, Mari… ¿Por qué lloras?

¡Abue va a estar bien! Ella no es tonta. Sabe dónde están todos los refugios y mi papá va a estar en la finca, a pocas horas de distancia.

Además… todavía le quedan como doce horas para cambiar de opinión. Mi mamá dijo que nos íbamos mañana.

Hasta puedes decirle a Abue que, si viene, la dejo irse adelante.

Así podrá inclinarse hacia el asiento del conductor y decirle a mi mamá: "Por aquí no es" como quinientas veces.

¡De verdad le encanta hacer eso, Mari! Podría ayudar a convencerla.

ESTÁ BIEN. ¡Entonces solo llama y confiésale que debe evacuar para que no te sientas culpable por no estar aquí! AHÍ ESTÁ. LO DIJE.

Ay, por favor. Eres pésima mentirosa.

Y, en primer lugar, es obvio. Para ti no existíamos hasta que Irma llegó.

Pero ahora necesitas desesperadamente que Abue esté a salvo, para que no tengas que regresar ni sentirte culpable si algo pasa.

¡Porque en realidad todo se trata solo de ti y de tu necesidad de controlarlo todo! ¡*Voilá*!

¿Viste? ¡No soy tan estúpida como todos creen!

¿Por qué Mari está llamando como loca? Abue puede tomar sus propias decisiones. Es una adulta.

Porque le preocupa, mi amor. Se siente impotente desde tan lejos.

Okey, pues debería "preocuparse" más seguido. No solo cuando las noticias dicen que hay una emergencia.

Obvio, sí, estoy molestando, jajaja.

Es solo que no puedo creer que nunca entraré a la universidad.

Pues me voy a morir manejando en contra de un tsunami por las vías alternas de Florida para salvar a nuestra abuela.

Al lado de nuestra mamá y nuestra perrita.

Mari, ¡relájate! Te estoy molestando y lo sabes. Así que deja la lloradera y ahórrate la actuación.

Escaparás de las consecuencias de tus acciones una vez más, y todos estaremos bien. Incluyendo Rosy.

Y ella es la única perra que conozco que les tiene miedo a las nubes.

Sí, ¡mi mamá y yo tratamos toda la semana de convencer a Abue de venir con nosotras! Lo prometo.

La bombardeamos desde todos los ángulos posibles: Facebook, WhatsApp, mensajes de texto y correos electrónicos. FaceTime por las noches en el iPad. Hasta algunas promociones falsas de eHarmony. Pero ella no quiso escuchar. Ni a mi mamá ni a mi papá ni a mí: su nieta más perfecta y preciada.

No me voy, Luciana.

Bueno. Es tu decisión. Estoy cansada de rogar.

Aunque, obvio, mi mamá hizo como si la negativa de Abue fuera culpa mía, como está tan acostumbrada a que tú hagas todo de manera tan perfecta e impecable…

¡No! ¡Luciana! Vuelve a llamar.

¿Por qué? Abue está siendo muy terca.

Porque es tu abuela. Intenta otra vez.

AAAH. ¿Aló? Abue, soy yo otra vez. Tu hija me está volviendo loca. Por favor no me dejes sola con ella. ¡Dicen que esta tormenta se va a poner peor! Que realmente tenemos que evacuar.

¡Siempre dicen lo mismo! Dile a tu mamá que estoy muy vieja y que el viaje es demasiado largo. Y que leí en alguna parte en Internet que las personas mayores que evacuan tienen probabilidades más altas de lesionarse que las que se quedan. ¡¿Puedes creer?! ¿Sufrir en un hospital que se está derrumbando? Mi niña, preferiría estar muerta.

¡Pero estarías con nosotras!

Todo lo que necesito está aquí. Adiós. Todos los años dicen lo mismo.

¿Y qué me dices de la tormenta de un metro ochenta? ¿Y del apagón?

Diles que vengan.

¿Crees que Abue no va a evacuar porque quiere salir en *Primer Impacto*? Jajaja ¿El programa informativo más deprimente del mundo?

Lo ha estado viendo mucho últimamente mientras hablamos por teléfono antes de irse a la cama.

Sí… y solo muestran fotos de cadáveres en las calles… o publican historias sobre papás que intentan vender a sus hijas.

O muestran alertas de "Noticias de última hora" sobre el niño del barrio que les está cortando la cabeza a sus mascotas.

La última vez que estuvimos en su casa, hasta se me metió en la cabeza al decirme: Luciana, mira. ¿Ese muchacho no está en tu curso?

No. Para. Me vas a dar pesadillas antes de dormir.

Mejor llama a tu casa y compruebas que Rosy está bien. No tiene buena pinta.

Tuve que decirle como: *Abue, a ver, ¿no te pone triste este programa? ¿Por qué no ves algo más suave para el estómago durante todo el día? No ayuda que te guste verlo en la oscuridad.*

No. Yo soy dura.

Aaaa. ¿Es que no sabes cómo cambiar el canal?

Y entonces me tiró la cuchara por hablar inglés otra vez.

Y aunque nunca apunta, de alguna forma siempre me golpea la cara.

Es como una especie de física sobrenatural abueliana...

¿Puedes investigar eso, por favor?

Tan inteligente como para aprender inglés, pero no lo suficiente para agacharse. Vea pues.

¡Au! ¿Por qué me tiraste la cuchara?

Porque te crees mejor que yo.

¡Solo te estaba haciendo una pregunta!

¡No me la tienes que decir con tanto orgullo!

Y la tortura no terminó ahí, Mari, no señora. Entonces discúlpame por no querer jugar a tu jueguito de "Decirle a Abue qué hacer".

Porque después de que terminó su programa informativo sobre enfermedades mentales, ese programa llamado *Primer Impacto*, Abue intentó volver a enseñarme a usar sus rizadores.

Por favor no. Estoy muy adolorida desde la última vez.

Síp. Y todavía no puedo hacer bien los rizos.

¿Qué carajos, Luciana? ¿Ni tus muñecas tienen ritmo?

Y no me podía ir ni podía comer o ir al baño hasta que lo hiciera bien.

Es casi medianoche, amiga. Tengo que ir a casa.

No, te quedas aquí. Intenta otra vez. Vuelve a poner mi programa y dale.

¡Al menos tráeme agua!

Entonces, en conclusión, deben dejarla en paz. Porque a mi mamá y a ti se les olvida con quién lidiamos. Si Abue está decidida sobre algo, se aferra con fuerza.

¿Recuerdas cuando se le dañó el inodoro durante un mes porque no dejaba entrar a nadie para arreglarlo, porque se había teñido el pelo del color equivocado y estaba esperando a que le creciera?

Exactamente. La tipa está loca.

Déjenla en paz.

Y además... ¿Mi mamá dijo que Abue ha estado sacando el tema de su operación de nalga?

Sí. Es como si pensara que las personas con esa operación no pueden correr de los huracanes, jajaja.

Lo cual sería demente. Porque entonces realmente toda Miami se hundiría.

¿Pero igual no se la hizo hace como dos años?

Ah no, tienes razón. Fue la cintura.

Bueno, ahí está. Tu abuela no puede evacuar porque dice que necesita dormir en una posición específica, en su cama específica, o se le explotará la cola.

¿En serio, Abue?

Sí. Sucedió en la primera temporada de Paraíso Infierno.

¿De verdad? Pensé que a la pelirroja solo se le infectaba la cola.

No. Pon atención. Esa fue la segunda temporada.

Entonces, el "Escándalo de la cola" probablemente será nuestra respuesta final. Y desafortunadamente, Abue es una mujer adulta que puede hacer lo que quiera. Entonces, si quiere flotar sobre el agua con sus tetas y culo falsos cuando llegue el huracán, que así sea. Estoy segura de que tiene sus razones.

Mi mamá y tú tienen que dejar de querer controlar cada detalle. Son como las gemelas tipo A del infierno.

¡No me extraña que Abue no quiera venir!

Mira, prometo ver cómo está durante todo el viaje mañana, ¿vale? Yo también la quiero... solo que me han pasado muchas cosas.

Mi mamá me pidió que me sentara en el garaje a separar los enlatados por fecha de vencimiento cuando llegara del colegio.

Voy a llorar.

Luciana, por favor. Todos estamos cansados. Solo ordena los víveres viejos. No quiero comprar enlatados nuevos, son terribles para nosotros y el medio ambiente. Pero asegúrate de dejar solo los que no se han vencido todavía. Y tómate tu tiempo. No querrás una diarrea en la carretera gracias a los alimentos que compramos en 2005 para el huracán Wilma. Lee las fechas con atención. No te apresures como lo haces en tus exámenes de matemáticas.

Dios mío. ¿Voy a necesitar una calculadora? La presión me empeora la dislexia.

Y después de eso, tuve que ir en el carro a cuatro supermercados diferentes para comprar un galón de agua.

Sí.

UN GALÓN DE AGUA, Mari. ¿Puedes creerlo? ¡Porque todos pelean y acaparan suministros!

Es como la maldita supervivencia del más fuerte en los supermercados.

Y es cierto que siempre hay que enviar al mejor guerrero… Pero como nos abandonaste, soy lo único que le queda a esta familia.

¿Por qué no pueden ir tú o mi papá? La gente vieja me da miedo.

Tu papá y yo tenemos que trabajar lo más posible antes de que llegue la tormenta. Vete ya, Nana. Necesitamos tu ayuda.

¡No estoy hecha para la edición huracán de un Black Friday, mamá! ¡Tengo anemia!

Aunque tenía muchas ganas de decir como: ¿podrías explicarme otra vez por qué estás tan ocupada trabajando, mamá? Porque ¿quién demonios necesita clases de natación los días previos a una tormenta? *¿No crees que es un poco tarde para eso?*

No. Ofrezco un descuento por el huracán. A la gente le encanta.

Pero… hablando de cosas que no tienen sentido… ¿Te ha contado mi mamá de la cadena de WhatsApp de los nuevos padres del barrio?

Sí. La Asociación de Propietarios de Miami Princess ya comenzó con su drama. Hicieron un chat grupal para hablar de todas las precauciones que deberíamos tomar o nos iremos al infierno.

Alisten sus productos enlatados, donen a los necesitados y siéntense con sus familias a orar. No hay nada más que hacer. El pecado es aún más tentador en tiempos difíciles. Debemos mantener a nuestros seres queridos cerca de la luz de Dios; es la única manera.

Mamá. ¿Están hablando de… el huracán?

No estoy segura. Ignóralos y ya.

¿No deberían asegurarse de que todos tengan contraventanas?

Sí. Pero mira, en realidad deberías pensar en unirte a su grupo juvenil cuando volvamos. ¡Hacen unos viajes de servicio increíbles! Y quedaría bien en tus aplicaciones a la universidad. Además, podría ser un gran lugar para hacer nuevos amigos. Una especie de… "nuevo comienzo" para tu último año.

¿Por qué acabas de usar comillas aéreas? ¿Y por qué me uniría a un grupo de jóvenes? Ya tengo dieciocho.

La edad es solo un número, cariño.

Tienes mucha suerte de estar en D.C., man.

Preferiría aguantar diez inviernos en la cara a tener que "refugiarme en el lugar" con estos falsos intelectuales evangelistas.

Todo el tiempo predican amar al prójimo, ¡pero el prejuicio se les sale por los poros!

Sí, Mari… estaban literalmente CONSTERNADOS con que los gays ahora pudieran adoptar en Colombia. Los vi discutiendo sobre eso en ese chat demoníaco.

Alguna pobre alma sincera preguntó al grupo si a los hombres homosexuales también se les debería permitir ahora donar sangre y, obviamente, se desató el infierno.

¡Lo digo en serio! Sus respuestas fueron tan absurdas que casi dije: ¡Dios mío! ¡No lo entiendo! ¿Cuál es el problema real? ¿Preferirían que esos niños NO tuvieran hogares? Porque no es que sus culos egoístas vayan a donar sangre o a adoptar niños. ¡Probablemente ni siquiera puedan costearlo! Y si Dios realmente odiara a los homosexuales, ¿por qué a su hijo, con el pecho desnudo y una minifalda, lo clavan a una cruz? *Esta gente está muy confundida.*

Pero cuando mi mamá me vio leyendo esos mensajes y vio que se me empezaba a contorsionar la cara, agarró rápido su teléfono y dijo: No importa, ya es suficiente. No más chats para ti.

Jajaja. Yo sé.

Yo quedé como: Todo bien, ma. Me quedaré en el clóset para siempre. Justo como quieren tú y tus amigos dementes.

¡Y lo peor es que esos idiotas probablemente ni siquiera han leído la Biblia! Porque Dios no es el problema aquí... *el problema es sus diminutos cerebros.*

Mi mamá hasta intentó decirme que TÚ amabas a tus "amigos de la iglesia".

Yo quedé como: ¿Quién? ¿Mari Magdalena? ¿La putita del Oriente? No, gracias. No me lo creo.

Mari solo se unió al grupo juvenil porque era el único lugar donde podía escaparse y dejar que el rarito de Alonso le tocara las tetas.

¡Dije que ya no más! Ve a empacar las cosas de Rosy. No encuentro su arnés.

¡Pues porque no tiene uno! ¡¿En qué realidad vives?!

Increíble.

Es como si hubiera tenido tapaojos durante toda tu adolescencia, y ahora yo tengo encima unos malditos binoculares.

El caso. Además de contagiarme su trauma religioso, mi mamá también nos ha estado obligando a hacer estos estúpidos videos de ejercicios de YouTube todas las noches antes de acostarnos.

Ese es otro lujo que te estás perdiendo.

Sí. Dijo que leyó en algún lugar en internet que, si no empezamos a "estirar desde ya" y a "prepararnos para nuestra manejada", nos dejará de circular bien la sangre y se ralentizará nuestro metabolismo.

No creo que el mío pueda ser más lento.

Luciana, no digas cosas así. Esto no es un chiste. Tu salud debe ser tu máxima prioridad. ¿Cuándo vas a aprender a tomártela en serio? ¡Es extremadamente importante que hagas ejercicio!

Ay, mamá. Deja la obsesión con mi cuerpo.

¿Y sabías que el nombre de su cuenta de YouTube es Elena-Levanta600? Esa mierda me dio escalofríos.

Sí, pues probablemente estaremos al costado de la carretera haciendo sentadillas y perros boca abajo con Rosy, cuando recibamos una llamada de Abue gritando frenética que esta vez de verdad está lloviendo y que el Ejército de los EE. UU. está en su puerta.

El Ejército logró que ella evacuara la última vez.

¿Elena? ¿Aló? Tienes que venir. Hay un grupo de hombres vestidos con la misma ropa en mi recepción. Diles que no quiero lo que venden.

Es la Guardia Nacional, mami. Abre.

Aj, Mari. ¿A ver? El apartamento de Abue obviamente tiene contraventanas. En verdad no la vamos a dejar ahí para que muera. Deja de creer en sus textos dramáticos.

¡Lo juro! Papá le instaló en el balcón unas de esas especiales que ruedan, cuando le dejamos suministros.

Si Jaime se puede quedar sin problema, ¿por qué yo no?

Porque a diferencia de ti, Abue, no vivimos cerca del agua. ¡Y no tiene setenta y cinco años! Se queda porque tiene que cuidar la finca. No porque quiera morir jugando con su maquillaje.

Ah, pero creo que deberías saber que cuando estábamos a punto de salir de su apartamento, Abue me hizo sacar de su carro las compras de Publix y hacer todo el proceso de empaque otra vez.

Síp.

Me pidió que pusiera todo en bolsas individuales de Whole Foods antes de subir.

¿De dónde sigues sacando estas bolsas, mija? ¿Las pides por internet?

No preguntes. Apúrate y empaca antes de que alguien te vea.

¿Vea qué? ¿Que eres una persona normal que compra en Publix? ¡No voy a hacer esto por ti cada vez!

Como puedes ver, Abue todavía está muy comprometida con su identidad fabricada de heredera rusa. Espero que eso te traiga algo de paz…

Porque en realidad no se tomaría la molestia si pensara que se fuera a morir pronto.

Y hablando de eso, ¿cuándo aprenderá a que no se puede dejar comida en el carro por varias horas?

¿Será por eso que no come?

Y CERRARON el Whole Foods de al lado de su casa, Mari. ¿Cree honestamente que los vecinos piensan que ella maneja más de veinte minutos para comprar limones orgánicos? ¡Esa vieja ni siquiera sale a recoger el correo!

Abue, no creo que puedas mantener esta fachada durante mucho más tiempo. Logísticamente hablando.

Oye lo que te digo. En este mundo tienes que mantener a la gente alerta, Nana. En el momento en que crea que te conoce, mueres.

No, Mari, jajaja. Respira profundo.

Abue no tiene ningún "plan secreto" al no evacuar. Deja de conspirar con tus hermanas de la fraternidad y piensa con claridad por un segundo.

Incluso si lo tuviera, ¡sería por la misma razón por la que me hace llenar bolsas chiveadas de Whole Foods!

¡Sí! Ella solo quiere que todo el tiempo la vean hermosa y glamorosa. Así de simple.

Probablemente solo le preocupa que huir de un huracán la prive de eso.

Déjala vivir.

Ay, por favor. Tú más que nadie debería entenderlo. Eres igual.

Abue solo quiere que la gente diga: Ven te cuento sobre este edificio en ruinas... y la anciana DESLUMBRANTE del decimocuarto piso que no se iba. ¡Ayyy, deberías haberle visto el pelo! Largo, negro y quebradizo, como si huyera de sí mismo. Y pómulos altos y delgados… que no le permitían hablar con nadie. Con un solitario ojo café al lado izquierdo, torcido y nublado por las cataratas, pero aún capaz de hacer un guiño.

¡La forma como te cerraba la puerta en la cara era tan sexy!

Pero a ella ni siquiera le importaría, ¿sabes?

Si viviera o no.

Porque aun cuando Irma arrasara con todo el estado, al menos Abue seguiría siendo hermosa.

Y ese era el punto.

Lo sé.

Es increíble *y* deprimente, ¿no?

¿Ya se te parece a ti?

Y luego, en su funeral, querría que todos habláramos sobre cómo ella no se iba… sobre cómo sabía que esta tormenta la mataría.

¡Sobre cómo la llamó su fiesta de bienvenida al barrio!

¡Los quince que nunca celebró!

¿Cuánto quieres apostar a que incluso estaría tocando la puerta de Home Depot cuando llegara la tormenta?

¿Intentando entrar?

Para buscar un grifo o un pomo de puerta nuevos.

Porque el que tiene "la hace parecer tacaña" y lo sabe.

Lo ha repetido por años.

¡Qué dirán! *No, no, no, dios mío.* ¡Los equipos de rescate!

¡Cuando la encuentren!

Cuando llamen a todas las hermanas que odia y a los hijos que ignora, necesita que les digan: HO-LA, encontramos el cuerpo de su mamá, señora. Pero no se preocupe. Es tan hermosa, tan llamativa y, Dios mío, su casa... debió haber sido una reina.

2

Péinate

—Hola, chica…

Sí, soy yo. Tu hermana.

Te estoy devolviendo la llamada.

Ya puedes respirar.

Todavía es septiembre de 2017. Sí.

Caíste como en un coma por estrés, pero ayer de verdad pasó.

De hecho, te estoy llamando en vivo desde el interior del carro, en medio de mi propia crisis existencial.

Sí, Mari. Claro que recibí tus dieciséis mensajes de texto.

¿Cómo no? ¡He estado sentada en un carro durante más de diez horas!

¿Pero te llegó el mío donde dije que te llamaría apenas llegáramos a nuestra primera parada?

Porque si lo recibiste, no estarías hiperventilando en este instante.

¡Perdón por no haber podido llamar en todo el día! ¿Okey? Lo siento.

Pero no es culpa mía que el viaje haya durado tanto. Ve a gritarle a mi mamá. Tenía que guardar pila en el teléfono porque su carro solo tiene un cargador.

Y como acabo de decir, he estado un poco OCU-PADA hoy.

Tratando de entender si este huracán es un castigo del universo o no.

Pues me ha dado AUN MÁS tiempo para pensar en el —potencialmente— peor año de mi vida…

Eso es lo que pasa.

Esa es la "última actualización desde la carretera" que pediste.

No, Mari. Cállate. A ti solo te encantaba el último año porque entraste a la universidad por decisión temprana.

Conmigo es diferente.

¡Sí! Algunos todavía tenemos que PREOCUPAR-NOS por ser la primera decepción de la familia por tener acceso a la universidad y AUN ASÍ cagarla.

¿Sabes lo fastidiosa que es esa carga?

No. Dije que no quiero hablar de Abue en este momento.

Quiero hablar de MÍ.

Porque, tal vez, me estoy dando cuenta de que… la universidad simplemente no es para mí, ¿sabes?

¿Tal vez mi "camino" a la "educación superior" hubiera sido más natural si lo fuera?

Dios.

¡Está bien! Eres insoportable. Si necesitas saber —otra vez—, Abue y todos los demás están bien. Todos estamos bien.

Sí. Hemos sobrevivido con valentía otro día más.

Ay, no actúes tan sorprendida.

Te dije que exactamente eso iba a pasar ayer.

Aunque supongo que confirmarlo te emociona. Pues significa que hasta el momento no tienes mal karma.

A pesar de que te acordaste de tener una familia como hasta ayer.

Pero volvamos a mí, jajaja.

¿Crees que es una buena o una mala señal que un huracán se haya robado el comienzo de mi último año escolar?

Es decir… ¿Crees que es un presagio?

¿O una oportunidad?

Porque estaba planeando empezarlo sin pensarlo, pero ahora que de repente tengo este tiempo libre… Me pregunto si más bien debería usarlo para pensar qué carajos voy a hacer con el resto de mi vida.

Sí. Como idearme un plan o algo así.

No. No he "establecido metas" para el año.

¿Sabes con quién estás hablando?

Entre tu regreso a la universidad y nuestra evacuación, lo único que hice fue sentarme en mi habitación y estresarme por tener que afrontar el hecho de que arruiné mi futuro con pésimas notas durante los últimos tres años.

Ah. Y conseguí una identificación falsa.

Pero fue fácil.

La prima de Nico tiene un amigo que las hace *online*.

¿Qué? ¡¿Por qué estás brava?!

¡Se supone que deberías alegrarte de que no esté prostituyendo mis tetas frente a tipos *random* en la gasolinera hasta que me compren alcohol!

Es un chiste, jajaja. No llores. No soy tú.

Y todavía no tomo.

Además, nunca usaría algo que hizo el amigo de la prima de Nico en un establecimiento acreditado, de todos modos.

Solo la necesito para entrar a *Ladies' Night*.

Ya no es a partir de los dieciocho años.

Ah, AHORA quieres hablar sobre mis planes para el próximo año. AHORA estás preocupada por mi futuro.

Súper. Eres una hipócrita.

¡Pues… porque Mari! ¡Conseguiste una identificación falsa incluso antes de tener una licencia de conducir! Por favor…

¡Al menos la estoy usando para conocer a otra gente gay!

¡Mientras estoy sobria!

No para desfilar con vestidos ajustados por toda la ciudad…

Bueno, ahora estás siendo pesada. Podemos volver a hablar de Irma.

Me rindo.

No, ¡no te pongas toda tímida ahora! Ambas sabemos que me dejaste mensajes de voz otra vez todo el día, casi haciéndome estallar con tus enfermizas y retorcidas prioridades, tratando de mitigar tu culpa de hija distante que se obsesiona con Abue. Sin parar ni un segundo a preguntar si yo estaba bien.

O si me sentía bien…

Pero todo bien, mi dulce hermana egocéntrica… Te conozco. Y te amo a pesar de tus defectos.

Y, por cierto, ya puedes respirar.

Porque oficialmente lo hemos logrado.

Oh, sí. Estamos aquí. En el paraíso. En la casa de nuestra extraña prima segunda,

Susana, en La Riviera Pueblerina-Panama City.

El único sitio más aterrador que el chat del grupo de nuestro barrio…

Eh, ¿qué quieres decir con que "Susana no es nuestra prima segunda"?

¿Es "técnicamente" nuestra "tía segunda"? ¿Qué coños significa eso?

Dios. Se me olvida las ganas que te dan de ser pueblerina.

En cualquier caso, cambiando de tema, antes de que me preguntes por diecisieteava vez, no. Abue no está con nosotros.

Todavía está en su apartamento.

Y no se teletransportó hasta aquí desde la última vez que te texteé exactamente lo mismo. ¡Ya no más con eso!

Me estoy mareando por oírlos hablar tanto de ella.

¡Deberíamos hablar de mí para variar!

¡Soy yo la que aquí enfrenta un daño serio!

Si no empiezo bien este año, mi ansiedad por el rendimiento tomará el control y lo botará por la cañería. Ya sabes cómo reacciono ante la presión, Mari…

En la que parece, es claro, nadie está pensando.

Porque aparte de sugerir que me uniera a un grupo de jóvenes fanáticos para reforzar mis actividades extracurriculares, mi mamá no ha mencionado el tema ni una sola vez.

¡Y no es justo!

Este viaje podría generar un gran impacto en mí.

Todos los demás pueden relajarse y hacer una pausa en su vida de horario regular, mientras yo tengo que sentarme aquí en la miniván Toyota de mi mamá durante diez horas y pensar en los próximos trescientos sesenta y cinco días que, según todos, definirán el resto de mi vida.

Aj. ¿Podemos bajar las ventanas, por favor? Tengo náuseas.

¿Hiciste los estiramientos, Luciana?

No, apúrate. No puedo respirar.

Y en lugar de consolarme o al menos considerarme, mi mamá ha estado gritando en su teléfono todo el día. Tuvo una discusión con Abue sobre lo "egoísta e irresponsable" que fue no haber evacuado.

No debiste quedarte sola en ese apartamento deteriorado, mami. ¡No está bien!

No se va a caer, Elena. No es como las películas.

¿Pero qué pasa si necesitas ayuda?

¡Sé a quién llamar! Jaime estará aquí. ¿Te concentras en la carretera, por favor? Cuéntame sobre el viaje.

Está genial… Estamos aprendiendo mucho sobre nosotras mismas.

Ah. Eso suena terrible.

¡¿Qué quieres que te diga, mami?! ¿Que es terrible? ¿Que las carreteras están horribles y que tenemos hambre?

No me hagas desconectar el teléfono de la casa, Elena. Sabes que no me gusta cuando te pones histérica.

Y además de eso, mi mamá también me puso su teléfono en la cara durante todo el viaje, interrumpiendo amorosamente mi espiral mental y susurrándome a los gritos que "hiciera algo". *¿Oyes lo que dice? ¿Por qué es tan complicada? ¿Puedes hablar con ella, Luciana?*

Pero yo dije como: No. No puedo oírte. Tengo puesto mi pódcast sobre asesinatos y tu pequeño viaje de tira y afloja entre madre e hija me está dando dolor de cabeza.

¿Por qué no te importa? ¡¿Por qué a nadie le importa?!

Me importa, mamá. Pero ella no me va a oír. ¡Nadie me oye! Y pase lo que pase, es su decisión. ¿Por qué no puedes aceptarlo? ¡Me has estresado durante todo este viaje!

Dios. Claro que me preocupo, Mari. Pero este no es el primer huracán que enfrenta Abue, ¿no?

¡Y no todos evacuan!

Mi mamá usará cualquier excusa para sacarnos de la ciudad… Creo que se te olvidó porque ahora eres una norteña.

En serio. Ni siquiera creo que sigamos el mapa meteorológico.

Mi mamá me tiene buscando centros de información y bienvenida en las ciudades cercanas más grandes.

¿Por qué?

Ay, solo busca. No seas tan aburrida. Podríamos parar en el camino.

¿En el camino hacia dónde? Acabamos de manejar diez horas hasta Panama City.

No sé. ¡A algún lugar más al occidente! Podríamos seguir manejando. También podríamos ver algo interesante mientras estamos aquí.

¿Cómo? Estabas llorando por Abue como hace cinco segundos. ¿Y ahora quieres convertir esto en unas vacaciones familiares?

Sí. Creo que es horrible que no salga a ver mundo.

Entonces, no. No me voy a meter en todo el asunto de Abue, Mari. Se acabó. Nos fuimos. Acéptalo.

De todas formas, estoy apenas colgando de un hilo…

Nuestra querida "tía segunda" todavía vive con su marido friki, Ernesto.

¡Sí! Es un milagro que no me haya catapultado fuera del carro hacia la I-95 cuando mi mamá me dijo que su casa era la primera parada en nuestro viaje de evacuación.

¡¿En serio?!

¡Viven en la playa! ¡Será hermoso! Nunca llegamos a ver la costa del Golfo de Florida.

Ahora entiendo por qué Abue se quedó. Para. Déjame aquí.

Luciana, ya no más. Es una emergencia. Y necesitamos un lugar seguro donde quedarnos.

¡¿Seguro?! ¿No podemos reservar un hotel? ¡No me quedaré con alguien que le da en la jeta a su esposa!

Bájale al tonito... Pero no. Todos los hoteles están llenos. ¡Y no digas eso! Es repugnante. Solo sucedió una vez. Susana me aseguró que él va a terapia y que se siente mejor.

Dios. Es EXACTAMENTE lo que dijo la chica de mi pódcast antes de que la asesinaran.

Y yo soy una santa, de verdad.

Porque como entre el tráfico y todos los estiramientos de YouTube de mi mamá el viaje a Panama City se demoró tanto hoy, tuve mucho tiempo para pensar en saltar del carro.

Sí. Hasta chateé por Facebook con Abue y le dije: *Perra, ¿tú sabías?*

No. Pero no te culpo por estar brava. Susana es igual que su madre.

¡No es el punto! No estamos aquí para hablar de tu hermana perdida. ¡Yo podría estar en peligro!

Mmmm. ¿Será que Susana se va a volver a poner esos pantalones de maternidad? Ya han pasado algunos años.

No lo sé. Mi mamá me dijo que acababa de tener un bebé.

¿Otro? ¿Con ese ogro?

Sí. Pero aparentemente se parece a su ex.

Qué maravilla. Me alegro por ella.

Aunque, por suerte para todos los involucrados... las cosas han estado *bien* en la casa de Susana hasta ahora.

Pero no voy a bajar la guardia.

Mientras hablamos, estoy observando a Ernesto por la ventana.

Sí, te lo dije. Estoy sentada afuera en el carro.

Pues, te vas a arrepentir de preguntar, pero es que no puedo parar de tirarme peos.

Yo sé. Lo siento.

Susana preparó la comida cuando llegamos, lo cual estuvo muy bien, pero nadie me advirtió sobre la leche entera en el puré de papa.

¿Por qué, Mari? Porque nadie me toma en serio. Fácil. Siguiente pregunta.

¿Desde cuándo eres intolerante a la lactosa?

Desde que puedo hablar, mamá. Me siento mal. ¿Susana tendrá antiácidos?

No. Vete. Tienen demasiada azúcar.

Así que después de tragarme varias porciones de esas papas deliciosas y letales, tuve que salir corriendo para no intoxicarlos con mi flatulencia.

Pero no te preocupes. Rosy está conmigo.

Nunca la dejaría ahí sin protección.

Sin embargo, a pesar de que todo esto es muy doloroso, oficialmente no me quejo.

Porque Irma canceló el colegio durante diez días.

Si esto es lo que se necesita para poder descansar de la señora Nelson... pues que así sea.

Sí, Mari. ¡Está mucho peor que antes!

Hasta recibí una notificación diciendo que todavía está esperando las tareas. ¿Puedes creer?

¡No entiendo por qué se volvió profesora cuando lo único que quiere es ser policía!

Da igual. Así Irma retrase la comprensión agonizante de que tengo casi cero opciones universitarias, está bien. Es hermoso. Me sofocaré con mis peos en esta evacuación y en este carro para siempre con tal de no volverle a ver la cara a esa señora.

INCLUSO si eso implica tener que escuchar a mi mamá cantar *Despacito* todo el día... lo cual es muy duro.

¿Amiga, otra vez? Acaba de sonar.

Sí. Súbele.

Hablo en serio, Mari. La puso hoy durante todo el viaje.

Es como una enfermedad.

Y cuando llega al coro, aprieta el timón... con mucha fuerza.

¿Qué haces, mamá? ¡Te estás saliendo del carril!

Nada, nada.

¡No parece nada!

Y solo paraba cuando sonaba el teléfono, esperando que fuera Abue para dar la vuelta e ir a recogerla. *¿Aló? ¿Mami? ¿Estás bien? ¿Cambiaste de opinión?*

No, soy yo.

Ah, Jaime. Estamos bien. Pero no puedo hablar. Está sonando mi canción favorita.

¿Puedes pedirle a Luciana que me envíe un mensaje con la ubicación? Quiero saber por dónde van. El servicio ya está empezando a fallar aquí en la finca.

Espera, Mari. Tengo que subir las ventanas. Parece que los mosquitos aquí volaran como si estuvieran embutiéndose latas de *Four Loko*.

¡Au! No sé si están tratando de matarme o besarme… Jesús santo.

Y aquí también hace muchísimo calor.

En todo este maldito estado.

¡Con razón la tasa de criminalidad es tan alta!

Probablemente debería despedirme ya. Antes de que Rosy y yo muramos asesinadas con un hacha o por falta de oxígeno en este carro.

Dile a mi mamá dónde encontrar los cuerpos, ¿vale?

Justo al lado de mi futuro y el "nuevo comienzo" de mi último año de cole.

Pero asegúrate de enviarle una foto por mensaje de texto. Porque no podrá escucharme luchando por respirar. Está demasiado ocupada hablando mierda adentro con Susana.

¡Sí! ¡Es lo único que han hecho desde que llegamos!

Tienen una resistencia de nivel olímpico para hablar de los demás…

Antes, justo cuando entramos, mi mamá, de la nada, empezó a contarle a Susana que no estaba de acuerdo con el tratamiento con DUI que el médico me sugirió para la endometriosis.

¿Por qué estamos hablando de esto?

Es importante que veas que no soy la única que no está de acuerdo, Luciana. Y tal vez si alguien más lo dice, ¡empieces a creerme!

Pero ella siguió diciéndole DUI al DIU. Entonces Susana no podía esconder la preocupación en la cara, mientras mamá caminaba por ahí diciendo: ¡El DUI de Luciana esto! ¡Y el DUI de Luciana aquello! Que soy demasiado joven, poco desarrollada y que lo único que necesito es empezar a hacer ejercicio y perder más peso.

Elena, es desgarrador. Es tan joven.

Yo sé. ¡Eso es lo que dije!

La pobre Susana me miraba como (1) Ayúdame o (2) Eres un maldito monstruo. Entonces, después de un par de minutos, tuve que decir: Mamá, es un DIU, no DUI. Nunca he manejado bajo la influencia del alcohol.

Y mi mamá toda: ¡Sí, sí! ¡Ella sabe!

Pero Susana no sabía.

Entonces, gracias a mi mamá tuve que aclararles a Susana y al machito durante la cena que no me había vuelto una alcohólica durante mis años en bachillerato. *Mi mamá está confundida porque no sabe bien inglés, eso es. Gracias por entender. Y las papas están riquísimas.*

¡Aunque me está empezando a parecer una muy buena idea! ¡Pues mi mamá todavía me esconde el Advil!

Sí, man. Todavía no me deja tomarme ni UNO.

¡¿Por qué no?! ¡Me duele mucho!

Porque el Advil destruye nuestros órganos. ¿No lees las noticias? Estas siendo ridícula.

¿Y conoces toda esa historia de la alergia a la aspirina?

¿Esa en la que mi mamá nos dijo que, cuando yo tenía cinco años, se me había explotado la cara porque

Abue me había dado una aspirina para evitar que llorara por el dolor de cabeza?

Sí, bueno, era mentira. Mi mamá se la inventó toda. Como una psicópata, para evitar que tomara analgésicos.

¿Y quieres saber cómo me enteré?

Hace unas semanas, cuando el método anticonceptivo dejó de ayudar y los cólicos empeoraron. Me dolía tanto que me tomé cuatro Adviles enteros. En un abrir y cerrar de ojos, pues me dije a mí misma que cualquier choque anafiláctico en el que entrara probablemente iba a ser mucho menos doloroso que mi maldito período. *No pasa nada. Hazlo. Igual tu mitad inferior ya está en llamas.*

Pero luego entré en pánico.

Y entré corriendo a la habitación de mi mamá llorando y diciéndole que lo sentía y que no me quería morir… esperando una paliza y un sermón como nunca. Pero en lugar de eso, me rechazó con un gesto de la mano y dijo: Ay, Luciana. Te conté esa historia hace años para que no dependieras de una pastilla cada vez que te enfermaras. *¿Cómo puedes seguir creyéndola? ¿Qué tipo de idiota le daría aspirina a una niña de cinco años? Y el Advil es una droga completamente diferente. Es MUCHO peor.*

Así que ahora, desde que mi mamá descubrió que soy valiente y generosa con mis medicamentos AINE, me los esconde por toda la casa.

¡Devuélvemelos! ¡Fueron caros!

La semana pasada, hasta encontré en el congelador un sobre nuevo que había comprado.

Sí, jajaja. Ella piensa que son equivalentes a la metanfetamina o algo así.

¡¿Pero por qué iba a consumir drogas en la casa de Susana?!

¡Su esposo machista intentaría pegarme también!

¿Qué? Es la verdad.

Ya me mira raro por no ser femenina...

Y mi mamá dijo que recientemente se puso bravo con Susana por tener "canciones sexualmente sugerentes" en el teléfono. ¿Cómo crees que va a reaccionar ante una LESBIANA traficante de drogas, Mari?

Guau.

Es genial que nuestra familia quisiera tanto ahorrar dinero que decidiera evacuar a la casa de un abusador. Genial.

¡Y mi mamá también es muy falsa! Porque justo el año pasado le mandaba mensajes a media Colombia, y decía que Ernesto era un hijo de puta y malparido inútil. Hablaba como loca de cómo finalmente le había pegado a Susana esta vez, de cómo le pegó de verdad, y de cómo ahora se llevaría todo. *Hasta los niños.* Y se iría a la casa de su hermana junto a la playa. *Tal como todos dijimos que lo haría.*

¿Pero, y ahora?

Sentada en la mesa es como: Ernesto, ¡oye, cariño! ¿Podrías pasarme la salsa de tomate? ¡¿Y qué tal el nuevo trabajo?!

Susana me dijo que te está gustando... Fantástico. Ay no, no, siéntate. No te levantes. ¡No hemos terminado de ponernos al día! Deberíamos tomarnos una foto grupal, ¿no?

Ay, ya vuelve, mamá. Solo está revisando sus armas.

¡Shh! ¿Puedes parar? Ya es bastante difícil para mí tal como es. Simplemente intento aligerar las cosas para que estés a salvo. ¿Por qué no sales y llamas a tu hermana?

Supongo que ahora tendré que añadir la puta AMNESIA a la lista de cosas que tienen estas perras.

Porque les encanta traumatizarte y luego decir como: Ay, Dios mío, ¿qué? Relájate...

Lo único tranquilizador que ha pasado, y que me hace saber que no me lo he inventado, es que Ernesto se ve muy estresado cada vez que una de nosotras pasa por su lado.

Sí. Como una especie de zarigüeya drogada.

Al costado de la carretera, haciéndose la muerta.

Es como si estuviera a la espera de que una de nosotras saliera del estado de sedación en el que estamos y le claváramos dos tenedores en su fea cabeza.

¡Lo siento! ¡Pero así de dramático está siendo!

¡Cada vez que me levantaba de la mesa, él se sobresaltaba y se agarraba de los lados!

Literalmente quería gritar: ¿Puedes CALMARTE, abusador? ¡Estoy demasiado ocupada tratando de encontrar el maldito Advil!

Luciana, guau. Estás mucho más grande desde la última vez que te vi.

Aj. Gracias.

Oh, sí. Y luego me llamó gorda y fea como tres veces diferentes.

Sin dejar de sonar como un agresor.

Y te ves… diferente también. Tu estilo ha cambiado.

Pues es que tenía como catorce años. Entonces es normal.

Sí, seguro. ¡Ciertamente ya no eres la niña de papá!

Mmm. ¿Podrías pasarme ese tenedor?

Obviamente mi mamá me estaba pellizcando debajo de la mesa todo el tiempo, susurrándome desesperada: "Por favor. No. Te. Metas. Luciana".

¿Pero quieres saber qué me enfureció?

¿De qué me di cuenta, instantáneamente, en ese momento?

De que Ernesto apesta, porque me recuerda a OTRO pervertido que también tuve que ver.

En vivo y en carne y hueso esta semana…

Te doy una pista: incluyó un cambio de aceite.

¡Sí! ¡Muy bien! Marco, el de Toyota.

Ese imbécil TODAVÍA trabaja ahí.

Síp. Y me hizo luchar por mi vida otra vez esta semana como a las dos de la tarde.

Esta vez también traté de decirle a mi mamá que no, que no quería llevar la camioneta a cambio de aceite. Porque siempre se demora una eternidad en recogerme y luego siempre termino acorralada y acosada.

Pero cuando le dije que era Marco, específicamente, quien actuaba como un pervertido, me dijo como: Ay, ¿ese tipo? Es tan pequeño. ¿Por qué no le das una patada en las huevas?

¿Es en serio? ¿Entonces no te importa? ¿Y quieres que responda con violencia?

No, Luciana. Lo que digo es que me sorprende que caigas tan bajo cuando tienes pereza y no quieres hacer algo.

Guau… ¿Puedes decirme eso otra vez? ¿Por favor? En el teléfono.

No. Deja de grabar.

Y estaba tan putamente brava con ella, que salté a la camioneta y me dije a mí misma que haría un *live* en Instagram si uno de esos idiotas me encerraba en su oficina.

Así, podría mirar a la cámara del teléfono y decir: ¡Mira, mamá! ¡Yo tenía razón!

¿Y adivina qué, Mari? ¡Me alegró tener el teléfono listo!

Porque en el momento en que llegué a Toyota, Marco salió deslizándose como una culebra…

Síp.

Todo charlatán y sonriente. Y me pasaba la mano por la espalda y decía: No te preocupes, mama, te ayudo. Emoji que pica el ojo. *Dame las llaves.*

Toda la situación me dio tanta rabia que ni siquiera pude responder.

Simplemente caminé hacia la sala de espera y comencé a textearle a mi mamá.

Bueno, estoy lista. Ven.

¿Aló? ¿Dónde estás?

Será mejor que vengas en camino, ma. Han pasado veinte minutos.

DIOS. ¿SÍ VES? TE DIJE QUE ESTO SUCE-
DERÍA.

ELENA. RESPÓNDEME. NO VOY A CAMI-
NAR.

Y después de casi un millón de mensajes, finalmente me llamó y me dijo: "Ya deja el *show*, Luciana. Voy
en camino".

¿Pero qué pasó, preguntas? ¿Mientras estaba ahí sentada y esperaba?

Bingo. Exactamente lo que dije que iba a pasar.

Marco entró caminando.

Ey, tú. ¿Se perdió tu chofer?

No. Mi mamá ya viene.

Y me dijo que podía llevarme, pero que no iríamos
a mi casa.

SÍ.

"NO IRÍAMOS A MI CASA", MARI.

En voz alta. Delante de todos.

No sé, creo que crucé las piernas con más fuerza.
No recuerdo lo que hice.

Lo único en lo que podía pensar era en GRITAR-
LE a mi mamá en la cara, porque sabía que se estaba
tomando una eternidad para ver si todo me molestaba
y decidía caminar a la casa para hacer ejercicio.

Mamá. No voy a jugar tus jueguitos. Ven ya. AHORA
MISMO.

Pero le iba a salir el tiro por la culata.

Porque estaba como a cinco segundos de ser una de
esas mamás que salen en televisión rogando a quien-

quiera que se llevó a su hija que por favor la deje volver a casa. AY, SEÑORES, POR FAVOR. ELLA ES DÉBIL. NO HACE EJERCICIO. ¡DÉJENLA EN PAZ! DEVUÉLVANME A LA NIÑA.

Y probablemente también diría algo superincorrecto como: ¡Ella no tiene el mejor estado físico, muchachos! ¡Tráiganla de vuelta! ¡No soportará el secuestro!

Sin embargo, lo que es más exasperante es que sé que seguro pensó que era "fantástico" que "le llamara la atención" a un chico.

¿Qué tiene de malo Marco? ¿No podría parecerte lindo? Tiene un trabajo y es solo unos años mayor que Mari.

Pues… ¿es inapropiado y me hace sentir incómoda?

A ella le ENCANTA cuando los manes me dicen mierdas, querida. No jodas.

Incluso si algún rarito me rechifla en el parqueadero, ella diría como: ¡Bueno, eso fue lindo! ¡Probablemente le gusta tu sonrisa! *Me acaba de decir que me quiere dar por el culo, mamá.*

Sabía perfectamente lo que estaba haciendo al dejarme ahí esperando.

En su opinión, Toyota funciona como un potencial gimnasio y como su terapia de conversión casera.

Seguro estaba sentada en la casa pensando: ¡Es perfecto! Si Luciana pudiera sentirse deseada por "el tipo correcto", entonces tal vez… podría ser que… no fuera verdad lo que dijo cuando salió del clóset.

Patético, jajaja.

En realidad… es putamente deprimente, de hecho.

Y me queda un camino muy largo y duro por delante.

Entonces dejemos de hablar de esto antes de que me
dé rabia otra vez. De repente, siento ganas de entrar
corriendo y golpear a Ernesto.

¡Es verdad, Mari! ¿Por qué la defiendes?

Es la misma razón por la que deja que Nico se quede
a dormir cada vez que mi papá está en la finca. ¡Simplemente espera que una noche follemos!

Sí. Ha habido tantas ocasiones en las que he bajado
las escaleras y ella ha dicho algo como: Bueeeeeeno,
estáaaaas de muuuuuy bueeeeeeen humoooooooor.

¿Qué? No es verdad.

Okey. Nico es solo un amigo, perdón.

*En verdad lo es, mamá. ¿Puedes parar? Es muy raro cuan-
do haces eso.*

¡Y es todavía más ridículo que no reconozca que el
man es gay!

Nico tiene una piyama de satín morado…

Se depila las cejas más que yo…

Grita al ver un balón de fútbol, ¡y somos el único
amigo que tiene el otro!

No, Mari. No estoy diciendo que uno "eS gAy"
si hace esas cosas. Solo digo que es sorprendente que
estas personas dejen de creer en los estereotipos justo
cuando ya no les convienen.

Por ejemplo: mi mamá me ha preguntado varias veces por qué Nico habla "así" y no tengo el corazón
para explicárselo. Lo único que puedo hacer es mirarla

fijamente y rogarles a sus tres neuronas homofóbicas que se despierten y actúen.

No, absolutamente no. No tiene sentido decírselo.

¿No recuerdas cómo fue salir del clóset con ella? ¿La gran caída de su imperio en 2015?

Sí. En décimo. Cuando le dije que me gustaban las chicas y estuvo como dos semanas sin ir a trabajar. Exactamente.

¡Estabas ahí, man!

Literalmente se tiró al suelo, me agarró el pie y empezó a pisotearse con él el cuello y a decir: QUIÉN. ERES. ME. ESTÁ. MATANDO.

¡Mamá! ¡Suéltame! ¡Todo va a estar bien!

¿Qué parte de eso te da "algo de esperanza"?

¡Ni siquiera habla de eso! Solo se despertó un día e hizo como si nunca hubiera sucedido.

Mari, ¿qué está haciendo?

No sé. ¿Creo que por fin se va a bañar?

Tengo miedo.

Yo también. Quédate en el cuarto.

Aterrador… Simplemente aterrador.

Me está dando alergia de solo pensar en eso.

De forma literal, dejó dolorosamente claro que no podía decirle a nadie que era gay, y luego, semanas después, estaba como: ¿Qué quieres decir? ¿Decirles qué? *No, nada.*

Y nadie ha dicho una palabra desde entonces.

Increíble.

Si algo tiene la mujer es un rango amplio.

Porque de verdad es una asombrosa arquitecta de su propia realidad.

Solo quisiera que usara sus poderes para el bien.

En lugar de todo eso… Y ahora haciendo como si el Huracán Irma fuera la gran oportunidad de hacer turismo.

¿Qué pasaría si manejáramos hacia el occidente? ¿A Nueva Orleans? ¡Podría ser divertido! ¿Qué tan lejos es?

Mmm. No creo que te guste la gente de ahí, mamá.

Ay sí. Su negacionismo es descarado.

A lo grande, bebé.

Ahora quiere seguir manejando hasta Mississippi y más allá, como si fuera una gira de adolescente mediocre, a pesar de que Panama City ya está fuera del "Triángulo de destrucción" de Irma. Todo porque quiere ir a algún museo de la Guerra Civil que vio en internet.

¡¿Durante el huracán, mamá?!

¿Por qué no? No hay nada más que hacer.

Eso es lo que hace la gente durante los huracanes. ¡Nada! Para estar a salvo.

Y normalmente, en este punto tendríamos una gran pelea sobre sus delirios, pero como no quiero estar cerca de Ernesto un minuto más, le dije que consideraría ir al museo de la Guerra Civil.

Está bien. Iré. Pero siempre y cuando prometas hablarme solo en inglés ahí. No voy a sobrevivir Florida para morir en el sur profundo. Al menos debería INTENTAR primero entrar a la universidad.

Buen punto. Más bien visitemos el lugar de nacimiento de Elvis Presley.

Pero te lo digo, man. Para ella todo esto es como unas vacaciones.

Cuando no se preocupa por Abue, busca parques nacionales en Internet.

Y no ha dejado de gritar que nunca vamos a ningún lado porque mi papá siempre está en la finca y que ahora va a hacer que este viaje —COMILLAS— valga la pena —FIN DE LAS COMILLAS—. Así sea lo último que haga. Espera y verás.

Yo estaba como: bueno... es un enfoque interesante de un desastre natural...

Espera. ¿Es por esto por lo que querías tanto que Abue viniera? ¿Vas a convertir esto en un viaje en carro por todo el país?

No sabes la suerte que tenemos, Luciana. Tener esta seguridad... y este carro. Con el dinero suficiente y nuestra buena salud. ¡No todo el mundo tiene eso! ¡Necesitamos abrazar y explorar este mundo con cada oportunidad que tengamos! Es por lo que la gente luchó.

Ay, dios. Salte de la página web del museo de la Guerra Civil.

¡Esto me sale del corazón! La vida es corta.

¡Estoy de acuerdo! Y me tienes desperdiciándola, ¡haciendo ejercicios de YouTube!

Todavía no puedo creer que te hayas perdido este drama por unas pocas semanas...

Evacuar con la mayor parte de la Península de Florida hubiera sido una forma hermosa de terminar tus vacaciones de verano.

¿No? ¿Por qué no?

¡Piensa en todas las divertidas historias que tendrías para contar en tus pequeños y extraños retiros de la fraternidad!

Ay, qué va. Sé que les ENCANTA oír que Abue piensa que estás en la universidad convirtiéndote a una nueva religión.

Luciana. Ven aquí. Mira, ¿por qué posan así en las fotos de Mari?

No sé. Dijo que tenían que probar diferentes formaciones. Al parecer se reúnen los domingos para practicar.

¿Y ella paga por eso? Pensé que a tu generación no le gustaba la iglesia.

Yo sé. Es absurdo. ¡Y ya tiene una hermana!

En cierto modo, uno pensaría que unirse a una fraternidad para estar rodeada de chicas atractivas sería más algo que haría YO. Pero si algo he aprendido sobre ti últimamente es que estás llena de sorpresas.

Sí. Justo como que nos abandonarás el próximo verano para realizar una pasantía no remunerada en la Casa Blanca.

¡No, no me mientas! ¡Mi mamá ya soltó la lengua! ¡Dijo que lo estabas considerando!

Ah, ¿sí?

Creo que sí. Pero tiene miedo de decírtelo, Nana. Eso no está bien. Tienes que apoyar más a tu hermana. ¡Estar orgullosa de ella! Dijo que esas pasantías son muy difíciles de conseguir.

Dios. Ustedes deberían apoyarme más a MÍ. ¡Yo nunca me entero de nada aquí!

Está bien… Es solo que me hubiera gustado que me lo hubieras contado tú primero.

Descubrirlo por mi mamá apesta.

Pues fortalece su idea de que es "difícil hablar conmigo".

Cuando en realidad, ¡ustedes son las que dicen cosas difíciles de escuchar!

¡Y septiembre ya es tan violento!

No necesito estrés adicional.

Pues, ¿porque es el comienzo del cole? ¿No has oído nada de lo que he dicho? ¡Me estoy preparando para pasar como pueda cada clase hasta desmayarme!

Además, es la temporada alta de Virgo. Pero no podemos entrar en detalles.

No respetas mi religión.

Espera…

¿Cómo sabes que estoy tomando Ciencias Ambientales este semestre?

Dios.

¿Porque mi mamá TE DIJO?

¿Te pidió que hablaras con mis PROFESORES?

¿Para que "ME PRESIONEN MÁS" este año?

Jesús.

Es como si la vieja ni siquiera me conociera.

En primer lugar, si a mi mamá realmente le importara, no me tendría organizando encuentros en los cincuenta estados.

Pero, en segundo lugar, y más importante, no se toman en serio mis trastornos de aprendizaje. Y ESA es la razón detrás de mi promedio de calificaciones. No son las "distracciones" o la "falta de motivación", como parece que todos creen.

¡Tengo ansiedad por los exámenes, Mari! ¡Te dije!

¡Necesito ciertas facilidades, pero nadie me cree!

¿Y sabes qué? Gracias. Porque esto me ayuda a decidir que no hay esperanza. Nadie escucha.

Voy a ir un centro universitario, como cualquier otro segundo contento con su bajo rendimiento, y luego me lanzaré como un misil, al espacio exterior, y olvidaré que la universidad alguna vez existió. ¿Vale?

Da igual.

Simplemente no vuelvas a mencionar mis calificaciones nunca jamás. Arruinarás mi último año.

Lo digo en serio, Mari. Ya tengo que preocuparme por cosas como "el baile de bienvenida" y "comprar un vestido para el prom". Solo para que mi mamá piense que me están echando dedo en el gimnasio del colegio y no que estoy consumiendo marihuana comestible en el parque con Nico.

¡Así que no más reunioncitas con ella sobre mis clases y mis profesores! Tengo cosas más grandes en frente.

Mira… Prometo que una vez que termine este falso viaje por carretera, me sentaré y "trazaré mis objetivos para el año".

Sí. Porque puede que esto les sorprenda, pero de verdad QUIERO graduarme.

Puede que tenga muy pocas opciones universitarias, pero me niego a pasar un minuto más en ese moridero repleto de *Pornhub* y *Chick-fil-A*.

A veces me pregunto si hacen que el bachillerato sea tan triste para que hagas de todo MENOS quedarte.

Sí, Mari. Todavía odio las clases de inglés.

Eso nunca va a cambiar.

¡Porque, man! Nos hacen leer cosas como *El cuento de la criada,* ¿para qué? Soy de FLORIDA. Vivo esa mierda todos los días.

Ay, dios…

Claro. ¿Te encantó ese libro?

Súper. No tienes suficiente dolor en la vida.

Tú y todas las demás monas oxigenadas.

Vale, bueno, creo que oficialmente me sobrecalentaste pensando en la escuela.

Necesito salir de este carro antes de que me asfixie.

Rosy, ven. Mari arruinó nuestro lugar seguro.

Pero deséame suerte con Ernesto. ¿Vale? Estoy segura de que él también es fan de *El cuento de la criada.*

Seguro está ahora mismo en su habitación escribiendo la secuela.

Ah. Y llama al gobernador de Mississippi.

No sabe que Elena Domínguez va en camino para allá.

3

Bájale al tono

—Hola.

Estamos muy cansadas, man.

¿Ya te explicó mi mamá el drama?

Sí. Ahora estamos en una parada de descanso en algún lugar de Georgia.

LEJOS de Panama City y Mississippi.

En la dirección completamente opuesta.

No, jajaja.

No es un chiste.

No sé cómo, pero Irma cambió de rumbo de la noche a la mañana y ahora está justo detrás de nosotras.

¿Perdón? ¿Cómo así?

¡Ni siquiera sabía que los huracanes podían moverse tan rápido!

Eso es porque no pones atención en el colegio, Luciana.

EsO eS pOrQuE nO pOnEs AtEnCIóN eN eL cOlEgIo.

No. Me. Imites. Estoy funcionando sin dormir y necesito mantenernos con vida.

Pues, todo sucedió muy de repente esta mañana.

Después de que nos despertáramos en la casa de Susana.

Acababa de abrir los ojos, literalmente, emocionada de ver que habíamos sobrevivido la noche, cuando lo siguiente que pasa es que Ernesto enciende el televisor y las noticias suenan a todo volumen: IRMA AHORA SE DIRIGE AL OCCIDENTE. NOTICIAS DE ÚLTIMA HORA.

¡¿Qué?! ¿Esto es en vivo? Ernesto, ¡súbele!

Y entonces, como gallinitas, comenzamos a revolotear …

Un momento, ¿en serio, mamá? ¿De verdad tenemos que irnos ya?

¡Sí! ¡¿No escuchaste la noticia?! Recoge todo lo de Rosy. Debemos ir hacia el norte y el oriente inmediatamente.

Pero, ¿por qué no podemos volver a casa y ya? Vivimos en la costa oriental, ¿no?

¡No tenemos tiempo! Estamos demasiado al norte. No podremos regresar antes de que llegue la tormenta. Y si vuelve a cambiar de rumbo, podríamos quedarnos atrapadas en el medio. Es más seguro seguir subiendo.

Mmmm, está bien… ¿Pero adónde van Susana y Ernesto?

¡No importa! Encontraremos otro lugar donde quedarnos por el camino. Ve y recoge tus cosas. Pero hagas lo que hagas, no le digas a tu abuela. No estoy en condiciones de aguantarla regodeándose por tener la razón.

Y ni siquiera me di cuenta hasta que mi mamá lo dijo, pero que Irma no llegue directamente significa que todo lo que dijeron en las noticias estaba mal.

Lo digo en serio, Nana. Mírame: si tu abuela llama, no contestes. Estará insoportable. No entiende que se trata de prevenir en lugar de arrepentirse. ¡No te arriesgas cuando se trata de la vida de tus hijos!

Todavía estoy muy confundida... ¿Cómo es posible que los meteorólogos no se dieran cuenta?

¡La naturaleza es hermosa! ¡No se puede dominar!

Dios. Necesito salir de aquí.

Ese es mi plan exactamente.

A todos les tomó tan de sorpresa que hasta Ernesto nos ofreció sin querer un espacio en la casa de su tía.

Elena, ¿estarán bien ustedes dos? Dicen que en la mayoría de los lugares la cosa puede estar muy mal... Podríamos ir juntos al occidente, a la casa de mi tía.

Sin embargo, se notó su alivio instantáneo cuando mi mamá le dijo que no queríamos ir.

No, tranquilo. Gracias. Manejaremos hasta las Carolinas. Luciana nunca ha estado en Charleston.

¿Charleston? Mmm. Bueno, entonces, ¡supongo que aquí nos despedimos!

Aunque cuando pasó la conmoción, volvió a su estado paranoico de antes.

No, es en serio, jajaja.

Esta mañana antes de despedirnos sostenía dramáticamente el cuchillo de mantequilla muy cerca del pecho mientras desayunábamos en la cocina.

Guácala. ¿Por qué parece que está rezando?

No sé. Apúrate. Tenemos que irnos ya.

No puedo, me está quitando el hambre.

Además, ¿sabías que mi mamá ahora les pone semillas de chía y cáñamo a las arepas, Mari?

¿Qué coños es eso?

Sí, es asqueroso. Y un sacrilegio.

Y es la única comida que me deja comer. ¿Podrías hacer algo al respecto? ¡Me voy a morir de hambre aquí!

Un momento, mamá, saben diferente. ¿Qué tienen?

Cosas buenas. Cómetelas.

Se ven raras…

¿Por qué te importa? Tú te metes cualquier cosa en la boca.

Ayyyy. ¿Te sentiste bien al decir eso?

Cómetela y ya. Necesitamos la energía para nuestro viaje.

Se la di a Rosy y ella ni siquiera la lamió, Mari. Así de horribles son.

¡¿Podrías hablar con ella, por favor?! Me volveré loca si tiene un "plan de pérdida de peso" para mí en este viaje. Eso de verdad me llevará al límite.

Gracias. Es importante que hagas tu parte desde lejos.

Y respondiendo a tu pregunta, no. Con Ernesto no pasó nada más, jaja.

Al final recogimos nuestras cosas y nos despedimos.

Mi mamá estaba como: Solo sonríe y despídete con la mano mientras echo reversa, Luciana. Pero no rompas el contacto visual: él necesita saber que, aunque no somos una amenaza, somos fuertes.

Es asqueroso, parce. Siento que le excita asustar a la gente.

¡Claro que sí! Así es como obtienes el control. ¿Por qué crees que he estado haciendo sentadillas y desplantes?

Y ahora estoy de pie aquí, mirando a mi alrededor en esta parada de descanso a toda esta gente y preguntándome: ¿Quién de ustedes es el Ernesto de su familia?

¿A quién de ustedes debo evitar en la fila de la caja?

Pero más importante aún, ¿quién de ustedes es yo? ¿Y deberíamos viajar todos juntos?

Ay, mierda. Espera.

Rosy finalmente hizo popó.

Necesito ir a buscar una bolsa para recogerlo.

Guácala. ¡Obvio que lo voy a recoger, Mari!

No soy una salvaje.

Aunque probablemente me voy a marear y a desmayar al agacharme y ponerme de pie... Pues este calor está putamente insoportable...

¡Y ni siquiera te cuento del tráfico!

Porque lo único que falta para que todo el día se pierda es el idiota que choca por detrás a una pareja de ancianos por mirar el teléfono.

Te deja atrapado ahí mismo como con dos horas más de tráfico.

Y es que estoy seriamente al borde de la locura.

Porque cada vez que pasamos en el carro por un accidente, mi mamá siente la inexplicable necesidad de decir: ¿Ves? Precisamente por eso debes tener cuidado en la carretera, Luciana.

¡Nada de ese exceso de velocidad que haces en la miniván!

Como si fuera MI culpa que estas personas que ni idea tuvieran un accidente.

El carro está destrozado. ¿Ves eso? Y él es tan joven... Dios mío. ¡Me vas a matar un día con tu forma de manejar! ¡Como padres sufrimos mucho!

¡Eres más peligrosa que yo! Estás hablando por FaceTime con mi papá.

No. Le estoy mostrando los árboles.

Sí, Mari. Estoy haciendo mis ejercicios de respiración.

¡Pero es difícil! Ve a decirle.

¡Y ella ni siquiera quería parar en ninguna parte!

Tuve que rogarle como cinco veces que parara y comprara algo de comida.

¿Podemos POR FAVOR comer algo antes de que me desmaye? No pude desayunar esta mañana gracias a tus arepas horribles.

Y todavía no ha comido nada. Por cierto.

Está demasiado ocupada haciendo sus planchas junto a las mesas de pícnic...

Estás asustando a todos los niños, mamá. Incluyéndome.

No, no sé dónde estamos. Y no creo que pueda soportar la respuesta a esa pregunta.

Tuve que cederle el control de nuestra trayectoria a mi mamá porque ese es el camino menos doloroso.

Sí. A mi papá también le preocupa que nos perdamos y terminemos en Canadá.

Pero no te preocupes. Mi mamá nos ha asegurado a todos, varias veces, que ella es mucho más inteligente que él.

Jaime, por favor. El hecho de que tu inglés sea mejor no significa que yo no sepa leer. ¡Sé lo que dicen los letreros! Y tengo a Luciana.

¿Has hablado con él hoy, de hecho?

Sí. Pobre man. Todavía se está preparando para lo peor.

Dijo que ahora estaba menos preocupado, porque Irma no alcanzará la finca directamente, pero todavía duerme ahí por si acaso.

Nunca se sabe lo que podría pasar. Es otra cosa cuando tocan el suelo.

Bueno, espero que llegue pronto. Porque no soporto otro día sola con mi mamá.

No, a Abue todavía no le importa, jaja.

Nada.

Acabo de hablar con ella por teléfono y me estaba leyendo los números de la lotería.

¡Compré el doble de loterías porque todos se fueron! Mis probabilidades nunca han sido más altas.

Excelente. ¿Entonces me llevarás en Uber a casa con el dinero del premio? Es lo mínimo que puedes hacer por dejarme aquí.

No, quédate con tu mamá. Ella necesita alguien que la frene.

¡Pero por qué tengo que ser yo!

Y aunque no lo dijo —como mi mamá dijo que diría—, sé que Abue se siente validada porque Irma se desvió al occidente.

Estoy segura de que pronto estará alardeando durante semanas.

Lo cual está bien, no me importa. Solo quisiera que estuviera aquí.

¡O tú! Ambas manejan a mi mamá a la perfección.

Es verdad Mari. ¡Mi mamá y yo somos las dos perras más pasivo-agresivas de la familia! ¿Por qué nos dejarían hacer esto solas?

Le saco el mal genio con solo estar sentada aquí…

Si alguien oyera cómo me hablas, se sorprendería al saber que eres mi mamá.

¿Por qué alguien estaría escuchando nuestras conversaciones, Luciana?

No sé. Tú siempre escuchas las mías.

Por favor. Tengo mejores cosas que hacer.

¿Cómo qué? ¿Evacuar por una tormenta que nunca iba a ocurrir?

Mira, hoy todos estamos nerviosos. Intentemos mantener la calma. Haz algunos estiramientos.

Antes, hasta me dijo que era de mala educación que oyera mi música con los audífonos mientras ella manejaba.

Entonces le dije como: Bueno, ¿preferirías que pusiera a todo volumen: "I PICK THE WORLD UP AND IMA DROP IT ON YOUR FUCKING HEAD" en el carro?

Y respondió que sí.

Entonces puse la canción.

Y a continuación estuvimos en silencio en el carro durante dos horas escuchando Lil Wayne.

Ah, ¿y quieres saber cómo rompió el silencio?

Diciéndome que hace poco había leído en Facebook que ahora Starbucks hierve sangre de vaca y la pone en su café. *Fantástico, mamá. Gracias por eso.* Pero que no se podía contar. Porque recientemente se habían comprometido a usar vasos reciclables, lo cual era un paso en la dirección correcta.

Uf, y estoy bebiendo Starbucks ahora mismo. ¿Para qué me cuentas?

¡Exactamente! ¿Sabe a metal?

Mmm. Pues un poquito...

¡Sabía! Te lo dije, Luciana, con los ojos bien abiertos. Pero shh.

Sangre de vaca o no, no hubiera importado.

Porque ya me estaba ahogando en mi propia sangre por apretar la mandíbula. Pues más tarde estuvimos otra vez sentadas en medio del tráfico, junto a la valla antiaborto número mil que vimos.

¿Qué les pasa a esas personas? ¡Estas están muy gráficas!

Lo sé. Ojalá sintieran tanta pasión por el reciclaje.

¡El tráfico está tan terrible porque nadie sabe adónde ir, Mari! ¿No me estás poniendo atención?

La costa occidental de Florida no estaba preparada y la mayor parte de la costa oriental ya había viajado hasta ahí, pero luego Irma hizo la U, ¡así que ahora todos están estancados e intentan salir!

Incluso ahora que estamos en esta enorme parada de descanso, con como cuatrocientas bombas de gasolina, el que atiende dijo que nos tomará hasta UNA HORA esperar en la fila y tanquear el carro.

Lo que es una terrible noticia.

Porque ya he visto muchos más blancos sureños de Tallahassee en moto de los que me gustaría ver.

Dios. ¿Ese se está comiendo una tira de carne seca de caimán? Tengo tanta hambre que hasta la probaría.

He oído que también ponen sangre de vaca en eso.

Ufff. Creo que se acaba de amarrar un paquete de seis cervezas Natty Light a la espalda... ¿Es ese el futuro marido de Mari?

Sí, sé que te encantan los sureños, Mari. Por favor, no me lo recuerdes.

Intenta calmarte y cruzar las piernas.

Aunque también tengo curiosidad: ¿adónde van todos los viejos?, como los de West Palm y los ricachos de Boca. Si yo casi ni puedo soportar este viaje de Ironman, ellos menos. ¡Casi me desmayo cargando dos botellas de agua afuera con este calor!

¡Y los animales! ¿Qué pasa con ellos?

La pobre Rosy comienza a temblar al ver o escuchar cualquier camioneta Ford F-150. Y ahora se niega a caminar a cualquier parte porque hay una multitud de niños afuera del *Cracker Barrel*.

¡Que divertido! Me encanta su tienda de regalos. Deberíamos comer ahí.

Ni por el putas. No voy a entrar...

Para ser alguien que se preocupa tanto por respetar y aceptar a los demás, eres muy criticona, ¿sabes? ¡Deberías abrir la mente! Intentar algo nuevo.

¡Ni siquiera querías parar aquí!

OJALÁ el Advil fuera metanfetamina para poder manejar esta situación.

Y por lo que he oído… ¡Probablemente Rick Scott planeó esto desde el comienzo!

¡Para herir a los floridanos!

¡Para poder comprar otro hospital y cobrar un ojo de la cara por cada cama!

Sí, porque déjame contarte una cosa sobre tu querido Voldemort Scott… pues obviamente estabas DEMASIADO OCUPADA como para enterarte de cualquier cosa antes de entrar a trabajar para él.

No. No me importa que "simplemente" fuera el gobernador y tú necesitaras la pasantía.

¿Quieres saber qué hacía Rick Scott antes de postularse para el cargo?

Era el director ejecutivo de la empresa de atención de salud "con fines de lucro" más grande del país, Mari.

Es decir… COMPRÓ hospitales para que su negocio fuera —literalmente— sacar ganancias de los enfermos.

Es decir… ¡Es tan raro! ¿Quién elige hacer eso?

¡¿Como carrera profesional?!

Ah, pero él no paró ahí, espera.

Fue un paso más allá y ESTAFÓ a Medicare y Medicaid, los programas que intentaban AYUDAR a los enfermos.

Es un chico malo, ¿verdad?

Al gobierno federal también le pareció.

El Departamento de Justicia le puso una multa de dos mil putos millones de dólares. Y pasó a ser el mayor acuerdo por fraude a Medicare en la historia de Estados Unidos.

Pero eso TODAVÍA no fue suficiente para impedir que se postulara para el cargo… A pesar de exagerar las enfermedades de los pacientes por dinero.

Todo para que algún día tú crecieras y fueras su pasante.

Genial, ¿verdad? ¡La historia es lo máximo!

¿Te tomaste la molestia de buscarlo antes de trabajar para él? Porque me enteré de todo con una simple ojeada a Wikipedia.

Eh, ¿Obvio?

No ando por ahí con las historias personales de los republicanos de Florida en la cabeza.

Tuve que buscarlo como munición antes de que mi mamá empezara a darme otro de sus sermones.

Sabes, Nana, estaba pensando. Quizás deberías seguir los pasos de Mari y hacer algo político… Como activismo o servicio público. Podría ser divertido, ¿cierto? ¿No? Quizás Mari todavía conozca a alguien que trabaje en la oficina del gobernador. Y podría ayudarte a conseguir un trabajo de verano. ¡¿No sería genial?!

Elena. ¿Acaso PAREZCO apta para trabajar en el gobierno? Estás hablando bobadas… Tenemos que pensar en regresar a casa. Parece que esta evacuación te está afectando también.

Lo peor es que cuando le conté a mi mamá sobre los mecanismos de fraude de Voldemort, ni siquiera le importó.

Solo dijo como: ¿Y qué? ¿Sabes lo que le hace a la gente el gobierno de donde somos, Luciana? *¡Te disparan y punto! ¡Ni se preocupan porque haya hospitales!*

Sí, jaja. Se podría decir que estamos enloqueciendo.

Porque si mi mamá piensa que debería dedicarme a la política, esto oficialmente se acaba de convertir en alerta roja.

Mejor que Irma se apure antes de que mi mamá me registre para trabajar con los *Proud Boys* en la siguiente parada de descanso.

Hasta intenté hacer un chiste antes; dije que probablemente el tráfico era por culpa de un caimán que estaba bloqueando la calle, pero mi mamá se lo tomó en serio y dijo: ¿Ves? ¡Eres muy buena mentirosa! ¡Perfecta para el gobierno! Estoy segura de que es el mismo caimán que te estaba buscando la otra noche.

Ay, dios. ¿Aún no lo superas?

¿Por qué te irritas tanto si insistes en que estás diciendo la verdad?

Porque ESTOY diciendo la verdad, mamá. ¡Pero no me crees!

Solo los mentirosos se ponen nerviosos…

Sí, Mari. Se refería a la noche en la que Nico y yo logramos escaparnos exitosamente y usar las identificaciones falsas en *Ladies' Night* por primera vez. Pero luego… ¡sorpresa!

Tuve serios problemas para volver a la casa porque había un caimán gigante bloqueando el camino.

Espera. ¿Es en serio?

¡Como si el hecho de que la policía me parara no fuera suficiente trauma!

Dios. ¿Estoy alucinando?

No. Todo con la policía salió bien, Mari. Cálmate.

No estaría respirando aquí ahora mismo si no hubiera salido bien.

El verdadero problema era que había escondido la botella abierta de RON de Nico en el bolsillo del asiento de atrás, entonces sentí pánico con los policías todo el tiempo.

Y porque sabía que, si no llegaba a la casa antes de que mi mamá o mi papá se despertaran, entraría en graves problemas.

Luciana Domínguez. ¿Dónde estabas? El sol está saliendo.

Ma... Lo juro —y por favor no grites—, pero había un caimán en la mitad de la calle. No podía pasar. ¡Prometo que no me lo estoy inventando! Estaba pasando el rato en casa de Nico... y luego no pude volver a casa.

Dios mío. ¿Has estado bebiendo?

Entonces ahora le encanta ser mezquina conmigo y decir que estuve de fiesta toda la noche y que me inventé todo.

Y aunque técnicamente sí, estaba de fiesta, si no hubiera sido por ese caimán, ¡no me hubieran pillado!

¡Entonces me da rabia!

La botella de ron ni siquiera era mía, Mari. Deja de llorar.

¡Te dije que era de Nico!

Esa noche estaba yendo a la casa, cual ángel sobrio responsable —literalmente—, pensando en la atractiva *bartender* llamada Yessi, de cabeza rapada y *piercings*, y haciendo mi mierda gay en secreto como quiere nuestra dichosa madre, cuando de repente escucho un "Señora, por favor estacione y apague el vehículo" que rompe las pequeñas neuronas tristes y asustadas de mi cerebro y oídos.

Permanezca sentada y no salga. Hay un animal peligroso en la calle.

Mierda.

Tuve que decirme: Luciana, cálmate. Estás sobria. *Tienes dieciocho años y no deberías tener ese contenedor abierto en el asiento de atrás, pero lo empujaste muy abajo, probablemente no pueden verlo, y ni siquiera ibas con exceso de velocidad. ¡Vas a estar bien! ¡No es tu culpa! Solo no les muestres tu identificación falsa. Y recuerda: estás sobria.*

¡Aunque no había bebido ni una gota de nada en toda la noche!

Entonces no entiendo por qué me estaba haciendo *gaslighting* a mí misma.

Porque Nico y yo habíamos estado todo ese tiempo en *Ladies' Night* como si fuéramos justicieros... navegando por unas páginas rarísimas de Internet que habíamos abierto en nuestros teléfonos. Solo porque escuchamos a este tipo decirle a la *bartender* Yessi que "hace poco se había unido a una nueva comunidad de hombres que buscaba mujeres latinoamericanas".

Bien, eso suena ilegal. Pidámosle el enlace y busquémoslo.

Dios. Podríamos ser héroes del FBI…

Yo sé. ¡Y entonces no tendría que ir a la universidad! Pero ¿qué es lo que quieren con esas locas, de todas formas? Estoy rodeada de DEMASIADAS mujeres latinoamericanas…

¿Sabes qué? Tu mamá, tu hermana y tu abuela son extremadamente atractivas.

Okey ¿Pero has hablado con ellas?

Fue absurdo, Mari, jajaja.

Las páginas que encontramos tenían estos artículos con títulos como "Trucos secretos para entender a las colombianas".

Pobres. Necesitarán mucho más que trucos.

Sí. Y uno de mis favoritos decía: "Debes saber que las colombianas son criaturas muy vivaces y enérgicas. Pero debido a que son muy emotivas, puede que su insatisfacción e irritación a veces parezcan desproporcionadas con respecto al problema en cuestión. Lo cual es especialmente cierto durante situaciones físicamente dolorosas, pues una pequeña cortada, por ejemplo, podrá parecer excesivamente agonizante". *Entonces, si su pareja colombiana siente que el mundo se está desmoronando, tenga un poco de paciencia. Para ellas, es absolutamente así.*

Yo sé. Jaja.

Luego este otro artículo enfatizaba la forma como las colombianas "dan prioridad a sus padres y a su familia sobre cualquier cosa".

Prácticamente decía como: Lo siento, amigo, pero aquí es familia o muerte. Puedes olvidarte de las citas nocturnas, el tiempo a solas o cualquier otra fantasía que hayas tenido sobre una relación saludable con tus suegros. Ahora son tu principal prioridad. Y especialmente sobre tu propio cónyuge, pero DEFINITIVAMENTE sobre ti mismo.

Creo que quiero enviarles esto a mis profesores... ¿Crees que les ayudará a entender por qué no me va bien?

Otro de mis favoritos decía: "Cuando te cases, debes recordar que las mujeres colombianas pueden volverse muy resentidas y difíciles". Querrán una riqueza monumental, atención constante y una familia enorme. Y hablarán demasiado español a tu alrededor mientras hablan por teléfono. Pero nunca admitas que esto es un problema, pues te destruirán a ti y a tu casa. Nadie encontrará tu cuerpo, porque lo habrán disecado y guardado en el clóset, a donde todavía entrarán de vez en cuando para gritarte.

Okey... a ver. Estos tipos merecen un Pulitzer.

Y no sé cómo, pero todas las páginas web tenían una calificación muy buena en Trustpilot.

Lo cual es raro.

Yo sé.

Y mucho más sorprendente que toda la vaina con el caimán.

Pero el caso es que Nico y yo pasamos horas en ese hueco de Internet. Y cuando acabamos, era la última llamada y estaban prendiendo las luces.

¡Maldita sea! No pudimos hablar con nadie.

Mejor. Tengo sudor por el estrés de leer esos artículos.

Y como Nico no quiso botar la botella de ron que había entrado a escondidas, la guardamos en el bolsillo del asiento de atrás del carro y esperamos lo mejor.

Eso sí, asegúrate de que no se derrame. Mi mamá tiene olfato de tiburón blanco.

Pero luego, claro, al idiota de Nico se le olvidó llevársela cuando lo dejé. Y luego me encontré con diez putos carros de policía de camino a casa.

Pues porque, a ver, Luciana, estaban tratando de acorralar a un caimán gigante.

En la única noche que logro escaparme y estar con otras personas homosexuales. Fantástico. Esto es justo lo que me pasa por "tratar de salir" e ir al Ladies' Night. ¡A la mierda tus consejos, Nico!

Por fortuna, los policías no registraron el carro ni me pidieron que saliera de él.

Solo me dijeron que esperara al costado de la calle hasta que decidieran qué hacer con el caimán.

Lo cual, descubrí rápidamente, puede tomar mucho tiempo.

¿Cuánto falta, señor agente?

Ya casi. Espere un poco más.

No van a dispararle, ¿verdad?

No, señora.

Okey, gracias. Lo siento si estoy actuando raro. Es solo que… mi mamá.

Pero cuando finalmente pude ver bien al pobre animal, parecía muy triste y enojado.

Yo igual, grandulón. Lo siento.

Se veía completa y absolutamente cansado de todo.

Porque la policía tenía como seis luces de estadio sobre él para asegurarse de pillar cada uno de sus movimientos.

Yo también, joder.

Y colorín, colorado, cuando llegué a casa mi papá ya estaba alistándose para ir a trabajar.

Aj. ¡Exactamente lo que estaba tratando de evitar!

No, no estaba bravo. Qué milagro.

Estaba confundido y ya.

¿Luciana? ¿Qué estás haciendo?

Eh, me quedé dormida en la casa de Nico… Y cuando me desperté, las cosas no salieron según lo planeado.

Me preguntó si estaba bien y luego cedí y le conté todo. Incluyendo toda la historia del caimán.

Qué va, ¿en serio? ¿Era grande? Algunos han mordido a los perros de la finca. No te acercaste, ¿cierto?

¡No, no me acerqué!

Lo siento. Cuando eras niña te colgabas lagartijas en las orejas.

¡Porque a Mari le parecía chistoso!

Él me creyó. Lo cual fue lindo.

Y no le importó lo de *Ladies' Night*.

Pero luego me dijo que pensara en algo más convincente o mi mamá asumiría que estaba saliendo a escondidas en medio de la noche para hacer alguna mierda gay.

Lo que era verdad. ¡Pero de todas formas! ¡¿En serio?!

No puedo creer que esa mujer sea tan paranoica que piense que mentiría acerca de enfrentarme a un superdepredador.

No significa que te tenga que gustar. Pero ella es tu mamá.

Quizás mi mamá tenga razón…

Y sea el mismo caimán el que está aquí ahora.

Buscándome en los pantanos de Georgia.

Intentando advertirme sobre algo siniestro… O contarme algún secreto escandaloso que se está desarrollando cerca.

Como: ¡Oye! ¡Tu mamá sabe que has pensado en instalar Tinder!

O: ¡Den la vuelta! ¡Irma me dijo que viene para acá!

O tal vez el caimán simplemente está evacuando porque es razonable.

Tal vez ya esté harto de la gente de aquí.

¡Tal vez se está escapando porque está casado con una colombiana!

4

Ponte un suéter

—Ay, dios.

¿Mari? ¿Aló? ¿Estás ahí?

¡Al fin! ¿Dónde estabas?

No me importa que sea la "semana de reclutamiento en las fraternidades", Marisabel. No seas patética.

¿Y no la tuviste ya el año pasado?

Pensé que te habían dado ataques de pánico durante siete días—

Guau…

¿Ahora es TU turno de reclutar/torturar a otras personas?

Eso es sórdido, man.

Pero ¡aló! ¿Acaso te importa?

¡¿Si aquí estamos en peligro?!

No he sabido nada de ti ni de Abue durante dos días enteros.

Lo cual es ALARMANTE.

Pues ustedes, perras, normalmente me vuelven loca.

Y ahora solo tengo como veinte minutos para hablar mientras mi mamá está en el mercado, ya que te negaste a llamarme antes. Tal vez incluso hasta MENOS, si no tienen productos orgánicos.

Entonces necesitas callarte. Porque tengo mucho que decir.

SÍ, Mari. Estamos en crisis.

No, no por Irma.

Mi mamá está como en la CRISIS DE LOS CUARENTA. Cortesía de esta evacuación. Y está tratando de hacer realidad sus sueños como presentadora del Discovery Channel.

Sí. Oye esto.

¿Sabes que Irma ya tocó tierra?

¿Y al fin todos podemos volver a la casa?

Pues... mi mamá quiere SEGUIR MANEJANDO MÁS ALLÁ. Para "prolongar el viaje" y "ver el mundo".

¿Qué? ¿Por qué seguiríamos? Ya es seguro regresar. ¡Y ya hemos ido tan lejos! La pobre Rosy ha perdido como cinco kilos desde que nos fuimos debido a la ansiedad.

¡Porque siempre hay más que ver, Luciana! ¿No quieres aprovechar este tiempo mientras no hay colegio? ¡Tienes la oportunidad de explorar el mundo! ¡Sin consecuencias! Incluso hasta puede que encuentres algo sobre qué escribir para tus aplicaciones a la universidad.

¡¿El mundo?! Estamos en CAROLINA DEL NORTE, MAMÁ. ¡Extraño mi habitación!

Sí. Todavía estamos en Wilmington, Carolina del Norte, gracias al cielo.

Pero gracias a que me arrodillé y le rogué que no fuera a ningún otro lado. Porque se despertó esta mañana en pie de guerra existencial.

¡¿Por qué eres tan vaga, Luciana?! ¡Lo único que quieres hacer todo el tiempo es quejarte y mirar tu teléfono! Yo no te crie de esta manera. Es terrible. ¿Ni siquiera quieres parar en alguna parte de camino a casa?

No, mamá. ¡Todo está tapado con tablas! No hay nada más que ver. Charleston, Savannah, Jacksonville: todas están afectadas. ¡Hace nada me estabas contando cómo Irma pasó por Florida y se propagó! Se siente RARO salir de paseo ahora.

Pero ¿por qué tenemos que seguir viviendo nuestra vida según las reglas de otras personas? Ir cuando dicen que vayas. Parar cuando dicen que pares. Trabaja, trabaja, trabaja. Paga, paga, paga. ¡Estoy harta de eso! ¡Necesitamos hacer algo por nosotras mismas, aunque sea una vez!

¿Qué coños te pasa? ¿De qué estás hablando?

Y como no contestaste el teléfono ni me ayudaste con refuerzos, tuve que soportar un discurso entero sobre lo perezosa e inculta que soy. Y sobre cómo necesito "crecer" y "apreciar más mi vida", porque otros se hubieran MUERTO por abandonar espontáneamente sus responsabilidades y hacer todo esto.

Suenas como loca, amiga. Y he seguido tus payasadas toda la semana, pero ya me cansé. ¡Ni siquiera deberíamos dejar a Abue sola por tanto tiempo! ¿Y qué me dices de mi papá? ¿No está preocupado? ¿No quiere que volvamos a la casa?

¡Están bien! La periferia de Irma apenas provocó inundaciones. Y tu papá dijo que está bien y que irá a ver a tu abuela más tarde. ¡Nunca más tendremos este tipo de libertad, Nana! Entonces, ¿qué dices? ¿Una ciudad más para tachar de nuestra lista?

¡¿Qué lista?!

La vida real te va a alcanzar, hija. Y a partir de ahí todo se vuelve más difícil.

Honestamente, ni siquiera sabía si estaba proyectando o tratando de enseñarme una lección.

O si tal vez había empezado a beber por primera vez...

Pero las cosas se aclararon un poco cuando comenzó a decirme con tono casi agresivo que agradeciera la capacidad de moverme y de aprender cosas nuevas. "¡Porque no mucha gente tiene ese privilegio!".

Luciana, tienes que aprovechar cada oportunidad que te brinda este planeta, ¿vale? ¿Me oyes? Antes de que llegue el resto de tu vida. Créeme. Ojalá hubiera viajado más y hecho más cosas. Antes de casarme y tener hijos. ¿Y tu abuela? Por favor. ¡Mírala! ¡Esa mujer apenas sale de la casa! Solo va a la droguería por sus medicamentos y sus productos de belleza. Y ahora ni siquiera se molesta en devolverme las llamadas. ¡No es normal ser tan indiferente al mundo! ¿Quieres terminar como ella? ¿Sin tener la capacidad de asombrarse? A ella nunca le enseñaron, ¿sabes? Desafortunadamente. Porque su mamá... ¿Fernanda? Olvídalo. Esa pobre mujer ni siquiera tuvo papás. ¡Se quedó atrapada criando niños toda la vida! Tragedia tras tragedia. Sabes lo que le pasó a su marido, ¿verdad?

Sí.

Primero, era huérfana.

¡Dije que lo sabía, mamá! Ya he escuchado este sermón antes. Quiero irme a la CASA.

No, oye. Es importante que conozcas los detalles. Estás creciendo y ya vas a salir del colegio. Necesitas empezar a comprender lo afortunada que eres… ¡Porque antes lo único que se esperaba de ti es que fueras una niña! ¡Y ahora podrás crecer y hacer algo hermoso con tu vida! Deberías tomártelo más en serio, Luciana. No tienes ni idea de los sacrificios que han tenido que hacer las mujeres de nuestra familia.

Dios mío. ¡¿No es eso algo bueno?!

No. Creo que es hora de que lo sepas. Especialmente por lo cercana que eres a tu abuela… Hay algunas cosas que quiero que sepas. Mari no necesitó que la presionara así, pero tú sí.

Y luego mi mamá empezó a hablar de la mamá de Abue, Fernanda, porque sabes que le encanta toda esa historia del orfanato. ¡La zarandea como si fuera un maldito cuchillo para carne!

Excepto que esta vez… fue un poco diferente.

Y creo que querrás saber, porque explica el actual estado mental de tu mamá. A quien necesitaré que llames y calmes de inmediato.

Y además, sí.

Algunas mierdas deprimentes sobre Abue.

Que mi mamá groseramente me hizo escuchar.

Bueno. Tú ganas. Escucho. ¿Qué necesito saber sobre Abue?

Tu abuela solía ser suave… y artística. No como es ahora. Era animada y enérgica, y tenía muchas metas y sueños. Pero

lamentablemente la vida tenía otros planes para ella. Y para
entender por completo lo que pasó, es necesario que compren-
das a su mamá: Fernanda. Porque hay un pequeño detalle
que ustedes nunca han sabido. No quería que ni Mari ni tú
juzgaran, porque mi Dios sabe que son buenas para eso. Pero
las cosas eran diferentes en esos tiempos, y tu bisabuela sim-
plemente hizo lo que tenía que hacer, aunque eso explica parte
del resentimiento de tu abuela... Pero creo que Fernanda tuvo
una vida dura, por lo que tenía un exterior duro. Y tu abuela
nunca pudo aceptarlo. Aunque resultó ser igual.

Mira, prometo contarte todo, siempre y cuando me
prometas llamar y decirle a mi mamá que tenemos que
regresar a casa MAÑANA.

Porque ya me cansé de su mierda, Mari. Y lo digo
en serio.

Tienes que decirle que esto se acabó y también tienes que decirle que necesito tiempo para estar tranquila antes de volver al colegio.

¡En especial si quiere que "haga algo hermoso" con
mi vida!

HAZLO, MARI. ¡Ella te escucha!

Y me debes un superfavor. Por irte. Y por olvidarte
de que existo.

Gracias... Espero la llamada a mi mamá tan pronto
colguemos.

Pero ahora, prepárate. Porque este viaje va a ser muy
movido.

Entonces: como sabemos, a Fernanda la abandona-
ron al nacer y creció huérfana en Colombia.

Y si bien sus años en el orfanato no fueron transcendentales *per se* —nada demasiado malo, nada demasiado bueno, solo los días promedio, comunes y corrientes de los huérfanos católicos colombianos—, mi mamá dijo que la marcaron y la definieron.

Esa era Fernanda. Así empezó su vida: normal y corriente. Y probablemente por eso nunca la adoptaron.

¡MA! No puedes decir eso tan horrible

¡La gente es horrible! Es la verdad. Anhela emoción. Pon atención.

El orfanato en sí también tenía una existencia promedio y desapercibida. Sin escándalos ni hijos secretos de famosos. Solo monjas, faldas largas, el típico drama de amistad y mucho, mucho tiempo para orar.

Hasta que un día... "Algo extraordinario sucedió".

Me da mucho miedo lo que estás a punto de decir.

Y una calurosa tarde de viernes, mientras el sol brillaba a través de los vitrales de la iglesia, alguien llevó una donación anónima de balones de básquet. Directo hasta su puerta. *¡Completamente por error!*

Lo cual, según mi mamá, era extraño, sí.

Pero también fue un puto desastre.

¡Porque era un orfanato de solo niñas, por el amor a Dios!

No podían ensuciarse ni jugar afuera con estúpidos balones.

Tenían que pasar el tiempo adentro. Haciendo tareas domésticas y aprendiendo las escrituras. No andar por ahí compitiendo en jueguitos inútiles...

La entrega no fue solo un accidente: fue una tragedia. ¿Para qué tentar a las niñas con algo tan cruel? ¿Con algo que tenían prohibido hacer?

Entonces al principio las monjas no sabían qué hacer con el paquete sorpresa. Practicar deportes iba en contra de las reglas, ¡y además las niñas solo tenían vestidos! ¿Cómo se suponía que iban a correr sin tener ni un par de pantalones cortos?

Algunas monjas pensaron que los balones podrían ser un mensaje de Dios. Una forma de probar vivir rodeadas de las cosas impías del mundo exterior. ¡Y ellas también tenían curiosidad! ¿Qué pasaría si se expusiera a las niñas a este misterioso juguete? ¿Se alejarían de sus deberes? O los harían mejor...

Pero a pesar de estas preocupaciones, lo consideraron.

Y en una decisión sin precedentes para todos los orfanatos católicos para niñas del mundo, dejaron que las niñas jugaran con balones de básquet.

Uy, mierda.

¿Y adivina qué, Mari? Les encantó.

Las niñas empezaron a hacer sus tareas más rápido y a comer sin demora. Se despertaban cada día más motivadas y con ganas de jugar. Incluso terminaban bien las oraciones en el primer intento. Cualquier cosa que pudiera darles más tiempo afuera con los balones de baloncesto, la hacían.

Ya te he dicho, Luciana. El ejercicio estimula las endorfinas.

Dios. Solo continúa la historia.

Y aunque las monjas no entendían, ciertamente estaban impresionadas.

Pensaron: ¿Todo esto? ¿De verdad? ¿Por un cesto de balones?

Pero no se dieron cuenta de que los balones de básquet significaban mucho más para las niñas. Comenzaron a ser un símbolo del gran mundo más allá de los muros del orfanato. Y la nueva posibilidad de las nuevas cosas fuera de lo que les habían prometido.

¡¿Cómo sabes lo que dijeron las monjas?! ¿O las niñas?

Me contó la hermana de tu abuela, Luisa. Después de que Fernanda se lo contara. ¡Y me dijo que en algún punto las niñas habían comenzado a jugar en ropa interior! Para deshacerse de la tela innecesaria de sus faldas. ¿No es brillante?

No. Es realmente triste…

Exacto. ¿Ya entiendes lo que te digo? Tenemos que perseguir todos los sueños que podamos en esta tierra. Incluso si no tienes, ¡búscalos! Tanta gente queriendo más y viviendo con tan poco. ¡Pero tienes la oportunidad de ser alguien! Entonces, deberíamos explorar al menos una ciudad más… por respeto.

No. No me vas a manipular con la triste historia del orfanato. ¿Qué pasó después? Cuéntame la parte sobre Abue.

Y por todo este drama deportivo, Mari, lo creas o no, cuando Fernanda salió del orfanato, se convirtió en jugadora profesional de básquet.

Es un chiste, jajaja. Fue algo peor.

Conoció a un hombre llamado Eduardo, nuestro bisabuelo.

¿Pero qué pasó con los balones de básquet?

Nada. Un sacerdote importante vino de visita y dijo que tenían que botarlos todos a la basura.

¡¿Y ya?! ¿Después de que las niñas eran tan felices? ¿Y todo lo que habían logrado hacer gracias a los balones?

Sí. Y esa es otra lección para ti: nunca dejes que otra persona dicte tu vida. ¡Será el principio del fin! ¡Aprende de mis errores! Tu padre quería una familia joven, y yo dije que sí. ¡Y ahora mírame! Solo soy libre para viajar cuando el mundo se para por un huracán.

Pues no es justo. Tú dictas mi vida.

Es diferente. Soy tu mamá.

¿Y sabías que Fernanda conoció a Eduardo mientras trabajaba como costurera?

Sí.

Mi mamá dijo que cuando tuvo edad para salir del orfanato, Fernanda comenzó a aceptar diferentes trabajos de costura en tiendas por toda la ciudad.

El trabajo de Fernanda era excepcional. Coser fue una de las múltiples habilidades que aprendió de las monjas. Y como le gustaba practicar arreglando los vestidos de las otras niñas, cuando se fue del orfanato tenía más experiencia como sastre que cualquier máquina u hombre.

Sin embargo, fue en uno de estos trabajos de costura donde el universo selló su destino.

Lo que es demente.

Porque si ella hubiera faltado al trabajo ese día, yo no estaría ahora mismo en un Motel 6 en Carolina del Norte rogándole a mi mamá que no me secuestre.

Pero según cuenta la historia, Fernanda un día estaba limpiando su puesto de trabajo... cuando un visitante inesperado entró por la puerta.

Déjame adivinar. Era Eduardo. Y Luisa también te lo contó.

Sí.

Y cuando Eduardo entró, al principio Fernanda se sobresaltó. Quedó cautivada por sus ojos profundos, sí, ¡pero sobre todo estaba encantada por su traje impecablemente confeccionado!

Le encantaba la forma como las costuras se extendían a la perfección sobre sus hombros. Y la forma como los ojales estaban hechos a mano.

Y tan pronto Eduardo captó la mirada de admiración de ella, se presentó. Le dijo a Fernanda que estaba ahí, porque le dijeron que el trabajo de ella era impecable. Y él necesitaba nada menos que las mejores manos para sus camisas recién importadas. *Le dijo orgulloso que acababan de llegar desde la India.*

Pero a medida que conversaban y Fernanda examinaba las camisas, la atención de Eduardo se puso casi de inmediato sobre ella. *¡No podía creer que sus amigos nunca hubieran mencionado lo hermosa que era!*

Y mi mamá dijo que algo le debió pasar, porque invitó a salir a Fernanda ahí mismo. En ese instante. Antes de que ella pudiera siquiera terminar la frase. *Después de ver a la costurera de la que sus amigos habían estado hablando durante meses.*

Sí, Mari. Sé que ese es tu sueño, jaja.

Pero espera… Porque la buena suerte no duró mucho.

Al parecer, Fernanda estaba en *shock*.

Sobre la cita, sí. Pero tampoco podía creer que Eduardo le mintiera a ella, una costurera, ¡sobre la calidad de sus textiles!

Supo de inmediato que sus camisas no eran importadas de la India, como él había dicho. Y en cambio eran hechas con materiales falsos del centro de la ciudad. *Dijo que lo notaba por la forma como se sentían los cuellos.*

Pero desafortunadamente, por alguna razón, decidió no corregirlo.

Y a pesar de saberlo, y en contra de su buen juicio, aceptó de manera absurda la invitación de Eduardo.

Dios. Es peor que Mari. ¡Eran señales muy evidentes!

¡Fernanda se sentía sola! Y quería entretención… Supuso que necesitaría mucha más experiencia con los hombres antes de encontrar un marido. Entonces se dijo a sí misma que no había problema y que podría practicar. Como con los balones de básquet. Tendría muchas más primeras citas en su gran mundo nuevo.

¿Pero se arrepintió?

Sí. Él no dejó de decir mentiras.

Antes de darse cuenta, Fernanda estaba enamorada. Sus ingenuas intenciones se quedaron por el camino y, una vez empezaron a conocerse, se enamoraron profundamente.

A Eduardo le pareció que la independencia de Fernanda era madura y refrescante. La mayoría de las señoritas de su edad vivían todavía con sus padres. Y a Fernanda le gustó que a Eduardo no le importara que ella no tuviera amigos ni familia… Precisamente de lo que ella se había sentido insegura toda su vida. No podía creer que él no pensara menos de ella por estar sola.

Poco después, se casaron y se fueron a vivir juntos. Y "podemos asumir el resto", dijo mi mamá.

¿No precisamente?

¡La dejó embarazada!

Pero llegaremos al nacimiento de Abue en un segundo.

Porque primero, aquí hay algunos antecedentes que probablemente no sabías que existían, pues claramente estás tan obsesionada contigo misma como para hacer preguntas. *Y como a nadie le gusta hablar de Eduardo. Es demasiado doloroso para los que todavía estamos vivos.*

¿Te refieres a Abue y a sus hermanas?

¡Y al resto de nosotros! Afecta a toda la familia, ¿sabes?...
¡¿Por qué te ríes?!

Por nada. A ti y a Mari les encanta hacer que todo sea sobre ustedes.

Entonces mi mamá me explicó que Eduardo administraba una pequeña finca cafetera en el campo.

Que manejaba la parte comercial de las cosas, como los costos de producción y los contratos de tierras, y al mismo tiempo se aseguraba de que la finca cumpliera con los objetivos de producción mensuales.

Y aunque el dinero no siempre se veía, cuando había, era suficiente.

Pero al parecer no fue suficiente para Fernanda, que vivía atormentada por el miedo a ser "pobre otra vez". Todos los días.

Jajaja.

¡Deja de reírte, Luciana! Nada de esto es gracioso. Estaba traumatizada.

Lo sé. Es solo que suena como tú. Actúas como si tuviéramos que ver todo el Cinturón bíblico antes de que el gobierno nos quite la casa.

¡O antes de que llegue otro huracán y lo destruya todo! Eso es lo que quiero que aprendas con esto. Que podríamos perderlo todo… en cualquier momento. Y si aún no lo entiendes, espero que estés a punto de entenderlo.

Luego, mi mamá intentó explicar que Fernanda vivía con este miedo porque pensaba que no tener dinero era la razón por la que sus papás la habían dejado en un orfanato.

Creció pensando que el dinero era lo único que la gente necesitaba para tener una familia. Y no estaba equivocada del todo, pero pensaba que era lo más importante.

Y supuestamente Eduardo también guardaba su propio rencor en torno a la riqueza.

A su novia de la infancia, la mujer que amó antes de Fernanda, le prohibieron casarse con él por sus diferencias de clase. *Finalmente, su familia se la llevó a otro pueblo para que se casara con otro hombre. Y Eduardo nunca volvió a mirarse al espejo de la misma manera.*

Así que juntos, con su dolor y educación compartidos, y una vez casados, Fernanda y Eduardo se convirtieron en los amargos subproductos de la movilidad social.

Y tuvieron cuatro hijos.

A ver, ¡no había anticonceptivos!

Lo que condujo a que sus gastos familiares se acumularan. Y eso creó largos períodos de tensión e inestabilidad financiera.

Lo que finalmente dio origen a su verdadero problema: que Eduardo mintiera sobre sus problemas de dinero y se lo guardara todo para sí mismo.

Fernanda no era consciente de lo mal que se estaban poniendo las cosas económicamente. Ella desaparecía lentamente bajo las presiones de la maternidad, y Eduardo no quería preocuparla. Pero cuando sus padres le confesaron que estaban arruinados y no podían ayudarlo, destruyeron su única esperanza; Eduardo comenzó a acumular secretos. Y poco a poco, con el tiempo, mientras Fernanda se ahogaba en teteros y pañales sucios, su familia acumuló la deuda más grande que jamás había debido.

¿Lo que en apariencia era terrible?

Porque mi mamá dijo que la mayoría de los hombres de su ciudad prefería estar muerto a endeudado.

Aunque por lo general, una cosa lleva a la otra.

Y que todo esto se volvió en un problema grave cuando Eduardo empezó a no pagarle al dueño de la finca.

Fue entonces cuando se dio cuenta de que, si no arreglaba las cosas, lo perdería todo. El propietario controlaba la única fuente de ingresos de su familia.

Pero Eduardo tenía sus demonios.

Porque así fuera consciente de todos los problemas que tenía, su miedo y desolación siempre se interponían en su camino.

Cada vez que tenía ahorrada una cantidad decente, lista para pagar una parte de su deuda, se iba hasta el fondo pensando en la situación tan difícil en la que estaba. O pensaba en todo el tiempo que le tomaría pagar la deuda, y entonces decía: A la mierda. No tiene sentido. Voy a beber hasta que no pueda respirar.

Creo que se quería morir. O esperaba morirse. Especialmente en ese momento, en esa ciudad. Había perdido lo único que le importaba a la gente.

Sé que le disparan, mamá. He oído la historia. ¡¿Puedes llegar a lo que necesito saber sobre Abue?!

No. ¡Te estoy contando los detalles para que entiendas por qué pasó! ¡¿Qué pasa con tu generación y la paciencia?!

Y por eso, Mari, Eduardo acabó ese fatídico día camino a encontrarse con el propietario para confesarle que no tenía nada de dinero.

Pero primero, ¡un giro en la trama! Porque adivina qué...

De hecho, Eduardo había INTENTADO ir ese día con apoyo...

Solo que nunca lo consiguió.

Sí. ¡Y ese es otro momento en el que las cosas pudieron haber sido diferentes para nosotros!

¡Si este mundo no estuviera gobernado por las fuerzas oscuras del chisme!

La policía se había enterado de la deuda de Eduardo... Era una ciudad pequeña y la gente hablaba. Entonces, cuando él apareció en la estación ese día, con cara de preocupado y pidiendo ayuda, pensaron que estaba borracho y deprimido otra vez por el dinero. No se les ocurrió tomar en serio su temor de reunirse con su jefe... Y qué lástima.

Entonces ESE es exactamente el motivo: Eduardo estaba sentado en su carro afuera de la estación de policía, sintiéndose vulnerable y asustado, cuando un hombre se acercó y le disparó cinco veces a través de la ventana del lado del pasajero.

¡Dios!

Uno por cada diez mil que debía.

Pero ¿sabías que, de hecho, Eduardo sobrevivió al tiroteo?

Sí. Mi mamá dijo que las cinco balas atravesaron menos una.

Era pequeña, pero se alojó en su pulmón.

Los policías salieron y rápidamente transportaron a Eduardo al hospital, donde Fernanda pudo unirse.

Todavía estaba algo consciente y coherente en ese momento, y le aseguró que todo estaría bien. *"Tú vas a poder con todo, chiquita", le dijo.*

Pero, lamentablemente, se equivocó.

Porque murió ese día en el quirófano. Cuando los médicos intentaron extraerle la bala del pulmón, ya había perdido demasiada sangre.

Ninguna de sus hijas pudo despedirse. Ni siquiera tu abuela. Y ella era la mayor y su favorita. Se rumora que él incluso intentó aguantar lo más que pudo para darle un abrazo de despedida, pero Fernanda no alcanzó a traerla a tiempo. No quiso dejarlo solo. Todo es muy desgarrador, Nana... Murió ese día pidiendo protección y apoyo. Intentando ser honesto por primera vez en la vida.

Sí. Todo sonaba putamente triste...

Y lamentablemente, después del asesinato, Fernanda quedó abandonada otra vez.

Excepto que ahora tenía cuatro hijas pequeñas que la necesitaban todo el tiempo. Y aunque no eran huérfanas, por ellas se sentía igual de aterrorizada.

No tenían dinero. Ni cualquier otro familiar cercano. Fernanda no sabía a quién acudir si necesitaba ayuda.

¡Y además de eso, había muchos rumores circulando por ahí!

Por todas partes la gente decía que el asesinato de Eduardo tal vez había sido una trampa. De unos narcos o de la mafia. ¡Y que lo habían asesinado, porque probablemente era alguien importante!

¡Otros hasta afirmaron que el asesinato había sido un crimen pasional! Porque Eduardo se acostaba con la hermana o la esposa del tipo equivocado.

Pero Fernanda no creyó nada de eso.

Sabía que el propietario había enviado a alguien a matarlo. Porque había encontrado papeles en la oficina de Eduardo que demostraban exactamente cuánto debía. *Y el número era tan alto que sabía que querrían que Eduardo pagara la deuda con su vida.*

¡Qué susto!

Fue muy miedoso. ¡Para todo el mundo! Hasta que las cosas se arreglaron.

Resultó que Fernanda no tuvo que preocuparse por el propietario o los rumores por mucho más tiempo.

Porque meses después —y es como si un puto escritor de telenovelas hubiera escrito esta escena—, alguien puso una bomba en el carro del propietario. *En medio de la noche.*

Dios mío, esta historia es increíble.

Luciana, no. No digas eso. ¡Tu abuela se moriría si te oyera! Esta historia arruinó su vida...

Como era de esperar, la repentina muerte del propietario apareció en los periódicos, jajaja.

Bueno, ¿quién fue?

Ya verás.

Los periódicos mencionaron que el propietario había estado bajo investigación por el asesinato de un exportador de café de la zona. *Eduardo Molina.* Que ocurrió descuidadamente afuera de una estación de policía.

Y debido a esto, ¡hasta se preguntaron si el propietario había fingido su propia muerte!

Dios.

¡Para escapar de la policía o de alguna acusación más grave!

Ya que, dado su imperio exportador, ¡tenían motivos para creer que había estado contrabandeando todo tipo de cosas a través de sus fincas! *Armas, drogas y animales. Quizás incluso hasta personas.* ¡Y ese pobre Eduardo probablemente se acababa de enterar y lo mandaron a asesinar para callarlo! ¡Porque en lugar de estar deprimido, Eduardo probablemente estaba de juerga por todas las cosas horribles que se hacían en esa finca!

Los rumores entonces comenzaron a inclinarse a favor de Fernanda. En el pueblo se podía oír a todo el mundo susurrar:

¿Has oído hablar de ese cafetero? Pobre familia. Vi su foto.
Era tan guapo… Y esa esposa, Dios mío. ¡Tan joven! Sola
con todos esos niños. Mi Dios a veces es tan cruel.

Y aquí es donde la situación se pone sombría para
Abue, ¿okey?

Entonces pon mucha atención.

Así es. Excelente.

Entonces, aunque ya tuviera la atención del pueblo
en la espalda, Fernanda aun necesitaba una forma de ga-
nar dinero. Pero no podría ganarlo si estaba encerrada
en la casa todo el día cuidando a sus hijas.

Además de necesitar desesperadamente el dinero, Fernanda
también quería mantener la fachada de que todo era normal.
No quería que los demás les tuvieran lástima, porque había
lidiado con esas miradas toda la vida. Y sabía en su corazón
que estas habían sido la razón por la que su marido ya no es-
taba. Entonces esta vez iba a hacer lo que fuera necesario para
evitar que ella y sus hijas se convirtieran en parias.

Qué drama… Su familia acababa de perder a su marido
y a su padre. ¡La gente no es tan completamente desalmada!

Díselo a Eduardo, que estaba a dos metros bajo tierra.

Entonces, en un intento por "no perderlo todo",
Fernanda decidió recurrir a su hija mayor en busca de
ayuda: Abue.

¿De qué manera?

Le dijo a Abue que la iba a sacar del colegio de forma permanente. Y que la iba a poner a trabajar.

Lo cual acabó con su vida de niña. Porque Fernanda nece-
sitaba que ella fuera la segunda madre de su familia.

Dios. ¿Entonces Abue dejó de ir al colegio en noveno grado? Me dan celos.

Fue terrible, Luciana... Acababa de comenzar su primer año de secundaria... Es desgarrador pensar en eso ahora. Después de tenerlas a ustedes, no puedo imaginar pedirles a mis hijas ese tipo de sacrificio. ¡Fernanda se debió sentir tan mal!

Sí, claro. Ella es la que te preocupa.

¡Se quedó sin opciones! Las otras niñas eran mucho más pequeñas y ella estaba aterrorizada de perder a sus hijas si no podía mantenerlas. Sabía que su antiguo trabajo de costura no sería suficiente y que necesitaría a alguien que cuidara de las niñas mientras trabajaba día y noche. Y después de todos los rumores, tenía que ser alguien en quien pudiera confiar.

¿Entonces escogió a ABUE?

¡Sí! Baja la voz. Fernanda les dijo a todos que tu abuela estaba demasiado triste y asustada para seguir en el colegio. Que quería estar en casa y sentirse segura, con el resto de sus hermanas y ayudar a su familia. Y aunque no era verdad, tampoco era una completa mentira. Tu abuela había sido muy cercana a su papá y perderlo fue extremadamente duro para ella. Pero Fernanda exageró la verdad sobre su deseo de quedarse en la casa para ayudar, cuando en realidad no le había dado otra opción a tu abuela: le dijo que, si seguía en el colegio, no sobrevivirían.

Es muy deprimente. Desde donde se mire.

¿Si ves? ¡Tu abuela tuvo que dejar de ser una niña por el bien de su familia! ¡Porque eso es lo que pasa en la adultez! Sacrificas tu felicidad por las personas que amas. Y es *exactamente por eso que quiero que aprecies tu libertad ahora mismo, Nana. ¡Haz algo con lo que se te ha dado! Lee libros. Viaja. Prueba cosas nuevas. Propón ideas nuevas e interesantes para tu futuro. ¡Y tómate en serio tu educación! Vas a encontrar algo que te guste realmente, lo prometo. ¡Mira a Mari! Ella lo está encontrando. Estudia en D.C. y persigue sus sueños. Pero ahora ¿qué vas a hacer?*

Okey... primero... no es verdad, porque seguir mis "sueños" solo está bien si a ti te parece. Y segundo, ¡ahora mismo no tengo tiempo para pensar en mi futuro! ¡Estoy demasiado ocupada tratando de sobrevivir cada día! ¡Literalmente te estoy rogando que me lleves a casa! Y tercero: estoy de acuerdo contigo, lo que le pasó a Abue es verdaderamente triste, pero actúas como si a ella también la hubieran asesinado. Y resultó estar bien, ¿no? ¡Vive en la playa y salimos todos los fines de semana! La pasa muy bien.

No, eso le robó la vida.

¡¿De qué forma?!

¡Ni siquiera habla con sus hermanas!

AHÍ LO TIENES, MARI.

Fernanda utilizó a Abue, su hija de quince años, como madre interina cuando le dispararon a su marido, y luego nunca la dejó volver a la escuela.

Y ahora, como resultado, me acosan por no querer visitar el maldito museo de la Guerra Civil o no querer perder peso, por no ser heterosexual y por no trabajar para Rick Scott.

¡Y lo ÚNICO que sí puedo hacer es sentarme aquí! ¡Y morderme la maldita lengua!

Mientras se me pone azul la cara al oír a mi mamá rogarme sin parar que "HAGA ALGO POR MÍ", mientras ignora con violencia el hecho de que lo que me pide solo significa que lo haga en sus términos.

Porque si yo dijera: ¡Claro, entonces vamos al bar gay más cercano!, ella incendiaría Carolina del Norte.

Creo que ya terminamos de hablar de este tema.

A ver, ¿qué tan hipócrita eres?

¡Me dices que aproveche las oportunidades cuando ni siquiera me dejas ser yo misma!

¿Y en serio me estás diciendo todo esto? ¿Mientras revelas que mi pobre abuela nunca llegó a conocerse a sí misma? ¡¿Porque se quedó atrapada cuidando niños a tiempo completo, mientras el resto de sus compañeros de curso se iban de fiesta y se graduaban?!

Fernanda trató de encontrar una solución más permanente, pero ese día nunca llegó. Tu abuela se perdió de todo: estudio, amigos y futuro. Todo lo que hace un niño después de los 15 años. Nunca te lo dirá, pero cuando le dispararon a Eduardo perdió algo más que a su padre.

¡Yo sé!

Yo quedé como: ¿Y eso es? ¿La familia estuvo bien por arte de magia después de eso? ¿Con el hecho de que Abue simplemente renunciara a su vida?

No estoy segura. No conozco los detalles. Lo único que sé es que tu abuela ayudó a criar a sus hermanas. Y tan pronto pudo, se fue.

Dios, ¿no estás segura? ¡¿Qué putas?!

Qué putas, NADA. Se te va a infectar el cerebro con todos esos qué putas. Ve a leer un libro para que puedas aprender más palabras. ¡Tu abuela desearía haber podido hacerlo!

¡Sí! ¡Mi mamá ni siquiera sabía si el plan de Fernanda al menos había funcionado!

Dijo que lo único que dice Abue es que su mamá era el diablo y que la trataba como un culo.

No se sabe ningún detalle. Y que cada vez que mi mamá intenta preguntarle a Luisa, dice que no le corresponde.

Luisa nunca explica mucho, pero dice que no era tan grave. Que Fernanda era dura y peleaban, pero que siempre había comida en la mesa. Me imagino que era un poco de ambas cosas… Sabes lo extrema que puede ser tu abuela. Pero nunca le preguntes… Es incapaz de volver a esos años. ¡Y no digas que yo te conté! O nunca dejará de regañarme. Tu abuela no querría que menospreciaras su vida.

¿Qué? Ustedes son tan raras. ¿Por qué la menospreciaría? Era una niña en una situación horrible.

Y como todavía no entendía el significado de que mi mamá me contara todo esto, pensé: Un momento… ¿Fue esta tu manera de decir que hubieras preferido no haber tenido hijos?

¡No! Solo me hubiera gustado haber esperado. Pero no tenía ejemplos a seguir. Todos los que me rodeaban tenían hijos muy jóvenes.

Pero luego me dijo como: ¡Deja de hacer como si esto fuera sobre mí, Luciana! ¡Estoy tratando de enseñarte una lección! ¡No renuncies a tus sueños!

Yo sé, jaja.

Y yo pensaba como: Eeeh, no ir nunca más al colegio ES mi sueño.

No entiendo por qué. Te encantaba.

Pero, obviamente, no podía decirle por qué. No podía decirle que todos mis amigos habían dejado de serlo el último día de primaria, cuando se enteraron de que era gay. Y que pensaba que el colegio había sido importante... porque me abrió el espacio para llorar por cosas por las que no podía llorar en la casa.

Pues en realidad PODÍA identificarme con que me pidieran que viviera mi vida para otras personas.

Simplemente se puso difícil. Después de octavo.

¡Pero te conseguimos un tutor!

Yo sé, ma.

¿No es ridícula esa historia? ¿Qué Fernanda no tuviera familia y luego un imbécil le disparara al amor de su vida?

¿Y que luego su plan B fuera dejar a Abue sin papá, sin amigos y sin libertad?

Como: joder... Al menos tengo a Nico.

Y el carro.

Probablemente a Abue le horrorizaría saber que somos más parecidas de lo que todos creen.

Diría: ¿Quién? ¿YO? ¿Y TÚ? ¡Pero mira la forma como te vistes!

Y estoy segura de que si le preguntara a Abue... sobre su "perspectiva" sobre todo esto... sería muy diferente a un simple: "Aprende a apreciar más tu vida".

Creo que literalmente sería: "¡No hagas lo que dice tu mamá!"

¿YA entiendes por qué necesito tanto que llames a mi mamá?

Porque es un poco difícil entusiasmarse con ir a cualquier parte con ella cuando todo lo que dice no es más que un falso sermón que se burla de mí en lo más profundo.

¡Y siempre se trata más de ella que de mí de todos modos!

Como... parce. Si extrañas tanto viajar, ¡ve a hacer un CRUCERO!

¡O únete a un club de lectura!

Para discutir tus problemas paternos intergeneracionales.

¡No me los eches todos encima mientras nos arrastras por el país durante la temporada de huracanes!

Sí. Explícaselo. Por favor.

No, Mari, no recibí más detalles.

No le preguntaré a mi mamá sobre nada más durante su crisis de mediana edad. Me mantendré alejada de ese juego de trauma telefónico...

Simplemente voy a vivir en ESTA realidad. Donde hemos escapado de un HURACÁN.

Y haré que regresemos a casa MAÑANA.

5

Esto no es un hotel

—Hola.

Sí.

Soy yo.

Tenemos que hablar pasito, porque estamos en la clínica.

¿Recibiste mis mensajes? Ya sé qué mi mamá te había contado.

Sí, le están haciendo una resonancia en este momento.

¡No sé!

¡Nadie me ha explicado nada!

Por fin logré escaparme de todo el mundo para poder respirar un segundo.

Yo TAMPOCO sé cómo pasó esto, Mari. Deja de GRITARME.

Aj, espera... me están mirando mal.

Ya... acá puedo hablar mejor.

SÍ. CRÉEME. ¡Estoy igual de confundida!

Hace nada me estaban gritando sobre unos putos ORFANATOS, y pareciera como si nos hubiera maldecido por no PARAR de pedir que regresáramos a la casa.

Porque, eh, obvio que regresamos a casa… No es lo que quise decir.

Ay, Dios. Me estoy mareando otra vez.

Cada vez que pienso en eso siento que me voy a desmayar.

Sucedió de la nada, man…

Al fin había convencido a mi mamá de salir de Carolina del Norte, aceptando parar en Charleston y en la maldita Savannah, entonces ya íbamos hacia el sur cuando mi papá llamó a decir que estaba en casa de Abue pero que ella no abría.

Estoy preocupado, Elena. No ha contestado mis llamadas desde ayer. ¿Será que le pido al administrador del edificio que me deje entrar?

No, no. Podría estar durmiendo. O en la ducha. Me matará si involucramos a otras personas. Prueba unas cuantas veces más. ¡Y toca DURO, Jaime!

Al principio mi mamá ni siquiera se tomaba en serio lo que mi papá le decía, porque quería ver los putos árboles de Savannah.

¡Probablemente tu abuela tiene el secador de pelo demasiado alto! Por eso no oye el timbre. ¿No te sentirías muy idiota? ¿Si corremos a casa por una bobada como esa? ¡Escuché que Savannah tiene los robles más hermosos!

Creo que algo no está bien, ma. Tampoco ha contestado mis llamadas.

¡Siempre le pasa algo a esa mujer!

¿Y qué tal que se haya caído? ¿O que se haya golpeado la cabeza? Ay dios. ¡¿Y le haya dado un derrame?!

Okey, okey. Respira. Si no nos contesta a ninguno en la próxima hora, podemos saltarnos Georgia e ir directamente a casa. Pero si te responde... No digas nada de lo que te he dicho. Ya estoy dudando de haber compartir tanto...

¡No me importa eso ahora! ¡Ve más rápido!

Menos mal que después de unas horas más de silencio de Abue, mi mamá finalmente estuvo de acuerdo con que era extraño y que algo no estaba bien.

Entonces corrimos desde Savannah a Jacksonville y luego a Daytona Beach, y cuando llegamos a West Palm, mi mamá al fin cedió y le dijo a mi papá que buscara al administrador del edificio y le hiciera abrir la puerta.

¿Estás segura de que no tenemos una llave de repuesto?

Sí, Jaime. Ella no nos ha dado una en años. Dile al administrador que es una emergencia. ¡Pero llámame antes de entrar! No sé en qué estado la encontrarás.

Después de eso, mi mamá ya iba a ciento cuarenta en la autopista cuando papá llamó y dijo que el administrador del edificio había evacuado, por lo que no habría llave. *¿Ves, Luciana? Probablemente esté divirtiéndose y explorando Georgia.* Y entonces papá se iba a convertir en Rambo e iba a conseguir las herramientas necesarias para abrir la puerta de Abue.

¿Qué? ¡No! Suena excesivo, Jaime.

O lo hago yo o la policía. Elige una opción.

¡¿Policía?! Dios mío. Ahora sí que me va a matar.

Entonces mi mamá obviamente comenzó a ir como a doscientos después de eso, y cuando finalmente llegamos a casa de Abue, mi papá tuvo que rogarnos a todos que nos moviéramos y lo dejáramos tumbar la puerta.

No puedo hacerlo si estás parada ahí, Elena. Por favor, muévete. Cuanto más rápido lleguemos a ella, mejor.

MAMÁ. ¿ESTAS AHÍ? ¡Jaime va a tumbar esta puerta! ¡Y sé que no quieres! ¡Piensa en los vecinos!

Muy bien, me haré cargo. ¿Emilia? ¿Puedes oírme? Es Jaime. Si estás cerca de la puerta, necesito que retrocedas. A la cuenta de tres, ¿vale? ¿Estás lista?

Y fue ahí cuando finalmente entramos todos y la encontramos, viva, pero completamente amarilla.

Abue… ¿Qué coños?

¡Síp!

¡Recostada en el sofá!

Oh. Son ustedes. ¿Cómo estuvo el viaje?

Dios mí… ¿mami? Luciana, alista sus cosas. Necesitamos ir a un hospital.

Elena, ¿eres tú? ¿Qué está pasando?

ESTÁS PUTAMENTE AMARILLA, AMIGA.

¿Qué quieres decir? ¿Por qué gritas?

Sí, Mari. Amarillo BRILLANTE.

Y cuando le pregunté por qué se parecía a Piolín, ni siquiera tuvo la energía para poner los ojos en blanco.

Te hubiera mandado fotos, lo juro. Pero no teníamos tiempo.

Porque en el momento en que llegamos a urgencias, los médicos vieron a Abue y se la llevaron atrás aún más rápido.

Y en el momento en que mamá me vio a solas, empezó a interrogarme; a preguntarme si sabía "qué le pasaba a Abue".

¿Le dijiste que hiciera esto? ¿Qué ideas le metiste en la cabeza?

¡Tratando de descubrir si yo era parte de algún gran plan para ayudar a acabar con su vida!

¿No? ¿Qué putas?

¡Pero ella te cuenta todo!

Yo hubiera MENCIONADO esto.

Obvio que le pregunté a Abue qué pasó, Mari. Muchas veces.

Eeh, ¿me puedes decir qué está pasando aquí?

Y dijo que podía "sentir" que algo estaba mal, pero que primero quiso sobrellevar la tormenta en lugar de decir algo que nos hiciera devolver.

Si algo les hubiera pasado a ustedes, devolviéndose para ayudarme, nunca me lo hubiera perdonado. ¡Y no podía decir nada antes de que se fueran! ¡Se hubieran preocupado y no se hubieran ido! Sabía que cuando regresaran podríamos lidiar con eso. Pero entonces la traidora de Irma cambió sus planes… Y cuando llegaron a Carolina del Norte, no sabía cuánto tiempo había pasado ni qué día se habían ido. Me hundí tan profundo sin darme cuenta… Creo que no he comido en días.

Nop. No. Gran pregunta.

No sé cómo, pero no se había dado cuenta de que se había puesto amarilla.

¡Pensé que era por quedarme adentro todos esos días! Con esas persianas horribles… ¡No es saludable estar atrapado así en un lugar por tanto tiempo!

Y no quise presionar más, porque todavía está muy débil.

Pero en el momento en que salga de sus resonancias magnéticas, entraré.

Hablando de… Se supone que debo ir a algún lado, ¿a recogerla?

¿O simplemente la traen de regreso cuando terminen?

Porque ha estado ahí durante horas…

De hecho, ni siquiera sé dónde estoy.

¿Creo que estoy en un piso con bebés?

¿Creo que puedo oír a alguien llorar?

A menos que esté alucinando. Lo que también es posible.

Porque todo esto parece una gran simulación.

Y en verdad quiero disociarme ya mismo, pero tengo miedo de volver a perderme algo importante si lo hago.

Pues pude haberme dado cuenta de que algo andaba mal, ¡si no hubiera estado tan ocupada librando una guerra ancestral con mi mamá!

Tenía la cabeza tan en las nubes —al hablar de monjas, terratenientes, chismes y otras mierdas— que

pensé que regresaríamos y te llamaría como: ¡Hola, fea!
Ya volvimos de Carolina del Norte. No hubo daños
en nuestra casa, ¿puedes creerlo? ¡Nos fuimos hacia el
norte del país toda una semana para nada!

Pero no.

Porque en lugar de eso, llegamos al apartamento de
Abue y la encontramos del mismo color del sol.

Aj.

Y creo que ahora estoy teniendo una experiencia
extracorporal o algo así…

Porque tengo mucho frío. Pero tampoco paro de
sudar.

Y todos a mi alrededor también están actuando su-
perparanoicos…

Como el verano pasado cuando probaste el eme.

Sí… ¡mi mamá va de un lado para otro diciéndoles a
todas las enfermeras que Abue es una psicópata!

*Enfermera, escúcheme. Mi madre es frágil y hay que tra-
tarla con cuidado. ¡No es una persona racional! ¡Creo que dejó
que esto le pasara a propósito! Necesitamos ser estratégicos.*

Una de las pobres enfermeras dijo como: Okey,
¿entonces esta mujer necesita una consulta psicológica?
No, no, solo le comento. Para que sepan.

¿Sepamos qué?

Cómo sucedió.

Tuve que decir como: Mamá, por favor, ¿puedes relajarte? Me acabas de contar que Abue es casi una colegiala, ¿y ahora le estás diciendo a todo el mundo que
tiene tendencias suicidas?

¡Shh! Te dije que no podemos hablar de eso aquí. ¡Pero no sé! ¿Por qué otra razón no nos diría que estaba enferma?

Estaba tratando de protegernos.

¡No, está mintiendo! Ella odia a los médicos.

Eso no es verdad… Le encantan los cirujanos plásticos.

Esos son diferentes. Los necesita.

Y sí, lo que sea, tal vez mi mamá podría tener algo de razón… pero nunca se lo diría. Porque entraría en modo loca. Pero eso se me ha pasado por la cabeza una o dos veces, si Abue simplemente "dejó que esto sucediera" o no.

Lo digo en serio, man.

En una de nuestras últimas llamadas, antes de que desapareciera, le pregunté a Abue si podía quedarme en su casa unos días después de que regresáramos. *Tu hija me está volviendo loca. Necesito un tiempo lejos de ella. Tú entiendes.* Pero no pareció emocionada en absoluto, lo que fue extraño, pues normalmente le encanta que la visite.

Solo si primero te bañas. Y duermes en el sofá. Quién sabe qué tipo de gérmenes estás trayendo.

¡Y después ni siquiera pude hacerla reír!

Bueno, pues la verdad es que he crecido mucho más desde que nos fuimos… Entonces probablemente necesite la cama. Y es posible que ni me reconozcas. Creo que ahora soy tan alta como para alcanzar a limpiar esa estatua de la Virgen María tan rara que tienes en la pared de tu cama. Seguro fue todo el aire fresco lejos de tus peos. ¿No crees?

Qué asco, Luciana…

Yo sé. Estoy de acuerdo.

No confío en la gente alta.

Y entonces, de la nada, mientras estábamos hablando por teléfono, comenzó a decirme porque sí: IRMA, IRMA, IRMA. ESTOY CANSADA DE HABLAR DE LA PUTA IRMA. *¡Qué vieja tan estresante!*

Yo quedé como, ¿qué coños? ¿A ver que ni siquiera estamos hablando de ella?

Y perdón por querer que vivas… ¿A qué se debe toda esta rabia?

Entonces, si Abue tenía un plan secreto, probablemente estaba pensando: Luciana, ¡CÁLLATE antes de que arruines mi plan con tus adorables ojos café!

Voy a colgar ya. Tengo náuseas. Llámame cuando regresen.

¡Acabo de decir que ya vamos a regresar!

Y lo único que supe de ella después de eso fueron esos mensajes de voz extraños, donde sonaba como si acabara de cometer un crimen o de haber subido los catorce pisos de escaleras.

Lo juro. Eran como: Oye, loca —respiración frenética—, llá… ma… me. Hola, fea —suspiro profundo— *couull mí.*

Pero cada vez que volvía a llamar, necesitaba algo estúpido. Como que tenía que restablecer su contraseña de Hotmail por décima vez.

Bueno, gracias. Me tengo que ir.

Espera… ¿por qué?

Si hubiera sabido entonces lo que sé ahora,

definitivamente hubiera pensado que algo pasaba.

Pero como una IDIOTA, pensé que ella simplemente estaba de mal humor.

Y ahora, cada vez que pienso en Abue —sola y adolorida, a la espera de nuestro regreso—, ¡quiero darle un puño a la pared y llorar!

PUTAA. ¿Cómo no nos dimos cuenta?

¿Cuenta de qué? ¡Está loca!

Sin embargo, mi mamá no ha sido tan comprensiva. Todo lo está volviendo sobre ella.

Esto es PEOR que no evacuar, Luciana. Esto es EGOÍSTA. ¿Entiendes? ¿Y si se hubiera MUERTO? ¿Sabes lo HORRIBLE que se hubiera sentido? ¿Cómo pudo hacernos esto?

Sí, jaja. Ya sé de dónde lo sacas.

Yo estaba como: Es exactamente por eso que Abue no quería decírtelo, amiga. Eres incapaz de no ponerte en el centro de atención.

¡Eso es porque ninguno de ustedes sabe cómo funcionar sin mí! A ver si pueden solos.

Pero voy a necesitar que mi mamá deje de gritar y se concentre en lo que está pasando.

Porque busqué en Google la mierda que hace que te pongas amarillo, Mari... y las cosas no pintan bien.

No. No quiero decirlo.

No voy a volver a maldecirnos.

Voy a esperar a que tengamos los resultados, y tú deberías hacer lo mismo.

Mari, por favor. No llores... Mi cabeza no puede ir ahí.

No hagamos eso todavía, no hasta que sepamos.

Hablemos de cómo Abue se pondrá bien, ¿sí? Y de cómo se va a recuperar de esto, ¿porfa?

Porque tiene una doctora muy sexy y bien vestida...

Que no solo es brillante, sino que también es un gran augurio para Abue.

¡¿No?!

¿Probablemente signifique que estamos en buenas manos?

No exagero, Mari. Es igualita a Sandra Bullock.

Dios.

¿Qué?

Nada. La médica de Abue se parece a esta actriz...

¿Podrías concentrarte? Llama a tu papá y dile cómo llegar hasta aquí. Está esperando como un bobo abajo en la recepción.

Cuando la médica entró por primera vez, Abue estaba como: ¿Quién eres? ¿Y cuándo veré al médico principal? Necesito a alguien calificado. ¡O volveré a morir sola en este gallinero!

Ay, dios. ¡Abue!

¿Qué? Ella no puede entenderme.

Me dio mucha pena. Estábamos como: amiga, vuelve a ponerte amarilla y cállate. La doctora está de pie aquí y va a salvarte la vida.

¿Qué? ¿Esta niña? Pero parece una supermodelo. La he visto antes en mi televisor.

¡Eso es lo que dije! Mamá, ¿sí ves?

Ahora no, por favor.

¿Entonces ella es mi médico? Interesante... Probablemente

es lo mejor. Los hombres son unos degenerados igual. Lucia-na, acércala. Y empieza a traducir. Elena, ni lo intentes. No quiero perder una extremidad por tu mal inglés.

Yo estaba tan putamente agradecida de que nos hubiera tocado el único médico en todo Miami que no hablaba español, menos mal.

Porque si no, me hubiera tocado decirle como: Lo siento, jaja. Mi abuela está en *shock*. Al parecer no hay mujeres médicas en Colombia.

Hola Emilia. Soy la doctora Parker. Vamos a descubrir qué le está causando el dolor y poniéndole la piel amarilla, ¿bueno? Cuando tengamos más información podremos decidir qué hacer. Siento mucho que sea tan demorado. Pero queremos estar seguros. Mientras tanto, las enfermeras la cuidarán bien.

Luciana, dile que gracias, y que soy la hija y tenemos unas preguntas.

¿Por qué no puedes preguntarle tú? Tú hablas inglés.

Ahora no. Estoy estresada.

Sí, Mari, cualquier persona con OJOS ha preguntado por qué Abue no vino antes.

Dicen como: Señora, ¿vive sola? ¿Tiene un espejo en su casa? ¿Es consciente de que su peso la clasifica como anoréxica? ¿Y ha oído hablar de la "depresión"?

Pero no están preparados para las respuestas…

Hasta tuvimos a una enfermera joven que trataba de ser muy educada e hizo lo mejor que pudo, pero no logró sacarle ninguna información útil a Abue.

Perdón, pero si no le importa que le pregunte, ¿hace cuánto tiempo le apareció el tono amarillo en la cara antes de venir aquí? ¿Algunas horas? ¿O tal vez días? Puede tomarse un tiempo para pensarlo. No hay afán. Pero por favor complete los datos personales requeridos en el formulario médico. Es para nuestros archivos.

Luciana. *¿Qué me está diciendo?*

Está preguntándote otra vez tu fecha de nacimiento y tu peso.

Ah, bueno, no se los voy a decir.

Entonces tuve que decirle a la pobre enfermera que su esfuerzo era inútil. Porque Abue no iba a decir nada. Y su excusa sigue siendo que no pensó que las cosas sucederían tan rápido.

¡El dolor no era tan grave cuando tú y tu mamá se fueron! Dile eso, Luciana. Y que pensé que tal vez estaba baja de energía por dormir mal. ¡O por toda la histeria que hay en las noticias! Te estoy diciendo la verdad. ¿Crees que esto se siente bien? ¿Que unas adolescentes sin sentido del estilo me acosen con preguntas sobre mi vida personal? ¡Ya tengo eso mismo en la casa gracias a ti!

Luego, la enfermera me preguntó una vez más si podía ayudar a traducir, pero le dije como: No creo que quieras que traduzca. Créeme.

Está bien, volveré en otro momento.

Dios. ¿Y luego Abue trato de darle propina otra vez?

¿Qué buscas en tu cartera, amiga?

¿Acaso no necesito darles propina cada vez que entran?

¡No! No estamos en un semáforo en Colombia, ¿a ver? Ella no es un niñito haciendo malabares con frutas entre semáforos para conseguir dinero. Para lo que NI SIQUIERA BAJAS

LA VENTANA. Deja de actuar como la Madre Teresa de los millones. ¿Estás segura de que esta intravenosa está bien en tu brazo? Me estás empezando a asustar.

Perdón… No seas tan sensible. Pensé que a ustedes los gringos les gustaba que les pagaran por ser amables.

Nos gusta. Pero déjala en paz. Puedes más bien entregarme a MÍ los billetes.

Solo si los usas para comprarte ropa nueva. Preferiría no morir mientras usas camisas con rotos.

¡Nadie se está muriendo! Deja de decir eso. Y tú usas mallas todo el tiempo.

Mari… ¿Y por qué este hospital está rodeado por un mar enorme e interminable?

Juro que quieren que esta gente salte. Estoy mirándolo ahora mismo.

Ay, por favor. Si estuvieras conectada a mil millones de máquinas y vieras ese océano delicioso y profundo allá abajo, listo para que pongas fin a todo el bip, bip, bip, pin, pin, pin, ¿no lo harías?

Da igual.

Es solo que no has visto a algunos de los enfermos que están aquí. Parecen tan fuera de sí.

Y pronto estaré a su nivel, si mi mamá trae a la brigada machista.

Que ya ha amenazado con traer…

¡Sí! Dijo que cuando sepamos "qué pasa con Abue", llamará a todos sus hermanos para hablar de eso.

¿Para qué? ¿La primera vez en todo el año? Llaman y les importa menos que a Mari. Y si vienen, yo también necesitaré

la sala de emergencias.

*Todo dependerá de lo que esté pasando con tu abuela,
Luciana. Los vuelos desde Colombia en este momento son
costosos.*

Bien. Espero que los precios sigan subiendo.

No seas mala. Podríamos necesitar su ayuda.

*¿Por qué? Lo único que hacen es comentar sobre mi cuer-
po... ¡Y ni siquiera les preocupa Abue! No preguntaron por
ella NI UNA VEZ antes de que llegara Irma.*

Hasta puedo OLER su maldita colonia por las escaleras...

Listos para sofocarme con sus lecciones de etiqueta.

El tío Iván con su polo Lacoste de imitación... que
lo hace ver como alguna mierda con escamas que ves
en las noticias sobre la vida silvestre de Florida. Y el
tío Tomás lo sigue de cerca, con su corte militar, reco-
rriendo la habitación con los ojos en busca de un lugar
donde hacer sus flexiones más tarde. Mientras que el
Tío Víctor, el menor de los tres, corretea con sus jeans
recién planchados. Lleva en la mano derecha las edicio-
nes del periódico favorito de Abue de los últimos seis
meses. Y Google Translate en su teléfono en la mano
izquierda.

Su "¡Madre!" en colectivo resuena en los pasillos
y dentro de nuestros tímpanos para siempre...

*No puedo creer que esos tres hombres salieran de Abue.
Y que sean tus hermanos "mayores". Que estén relacionados
por sangre.*

Yo sé. Aunque creo que solo lo recuerdan una vez al mes

cuando tienen que pagar su arriendo.

¡O cuando ella usa su dinero para comprarse una nueva parte del cuerpo!

Está bien. Así es como demuestran su amor.

La última vez que estuvieron aquí, Iván no podía dejar de hablar de lo feliz que lo hacía que mis senos finalmente crecieran.

¡¿Por qué te importa?!

¡No, está bien! Nos alcanzamos a preocupar porque tardaban mucho. Ya sabes, porque tal vez no tenías suficientes niveles femeninos. Hay médicos en Colombia que pueden ayudar con eso.

Ay, ¡si tuviera tanta suerte!

Ay, pero qué dices. Mi sobrina la comediante.

¿Por qué cree que eso es normal?

¿Acaso planea venderme o algo así?

¡Y mi mamá nunca me defiende! Ni siquiera responde.

Simplemente se sienta ahí y piensa, DEJA DE HABLAR DE TETAS AL LADO DE LUCIANA. ESTAMOS TRATANDO DE CAMBIARLA.

Sí, Tomás no es tan grave. Él está bien.

Solo me pasa discretamente billetes de veinte y se disculpa por ser mi padrino.

Y puedo soportarlos de lejos, pero si ponen un pie en este país, te obligaré a montarte en un avión y regresar a casa de inmediato.

Mmm. ¡A VER, MARI!

¿Cómo no lo has contemplado?

¡Le he estado preguntando a mi mamá por qué no

has intentado venir!

No lo entiendo. Abue está en urgencias. ¿Por qué Mari no está en un vuelo ya mismo?

No queremos entrar en pánico por ahora. Y nosotras podemos encargarnos. No hay necesidad de interrumpir la vida de nadie.

Pues sí… Mi mamá dijo que ibas a esperar hasta que nos dieran "algunas respuestas". Pero pensé que no era más que su propia idea estúpida. ¡No pensé que de verdad querías arriesgarte!

¿Qué pasa si las cosas se ponen FEAS, Mari?

Ay dios.

Ay… Dios.

NO estás mencionando el reclutamiento de la fraternidad.

¡¿Acaso algo INFECTÓ sus cerebros?! ¿También te estás poniendo amarilla?

Mari.

No me importa si la MISMÍSIMA Rihanna se une a tu pequeña fraternidad demente de mujeres.

Si dicen que algo está LIGERAMENTE mal con Abue, más te vale venir a casa. Porque no estoy equipada para llevar a esta familia sin ti. Normalmente me siento en una esquina y me IGNORAN.

No, no. Tienes que abrir los ojos.

La evacuación fue una cosa, pero esto es otra completamente diferente.

Y por aquí vamos a necesitar a alguien más con sentido común, o Abue irá cuesta abajo RÁPIDO.

Mi papá está demasiado ocupado arreglando los daños en la finca y mi mamá ya está en la etapa de negación. Entonces no se puede confiar en NINGUNO de los dos.

¡Y ni siquiera puedo confiar en mí ahora mismo! ¡Míranos!

Estábamos correteando por ahí, gritando sobre el huracán equivocado, y ahora Abue parece un maldito canario. ¡Sucedió justo delante de nuestras narices!

Yo sabía. Sabía que ella no evacuaba por alguna razón. No es una total psicópata.

Sí, lo es, Luciana. Créeme. La conozco desde hace más tiempo.

Eh, ¿por qué no te sientas, mamá? Estás un poco pálida.

No, tengo que salir y hacer unas llamadas. Necesito estar lista para cuando los doctores regresen. Pero si la traen no te atrevas a decir nada.

¿Sobre qué? ¿Te dijeron lo que está pasando?

Nada. No podemos hablar de eso todavía.

Mierda.

No llores, Nana. Se dará cuenta.

Ah, y hablando del rey de Roma, aquí está ella.

Nuestra madre del servicio secreto me ha encontrado.

Sabía que iba a revisar si estaba cerca de las malditas máquinas expendedoras...

Ah, y mira. Está marchando hacia acá con órdenes para la guillotina porque me estoy comiendo un paquete de papas.

Increíble.

¡¿Puedes creer que me critican el peso hasta en un pabellón de hospital, Mari?!

Aj. Debí haber dejado a mi mamá en Carolina del Norte...

Porque tal vez así... ni siquiera estaríamos aquí.

Pues sin sus gritos, probablemente pude haber descubierto que algo no estaba BIEN.

Porque es muy raro, man...

Si uno lo piensa, es obvio que Abue estaba sufriendo.

Pero, al mismo tiempo, no del todo.

Lo que en definitiva es el problema con estas mujeres, supongo.

6

¿Y con quién vas?

—Hola.

Avísame si el servicio apesta.

Nos movieron a otro piso del hospital.

Has… eh… ¿hablado con mi mamá hoy?

Mierda, okey.

Pues, le hicieron otra resonancia hoy, Mari.

Sí. Y encontraron una masa.

Como un tumor.

En la vejiga de Abue.

Pues, técnicamente está en los conductos biliares, pero yo no tengo ni la más mínima idea de dónde queda eso.

Yo sé.

Lo siento.

Ya lloré por eso tres veces en el baño.

Eh, okey… de verdad lo estás dejando salir.

Está bien…

Eh, ¿al menos estás respirando?

¿Me oyes?

¡No dije que estuviera MUERTA, Mari!

Y si estuvieras aquí, ¡al menos podría darte un abrazo!

En vez de dejar que dependas de cualquier mecanismo maniático de supervivencia que estés a punto de utilizar...

En el que debí pensar antes de hacer esta llamada, a decir verdad.

Pero mira: hay esperanza.

La médica de Abue cree que logra llegar a él.

Sí, ¿pues al tumor?

Bueno, ¡pude haberte dicho eso primero si me hubieras dejado terminar!

Y me leí como cuatro entradas de Wikipedia para entender esto, entonces tómalo con cautela.

Pero la doctora Sandra Bullock dijo que como el tumor de Abue está en los "conductos biliares", justo entre el hígado y el intestino delgado, milagrosamente nos daba el espacio suficiente para sacarlo.

Antes de que se disemine.

Porque aparentemente... fue bueno que el tumor bloqueara el flujo de fluidos entre sus órganos... pues hizo que se pusiera amarilla. Y nos avisó que no estaba bien.

Justo a tiempo.

Es correcto.

Como el tumor en realidad no está DENTRO de su hígado o intestino delgado, sino que está no sé como en el medio, Sandra cree que hay buenas posibilidades de extirparlo de forma segura.

¿Entiendes lo que digo? Es muy afortunada. La mayoría de las masas en esta área se identifican demasiado tarde. O crecen primero en secciones inoperables. Pero esta está justo en el medio de dos órganos principales. Tenemos la oportunidad de intentar extirparla sin causar demasiado daño.

Sí, parece que es… de los tumores malignos, ¿sabes?

Pero dijeron que no podemos estar seguros hasta que la abran.

Doctora, ¿y la cirugía será dolorosa? Ella está muy débil.

Será larga. Pero lamentablemente es la única opción.

Bueno. Iré a hablar con ella y mi mamá.

No, ¡Mari!

No estoy EXAGERANDO las cosas para que vuelvas a casa.

¿Qué te pasa? ¿No oíste lo que te acabo de decir? VAN A OPERAR A TU ABUELA PARA QUITARLE UN TUMOR.

¡¿Por qué me lo iba a inventar?!

¿No quieres estar aquí para eso?

"El semestre acaba de comenzar". Guau. Okey.

Da tristeza pensar en lo mucho que el alcohol te está carcomiendo el cerebro.

¡Y no, no es así! ¿No estamos casi en octubre?

Guau, "Eso quiere decir que pronto estaré en casa para el Día de Acción de Gracias", está bien.

¡Me alegra que nos incluyas!

Solo por el bien de Abue no te cuelgo ya mismo.

Porque en realidad necesito tu opinión.

Y solo lo voy a explicar una vez, entonces si de verdad te importa tu abuela, por favor concéntrate y escucha.

Pero hagas lo que hagas, NO le digas a mi mamá que te llamé. Porque se suponía que no debía decirte absolutamente nada.

¡Sí!

¡Es parte de su plan demente que estoy a punto de contarte!

Que es urgente.

Porque como la médica de Abue dijo que los pacientes con estos tumores normalmente tienen solo como seis meses de vida, quieren operar a Abue de inmediato. Como, mañana. Entonces Sandra está allá afuera programando la cirugía de Abue en este instante.

¡Yo sé! Yo sé. Pero espera. Déjame terminar.

La cirugía es de alto riesgo, pero si no la hacemos, le empezará a fallar el hígado. Lo siento mucho. Las imágenes muestran que el tumor está empezando a obstruir funciones primordiales, lo que significa que es posible que necesite procedimientos o tratamientos adicionales si no podemos sacarlo por completo. Pero sabremos más sobre los próximos pasos una vez que veamos lo que hay adentro. Por ahora, tengan en cuenta que esta masa puede ser maligna, dada su ubicación y tamaño. Y si lo es, probablemente necesitará quimioterapia para las células que queden.

Okey… eh… ¿Nos puede dar un momento, por favor? Gracias.

Y como necesitamos que esta cirugía salga bien por encima de cualquier cosa, por todo el asunto de los "seis meses de vida", mi mamá no quiere decirle absolutamente nada a Abue.

¿Cómo así?

No podemos decirle nada sobre que el tumor puede ser "maligno" hasta que sepamos que la cirugía fue segura y exitosa. Su salud depende de eso.

¿Perdón?

No pongas esa cara, Luciana. Es por su propio bien. El estado mental puede llegar a determinar muchas cosas antes de una cirugía. ¡Y puede hasta matar! No podemos arriesgarnos a que caiga en una espiral y se dé por vencida. Ya sabes cómo es. ¡Mira lo que pasó con Irma! No voy a repetir eso. No, señora. Esta cirugía debe salir bien para que ella pueda recuperarse rápidamente y haga el tratamiento. Porque dijeron que si es maligno… podría propagarse rápidamente. Y si siente que las probabilidades están en su contra, rechazará todo desde el principio.

¿Pero cierto que eso no está bien, Mari?

¿Ocultarle información?

Entiendo que estamos en Florida… pero nada de eso suena legal.

Como que… no podemos no darle a Abue toda la información, solo porque queremos que esté "feliz" durante la cirugía, ¿no?

¿No debería ella poder tomar sus propias decisiones?

Sobre su propia salud, ¿literalmente?

¿Y si no sale bien, man? ¿Qué pasa si no funciona?

¿Qué pasa si Abue igual sale con medio hígado y nos odia por el resto de su vida?

¡Al menos ESTARÍA viva, Luciana!

Pero ¿y si no quisiera vivir así, ma?

¡¿Por qué soy la única que siente pánico?!

Okey, ¿entonces estás de acuerdo?

Gracias.

¿Ves? Esta es exactamente la razón por la que no podemos dejar que mi mamá tome la iniciativa.

Alguien más necesita hacerse cargo, y yo no entiendo ni la mitad de estos términos médicos, por lo que no puedo ser la primera línea de defensa.

Eh, ¿qué quieres decir con "¿Cómo le va a mentir mi mamá?" ¡Todo pasa por ella y por mí! No le dicen nada directamente a Abue.

¿Por qué firmaste un formulario que dice que no necesitamos un traductor?

Porque te tenemos a ti.

¿Pero y qué con Abue? ¿Cuando yo no esté? ¿O cuando quieran decirle algo en privado?

¿Por qué querrían eso? Acá estamos nosotras.

Pensé que mi mamá estaba en *shock*… o que tal vez simplemente necesitaba más tiempo para procesar… pero ahora es claro que está entrando en modo de negación total nivel bestial.

Y esta vez no puedo hacerme a un lado como si nada y dejar que algo le pase a Abue.

EN ESPECIAL si le va a quitar nuevamente el poder de decisión sobre cómo vivir su vida.

Incluso cuando la médica dijo la palabra que empieza con *c* o "Tu abuela podría necesitar tratamiento", mi mamá seguía como: ¡Genial! ¡Ahora podemos respirar! Si tratamos de estar siempre positivos, ¡todo saldrá bien!

Tal vez no, ¿a ver? Simplemente dijeron que aún no se puede saber.

Exactamente. No sabemos nada. Entonces no actúes como si yo fuera un monstruo que esconde algo. Tu abuela sabe que hay que sacar una masa y ya está. Eso es lo que nosotros sabemos también.

Pero Abue no es una niña, ¿cierto?

No es ninguna estudiante de bachillerato.

No tenemos que protegerla de las decisiones difíciles, ¿no? ¿Está mi mamá pasando por otra crisis de la mediana edad?

Ay, Dios. Por favor dime que mi mamá está teniendo otra crisis de la mediana edad y ya.

Mierda.

Tú tampoco sabes…

¿Pero sabes quién SABRÍA? Abue.

Estaría haciendo todas las preguntas correctas y pillándose toda la mierda. Sacándole la piedra a todo el mundo.

Pero en cambio, la tienen tomando como un millón de sedantes antes de la cirugía, ¡para que siga drogada y no se dé cuenta o se preocupe!

Ahora estoy mirando a la pobre que descansa. Está profunda. No tiene ni idea de lo que potencialmente le espera…

¿Qué debería hacer? ¿Crees que debería decirle algo?

¿O será que de verdad le afecta la cabeza antes de la cirugía?

O sea… es absurdo pensar que no sabe por qué estamos acá.

La trajimos rodando en su silla de ruedas para PACIENTES CON CÁNCER, al CENTRO DE TRATAMIENTO PARA PACIENTES CON CÁNCER, para su CIRUGÍA PARA PACIENTES CON CÁNCER.

No podía leer los letreros desde la silla, obvio, pero ¿no es la misma palabra en inglés? ¿Cómo está explicando mi mamá todos los letreros?

Dios… Probablemente le esté diciendo que es un edificio dedicado a la astrología o algo así.

AJ. ¡Pensé que aquí era cuando finalmente seríamos sinceras!

¡En el maldito hospital!

¡Cuando ya no es posible ignorar lo que te GRITA en la cara!

Es como un letrero enorme de dos metros, mamá.

Estamos bien. Está demasiado alto como para que lo vea tu abuela.

Ay, Dios… Tal vez mi mamá piensa que, si Abue se está muriendo, yo decidiré al fin salir completamente del clóset…

Tal vez por eso no se atreve a reconocerlo.

Y si ni siquiera le cuenta a Abue sobre la palabra que empieza con "c"… ¿Esperará que también me lleve a la tumba la palabra que empieza con "g"?

Okey. Estoy dándole muchas vueltas, tienes razón. Necesito parar.

No, Mari. No te vas a salir de esta.

Mi papá simplemente hará lo que mi mamá diga, y nuestros tíos son unos exmilitares sádicos. No podemos depender de ellos.

Mi mamá dijo que ni siquiera están pensando en venir, ¡porque les dijo que todo estaba bien!

¿Y no les pareció raro?

No.

¡Necesitamos un salvavidas!

Dios. Necesitamos a Mari.

¡No! No la llames. Necesita concentrarse en sus parciales. ¡Y de todos modos ya pronto estará aquí para las próximas festividades!

Guau… ¿Ensayaron el mismo guion ustedes dos? ¡Todo lo que sale de la boca de ustedes es aterrador!

Si Mari vuelve a casa ya, tu abuela se dará cuenta de todo. Y no podemos arriesgarnos a que eso pase. ¡Mari también correría el riesgo de perder su semestre de otoño! ¡Sabes cómo se estresa!

Pero en lugar de coordinar tu viaje o investigar opciones de tratamiento, mi mamá ha estado perdiendo el tiempo diciéndoles a todos que Abue "hizo esto a propósito", porque quería morirse de la forma más extravagante posible. Y todo parece indicar que un huracán ocupaba un lugar mucho más alto en su lista que un tumor.

Síp.

Actuaba como si Abue hubiera planeado liberarse en el océano cuando el huracán azotara e inundara todo, para salir como una sirena sensual en el noticiero Local 10.

Es exactamente por eso que ella no evacuaba, doctora. ¿Le contó eso mi hija? ¿Que mi mami sabía que algo andaba mal? Quería que volviéramos corriendo para salvarla, pero no… es demasiado tarde. ¡Está en las olas! ¡Haciendo volteretas con los peces! Sin preocuparse ni un poquito por su familia o su enfermedad. Qué egoísta. ¿Cómo alguien les puede hacer eso a sus nietos? Es lo que le digo: uno no puede confiar en ella. Entonces todo debe pasar por mí. Agradezco su cooperación.

Y cuando Sandra Bullock estuvo aquí antes discutiendo los detalles de la cirugía con nosotros, no paraba de referirse a lo que necesitaban sacarle a Abue como una "masa no identificada". También dijo que primero necesitaban ver cómo se sentía después de la operación, antes de discutir cualquier "opción de tratamiento adicional".

¿Como radiación? ¿O quimio?

¿Por qué no hablamos afuera? Tu mamá dijo que así lo prefiere.

¡¿Ya te convenció a ti también?!

Mi mamá literalmente no le quitó los ojos de encima a Sandra todo el tiempo. Como cualquier maldita mamá de un niño actor. Articulaba las palabras que la doctora debía decir, asegurándose de que no se saliera del guion.

No, solo le dije la verdad, Luciana. Que tu abuela está delicada. Y que debemos comunicarle las noticias con cuidado.

Entonces, estoy oficialmente sola aquí.

Porque mi mamá ahora los convenció a todos de que, si Abue "escucha la información equivocada en el momento equivocado", se rendirá y morirá.

¡Pero entonces sería su decisión!

¡Cómo puedes decir eso! No seas tan tonta. Si quieres que viva, debemos ayudarla a recuperarse. Antes de que esto se extienda. ¡Y no puede recuperarse si está despierta toda la noche preocupándose y rezando! ¡Tú la conoces! Se deprime.

Estas personas ni siquiera saben si Abue elegiría luchar y vivir…

Ay, Mari, a ver.

La amo, pero no es exactamente el tipo de persona que elige "lo correcto" o la fuerza antes que la belleza.

¡Se ha operado dos veces los senos!

¡Y no sale de casa a menos que esté peinada y maquillada!

Mira, ya es bastante difícil estar traduciendo en Google cosas como "vesícula biliar" y "moco", pero ahora… ¡¿Ni siquiera sé lo que puedo decir?!

¿Y si me pide que traduzca TERMINAL?

¿Qué se supone que debo decir? Eeeh… ¿significa MARIPOSA?

Y lo ÚNICO que mi mamá ha hecho, que al menos me dice que se está tomando esto en serio, es que llamó a Luisa, la hermana de Abue.

Sí. La mamá de Susana, esa. Nuestra tía abuela villana.

¿No te contó mi mamá?

Ya… porque entonces tendría que reconocerte que el tumor existe. Como una persona normal.

Increíble.

Pues… Mi mamá dijo que llamó a Luisa para contarle lo que pasaba. "Por si llegamos a necesitar la ayuda".

¿Te refieres a LA Luisa? ¿La hermana menor de Abue, a quien le encanta odiar? Sí, tremenda "ayuda", mamá.

¡No la odia! Es solo que nunca llegaron a conocerse… la diferencia de edad era grande y tu abuela se fue joven. Pero todo lo de Fernanda pasó hace tanto tiempo que es hora de que se reconcilien.

Ah, ¿entonces ahora es solo "lo de Fernanda"? ¿Cuándo antes era la sangre, el sudor y las lágrimas de mis antepasados que tenía que oír? ¿Y Luisa no vive en Colombia? ¿Por qué Mari no viene si necesitamos la ayuda? ¡Está más cerca!

Porque estoy tratando de proteger a tu hermana, Nana. Y ahora mismo necesita seguir haciendo las cosas por las que ha trabajado toda su vida. No convertirse en la cuidadora de nadie, como tu abuela. ¡Aprende de lo que te conté! ¡Y Luisa vive en Jacksonville! Está vieja y está disponible. Se vino a Florida hace años para estar más cerca de Susana.

¿Estás segura? Abue me dijo que vivía en una choza al costado de la carretera.

¡Deja de escuchar todo lo que dice esa mujer! Está enferma. Y, además, esto será bueno para ellas. Nunca han tenido una razón para comunicarse de verdad.

Pero sé que mi mamá solo quiere que Luisa venga para que ella y Abue tengan algún tipo de revelación especial entre hermanas.

Como en todas las películas navideñas cursis que ve.

O solo para poder seguir entrometiéndose todavía más en sus vidas... y preguntar MÁS cosas sobre su historia antigua y saga de huérfanas... todo para poder sermonearnos felizmente por el resto de nuestra vida.

Ufff. ESTÁS teniendo una crisis de la mediana edad.

No, no, está bien... Ya hablan en algunas ocasiones especiales. Y es importante, Luciana. La familia es lo único que tenemos. ¡Deben aprovechar que ambas están en Estados Unidos mientras están vivas! ¡Ojalá tuviera el apoyo de mis hermanos ahora mismo! Y un día, cuando solo estén tú y tu hermana, también entenderás y agradecerás tenerla.

Pero ni siquiera tenía tiempo que perder pensando en lo ridículo que todo sonaba (que mi mamá usara la emergencia médica de Abue para forzar una reconciliación entre ella y su hermana) porque pensé que al menos eso le revelaría a Abue que algo no estaba bien.

Que algo estaba tan EXTREMADAMENTE mal y podría hasta cambiarle la vida, si su hermana que nunca veía venía a visitarla.

Afortunadamente, no tuve que guardar el secreto durante mucho tiempo.

Porque hace un rato Abue vio que el nombre de Luisa apareció en el teléfono de mi mamá, jajaja.

Elena... ¿por qué llama? ¡¿Qué dijiste?! ¡No le contestes! ¡Ella vendrá y me matará con sus propias manos!

Mmm. ¿Oíste, ma? Esto va a ser muy divertido.

Por favor, vigílala mientras contesto afuera.

Y Abue básicamente amenazó con empujar a Luisa por la ventana si ella bajaba a visitarnos.

Solo llama a ver cómo estás, mami. Es tu hermana.

¡No, no lo es, Elena! ¡Y no me gusta cuando le cuentas cosas a la gente! ¿Por qué hablas tanto? ¡Eres igual que ella!

Entonces mi mamá ha estado contestando las llamadas de Luisa afuera.

Y aunque no sé exactamente qué están tramando, cada vez que mi mamá regresa, parece como si la hubieran obligado a tragarse una caja de puntillas.

Elena, ¿quién era? ¿Era ella otra vez?

No. Nadie. Era Jaime.

Puedes decirle que, si mi hija le cuenta a mi hermana algo sobre mi condición, y esa mujer desgraciada viene aquí a rezar por mi muerte, acabaré con todo con mis propias manos.

Y, sinceramente, me asusta demasiado preguntar.

7

¿Y la bendición?

—Hola.

Perdón si sueno ahogada.

Es por correr tanto de nuestros problemas.

Es un chiste, jajaja. Me perdí y no encontraba la habitación de Abue.

Uffff...

¡Estoy-tan-cansada!

Sí, todo lo de la cirugía de Abue salió bien, gracias a Dios.

Menos ese contratiempo al final. Pero ya está bien.

Por fin está dormida y abierta a descansar.

¡Pues la doctora dijo que descansar era muy importante!

Entonces estoy sentada aquí con ella, asegurándome de que no se caiga de la cama ni trate de caminar sonámbula.

No, no, no puede oírme, jaja.

Está inconsciente por los analgésicos.

Y hablo tan rápido que esa mujer nunca me entiende…

¡Da igual!

¡Yo también me siento mucho mejor ahora!

Por si tenías curiosidad de saber, pues es obvio que te preocupas tanto y te morías por preguntar.

Síp. Mi mamá decidió que una vez que nos dieran de alta, podíamos al fin contarle todo a Abue.

¿De verdad?

Sí. Pero después de que estemos en la casa. Quiero que se sienta segura y cómoda en su propia cama.

Está bien, ¿y prometes decirle la verdad? Que le están haciendo exámenes para confirmar… ¿pero que el tumor que tenía adentro puede haber sido cancerígeno?

No usemos esa palabra hasta que sepamos.

No, mi mamá tampoco puede oírme.

Está en la casa, preparando todo para la llegada de Abue, pues se va a quedar con nosotros hasta que se recupere.

Adivina lo que mi mamá también está preparando en la casa, "Señorita casi cumpleañera"…

¡¿Qué?! ¡Pues claro que nos acordamos! ¿Estás loca?

¡Mi mamá tiene por toda la casa fotos enmarcadas de todos los años de tu vida! ¿Qué crees?

Y además… Te adoro.

Está bien, sí, ¡se nos olvidó! ¡Perdón!

Pero dadas las circunstancias, es entendible. Espera a oír las noticias…

Y de todos modos tu cumpleaños es como en una semana, entonces cálmate.

Mi mamá se acordó esta mañana justo cuando se despertó.

Ay, no. Luciana. ¿Qué día es hoy?

Pero, de hecho, fue lindo... Porque era muy evidente que se sentía como una madre fracasada, pues la pillé comprándote cosas en la tienda de regalos de la entrada.

¿Ma?

¡¿Qué haces acá?! ¡Tu abuela no puede quedarse sola!

Me pidió que fuera a buscar su teléfono... ¿Por qué coños estás comprando un animal de peluche?

Es para el cumpleaños de tu hermana. No... no he tenido tiempo de comprar nada.

Y de verdad me sentí mal, porque se veía tan cansada y derrotada, entonces le dije que se fuera a casa y preparara algo mientras yo me encargaba de las cosas de Abue.

¡¿De verdad?! ¿No vas a hacer un show *por quedarte aquí sola?*

No, vete. Todavía estoy brava con ella, pero se merece un buen cumpleaños.

Gracias Nana, gracias. No me demoro.

Obviamente, soné como una heroína desinteresada.

Entonces no podía contarle a mi mamá que también había sido una imbécil. Y que te rogué que vinieras toda la noche del día anterior sin ni siquiera mencionar tu cumpleaños.

Y lo siento, ¿vale?

Pero sabes cómo soy con los números.

En especial en tiempos de crisis.

Y no arruinaré todas las sorpresas, pero debes saber que te llegarán unos imanes para la nevera ADORABLES... con citas inspiradoras que te CAMBIARÁN LA VIDA. Cortesía de mi mamá y la tienda de regalos del hospital.

Sí, creo que a tus compañeros de apartamento les encantarán, jaja.

Ah. Y Abue te va a mandar diez dólares y una linterna.

¿Por qué? Quién sabe.

Eso es entre ella y Dios.

Y creo que mi regalo va a ser una sorpresa... Pero más te vale que me mandes un mensaje apenas lo veas.

¡No, ni se te ocurra! ¡No quiero dañar la sorpresa!

Va a ser muy chistoso.

ESTÁ BIEN. ES UNA COBIJA PELUDA CON NUESTRAS CARAS.

Jajaja... Sí...

Bueno, por favor, algo de respeto.

¡Me costó mucha plata!

Mentira, jajaja. La tienda de regalos tenía una oferta de dos por uno y le di la otra a Abue.

No pude resistirme a esa maquinita que imprime fotos sobre cobijas y camisetas.

Es perfecto. Los libra están obsesionados con ellos mismos.

¡¿Qué?! ¡Pensé que era una idea buenísima! Ahora te podrás acordar de que nos abandonaste cada vez que tengas frío.

Bueno, cálmate… Ufff. No tenemos que hablar de eso.

Olvida que lo mencioné, cumpleañera.

Aunque creo que es increíblemente egoísta que estés del lado de mi mamá solo porque te conviene.

Luciana, deja de pelear conmigo por eso. Mari estará aquí pronto con tu abuela. ya se acercan las vacaciones. ¡No vale la pena que venga ahora! ¡Es caro! Y ya he organizado para tener más ayuda.

Sí, buena idea. Deberíamos hablar de Abue.

Que sí entiende el significado de lealtad.

Eh, ¿Que cuándo podemos irnos a la casa? Eeh, excelente pregunta.

¿Me parece que dijeron que final de la semana? Si no surgen más complicaciones, creo

O al menos eso me dijo la última enfermera.

Lo que estaría muy bien, porque en este punto podrías cocinar un huevo en mi cabeza, de lo grasosa que está.

Y porque oficialmente he sudado de estrés absolutamente toda mi ropa.

Es en serio, man… Estaba tan ansiosa cuando Abue estaba en cirugía… no podía hacer otra cosa que sentarme y sollozar.

Creo que por eso estoy tan cansada ahora, no sé.

Luciana. Deja de comerte las uñas.

No puedo, tengo miedo. ¿Cómo haces para estar tan tranquila?

¡Estoy pensando positivamente! Siente mi corazón. ¿Ves? Mente sobre materia. Funciona.

Y todo el tiempo las enfermeras nos daban estas actualizaciones dementes… me hacían dar mareo… Entonces tuve que pedirle a la atractiva doctora Sandy que me explicara todo como tres veces.

La masa que encontramos mide unos 2.5 centímetros. Piensa que es del tamaño de algo entre un maní y una uva. También creemos que tiene las características de algo que se llama tumor de Klatskin, que significa que está justo en el centro de donde los conductos hepáticos izquierdo y derecho se encuentran y salen del hígado. Imagínate como si algo estuviera en el punto de conexión de la letra Y. ¿Tiene sentido? Lo siento. Sé que es mucha información para asimilar.

Eeh, está bien. Se los explicaré.

Desafortunadamente, también encontramos obstrucciones en otras partes del conducto biliar. El tumor ha hecho metástasis en algunos ganglios linfáticos. Ahora tendremos que eliminarlos también.

Espera. ¿Cómo así?

Significa que haremos algo que se llama procedimiento de Whipple. Es una cirugía muy común para tumores fuera del hígado. Implica extirpar y conectar ciertas partes de sus órganos para que los líquidos digestivos y la bilis puedan comenzar a drenar adecuadamente. Con suerte, esto evitará que la piel se le vuelva a poner amarilla.

Bueno, ¿y si…?

Toma, escribe esto. Tu abuela tiene un tumor de las vías biliares extrahepáticas. Puedes buscarlo en Internet. Significa que se encuentra en los pequeños conductos que transportan la bilis fuera del hígado, justo antes de que lleguen al intestino delgado. También significa que esta vez tuvimos suerte. No todas estas masas se pueden extirpar. Pero requerirá un proceso muy complicado y delicado. Por eso nos vamos a tomar algo de tiempo. ¿Puedes contarle esto a tu mamá, por favor?

¡Con razón bebes tanto!

Ser la única persona cuerda es agotador...

Cada vez que Sandra venía con otra actualización, sonaba como si estuviera hablando de un animal extinto que habían encontrado en el Amazonas.

Está muy bien. Su corazón es fuerte y su respiración es fluida. Tiene la presión arterial un poco alta, pero estable. Lo estamos monitoreando. Y vamos a enviar algunas partes de su conducto biliar, hígado y tumor al laboratorio para analizarlas. Así podemos determinar la etapa de todo.

También estuve todo el tiempo tratando de redactar correos para mis profesores, para explicar todo lo que estaba pasando, pero cada vez que salía la doctora tenía que borrar y agregar algo nuevo. *Uf, está bien, un segundo. Atrás, atrás, atrás... Querida e insoportable señora Nelson.*

Y luego, al final, cuando ya me ahogaba en un charco de mi propio sudor y uñas, Sandra dio la noticia de que tendrían que dejar una partecita del tumor de Abue adentro.

Tratamos de removerlo todo. Lo siento mucho. Es demasiado arriesgado sacarlo por completo. Dañaríamos gravemente el tejido circundante. Sin embargo, debería salir bien con un poco de radiación.

Y fue exactamente ahí cuando mi mamá decidió que podía hablar.

Y... ¿Cuánta radiación, doctora?

¡Dios! Si puedes entenderle, ¿por qué me has estado haciendo hablar todo este tiempo? ¡He envejecido como cincuenta años con este estrés!

Ay, Luciana. ¡Shh! No puedo oír. Lo siento, doctora... Por favor continúe.

No, no hay problema. Pues mi esperanza es que no sea mucha. Así sea canceroso o no, la radiación es necesaria.

Entiendo. ¿Y cuándo?

Primero tiene que irse a casa y descansar, señora Domínguez. Al menos dos meses... Ha estado en cirugía muchas horas y su cuerpo necesitará recuperarse. También podrían surgir complicaciones postoperatorias. La atención debería centrarse ahora en su recuperación. Y después de eso, podremos discutir las opciones de tratamiento. Pero no se puede apresurar. Cuanto antes mejor, sí, pero demasiado pronto tampoco es bueno.

Para mí, claramente decían: lo que acaba de pasar es bastante grave y la recuperación y el tratamiento van a ser difíciles. La lucha aún no ha terminado.

Pero, obvio, parecía que a mi mamá no le sonaba tan grave.

Gracias doctora. ¿Ves, Luciana? Si le damos energía positiva, una vez se recupere podrá recibir la radiación y dejarlo todo atrás. Paso por paso.

Mari: sé que mi mamá actúa ingenua y tontamente porque tiene miedo, pero ¿a ver? ¡yo también tengo miedo!

¡Las cosas no desaparecen porque las ignoras!

¡Ya lo he intentado por años!

Y ahora ella me usa como su estúpido amortiguador para todo…

Porque cada vez que hay una conversación seria, mi mamá me jala a la habitación y me dice: Luciana, ¡haz tu trabajo! ¡Entretennos! ¡Explica! ¡Traduce!

Y no puedo creer que no haya pasado biología, Mari, porque estoy casi que manejando este maldito lugar.

Gracias a *Grey's Anatomy, sí*, pero, de todas formas.

Porque si hablas con mi mamá o mi papá, te dirán que todo está bien.

Pero se refieren al ahora, a este momento. Porque aprendí que para que Abue esté realmente bien, hay algunas cosas que debemos verificar primero.

Sí. Cada vez que busco el tumor de Abue en internet, dice que es extremadamente raro y agresivo. Y que DE VERDAD tienes que estar pendiente de todos los médicos y enfermeras para asegurarte de que no la caguen.

Porque los pacientes que se someten a la cirugía y sobreviven pueden vivir, sí, ¡pero solo unos cinco años más!

¿Qué coños? Ma, ¿has oído hablar de esto? ¡¿Por qué nadie lo ha mencionado?!

Todo paso a paso, Luciana. Recuerda lo que dijo la doctora. Salgamos de esto primero.

Como... eh... ¿A VER?

¿Fue la cirugía como una curita y ya?

¡Porque esto es putamente deprimente!

Lo que, supongo, es el punto central de mi mamá...
¡pero al menos deberíamos pensar en un plan!

Pues ahora parece que es mucho más complicado
que "esperar los resultados".

Qué pasa si la forzamos a superar los horrores de
la quimioterapia, Mari, ¿para que luego esté dolorosamente enferma durante sus últimos años?

¡Todo lo que he leído en Internet dice que es posible!

*Luciana, es WebMD. No me muestres eso. Todavía no
sabemos nada. El tumor podría ser benigno.*

¡¿Cómo?! ¡Dijeron que se había extendido!

Algunas masas benignas pueden hacer metástasis...

*Espera, ¿en serio? Dios. Guau. Gracias a Dios. Espera,
¿cómo sabes?*

Pero voy a necesitar la cabeza despejada y una ducha
relajante, si pretendo enfrentarme a mi mamá.

Su mentalidad y su comportamiento son extremadamente impredecibles.

Deberías haberla visto con mi papá apenas Abue
salió de la cirugía...

Actuaban de forma muy extraña, como adolescentes aterrorizadas de *America's Next Top Model*.

¿Qué les pasa? parecen estatuas con estreñimiento.

Ambos de pie en silencio frente a Abue mientras
ella yacía en la cama (obviamente ella es Tyra), espe-

rando a que escupiera cualquier instrucción que tuviera para ellos, antes de salir rápido con el rabo entre las piernas.

Si necesitas algo, mami, también puedes pedírselo a Luciana. También está aquí para ayudar.

No. Es apenas una niña.

¡Eso es lo que dije!

Me dejaban ahí, sola, con los secretos médicos bajo orden de silencio.

Y ni siquiera te hubieras ENTERADO de que Abue acababa de pasar por un procedimiento médico que le salvó la vida.

Porque lo primero que preguntó cuando finalmente estábamos solas… fue que si el daño a su precioso abdomen había sido grave.

Síp.

El abdomen por el que había pagado "una fortuna hace años" y que los médicos "simplemente tenían que rasgar".

¿No hubieran podido abrir otra parte?

No. ¿Sabes dónde está la vesícula biliar?

¿Tú sabes? ¡Ni siquiera sabes dónde está tu cabeza!

Yo estaba como, eh… ¿cómo estás tan lúcida después de una cirugía de ocho horas? Jaja.

Pero deberías haberla visto antes también. Antes de que le dieran todas esas drogas que la dejaron inconsciente.

Porque caminaba por todo el piso como una pava real… pavoneando sus plumas por todos los pasillos…

Ostentando su cuerpo amarillento al frente de todos.

Como si buscara un desafío. O una pareja.

Quiero que me recuerden.

¡¿Para qué?! Te verán mañana.

Y tenía ese ceño fruncido y el fuerte movimiento de cadera…

Como si fuera la puta dueña del lugar.

Como si se hubiera inventado la vesícula biliar.

Y la vesícula biliar jamás se le hubiera visto tan bien a nadie.

¿Podría regresar a la habitación, por favor? Está empezando a asustar a la gente.

¿Qué? ¿No habían visto a una mujer hermosa antes?

Y cada vez que traían a otra paciente, si esta era mínimamente bonita, Abue le lanzaba una mirada asesina y decía: ¿Por qué tiene las pestañas tan largas? ¿Y por qué tiene el pelo tan grueso? *¡Más le vale que tenga cuidado o se lo cortaré mientras duerme!*

Hasta se negaba a ponerse la bata del hospital como treinta minutos antes de la cirugía, man.

Abue, no te pueden operar si te quedas con ese top corto. ¿Podrías cambiarte? ¿Y dónde está tu hija? ¡Necesito un descanso!

A ver… ¿sería terrible si se tapa aunque sea por una vez en su vida?

No entiendo.

¿Es así como de verdad quiere verse cuando haga FaceTime con sus hijos? Y ya sabes todo lo que les gusta hablar de tetas.

No me digas cosas tan grotescas, Luciana.

¡Eres tú la que está caminando prácticamente en brasier!

Pero seguro de ahí lo heredaste tú, ¿ah?

¿No te parece?

Síp, vi las fotos.

Publicas tus borracheras tomando *shots* en *TGI Fridays* con las tetas afuera…

Mientras yo estoy sentada aquí, sin dormir. En una silla reclinable untada de vómito y tratando de sacar a nuestra abuela de esta locura.

Al menos BLOQUEAME la próxima vez, por dios.

Eh, tal vez te preguntaría "cómo estás", Mari, si no lo supiera ya por tu Instagram.

Y mira, sé que el ser una puta borracha es como sobrellevas la situación, pero si no vas a venir, necesitaré que hagas más de lo que haces.

Pues llamar a Abue UNA VEZ antes de la cirugía no fue suficiente.

Necesito que llames a mi mamá todos los días y le preguntes cuál es el plan a largo plazo.

Porque la vibra aquí es demasiado relajada.

Todo el mundo está actuando como si después de la cirugía y un poquito de quimio Abue va a estar bien durante los próximos treinta años.

¡Puede que eso no pase, ma! ¿Puedes por favor mirar esto?

Te dije que no voy a leer nada de Web.

ESTO ES DE UN FOLLETO DE LA RECEPCIÓN.

¡Hasta las enfermeras piensan que Abue es

absolutamente agradable y divertida!

Cada vez que entran, Abue inmediatamente dice: "Ay, qué hermosa, ¡qué hermosa!", y tengo que explicarles de una vez que en realidad no está coqueteando, que esas son las únicas palabras que sabe en inglés.

Está bien, cariño. Me encanta. Los pacientes de este piso suelen estar muy enfermos.

No, creo que está muy enferma… Simplemente no lo sabe todavía.

Y además Abue es una gran actriz.

Las pobres enfermeras nunca saben cuándo habla en serio.

Ella me preguntó si tenía mascarilla. ¿Todavía la necesita? Uf, no.

Entonces les dije que tenían que asumir que la respuesta era nunca, o se les explotaría la cabeza. *Como la mía. ¿Ven? Miren estos pelos grises y grasosos. Y acabo de cumplir dieciocho años en junio.*

Es una artista total, esa vieja.

Por eso también tengo que revisar constantemente su historial médico para ver si lo que dice es cierto.

Luciana. Me duele el pie. Llama al doctor.

No. No traeré a nadie más aquí a jugar contigo. ¡No te operaron el pie!

En este punto, ¡hasta me asusta que nunca quiera salir del hospital!

Porque al menos aquí tiene un desfile de enfermeras que entran y salen todo el día, y la adulan. *¿Cómo está? ¿Se encuentra bien? ¿Todavía necesita un secador de pelo?* Y lo único que todos quieren hacer es mencionar su belleza, su energía o su actitud. *Es muy fuerte. Es preciosa. ¿En verdad tiene setenta y cinco años?*

Entonces ya puedo ver el mecanismo girando en la cabeza de Abue, y pensando como: Mmm… Podría acostumbrarme a esto…

Y mi mamá simplemente deja que Abue se siente ahí, en la tierra de la fantasía, sin que se dé cuenta de que sus problemas se acercan cada vez más. Porque piensa que todo está bien ahora que Abue vuelve a actuar con normalidad. *Está muy bien, Nana. ¿No te alegra haberme escuchado?*

La única persona que comprende la situación actual es este enfermero haitiano llamado Júnior.

Le encanta hablar de astrología y practicar su español con ella. Y sabe que la actuación de Abue es una elaborada estafa.

Mi tío tenía el mismo tipo de tumor, así que puede intentar fingir conmigo, pero sé que siente dolor.

¡Bien! ¡Necesito un aliado aquí!

Y la tiene en la palma de su mano, desde que descubrieron que tienen el mismo cumpleaños. Así que ahora los dos están obsesionados con ser zorritas acuarianas.

Luciana, ¿dónde está Júnior? No lo he vuelto a ver hoy.

Y él hasta la llama "diosa" cada vez que entra. *¡Hola-hola, diosa! ¿Cómo está mi diosa más diosa hoy?*

Probablemente Abue piensa que tener el tumor vale la pena… solo por eso.

¡Júnior! Mi hermoso muchacho. Ven aquí, siéntate.

Charlemos.

Y cada vez que llaman Tío Iván o Tomás, Abue finge
que es uno de sus "muchos novios ricos" que viven lejos,
que la llaman para molestarla una vez más por algo sin
sentido. Todo para que ella y Júnior puedan reírse y decir: ¿Hola, Xavier? ¿Eres tú? *No te oigo. Creo que la señal
está muy mala.* Y entonces ambos pueden poner los ojos
en blanco y gritar: ¡¿Qué, Xavier?! ¡Te dije que no quería el yate parqueado enfrente! ¿Y cómo conseguiste este
número? ¡Se suponía que tu asistente Erica lo guardaría
como mi línea privada!

*¡Diosa! ¡Dile que deje de molestarte en nuestro viaje de
chicas!*

*Xavier, tengo que irme. Júnior nos va a llevar a almorzar a
Nana y a mí. Cuídate. Besos. Dile a Erica que está despedida.*

Entonces le pregunté a Abue si su novio Xavier
también podía llamar a mi colegio y contar lo que estaba pasando.

Porque, de hecho, no morí evacuando por culpa de
Irma en un pantano de Georgia, como probablemente
habían pensado.

Solo no he vuelto porque estoy aquí, en el Hospital
Mount Sinaí, preocupada porque mi abuela se está muriendo y nadie se lo dice.

*Y como mi hermana quiere irse de fiesta, no vendrá esta
noche.*

¡Ah! ¿Y sabías que como no vas a volver a casa en este
momento, mi mamá le pidió oficialmente a Luisa que
viniera en tu lugar? ¿O ibas a pasar por alto ese detalle

también?

Mmm. Ya sabías.

Increíble.

Bueno, me aterra pensar en lo que pasaría si alguna vez quedo atrapada en un hospital en manos de ustedes dos… ¡Son tan manipuladoras!

Pero la cagaste.

Porque casi no puedo aguantar decirle a Abue que por tu culpa mi mamá arregló la visita de una de sus enemigas mortales.

Buena suerte, jajaja.

Ma, no creo que sea una buena idea.

¿Por qué no? Necesitamos más ayuda y Mari todavía no puede ocupar ese lugar. ¡No quiero volver a oírte hablar del tema!

¿No te sientes mal, Mari?

¿Aunque sea un poquito?

Bien. Entonces no te importa que mientras Abue estaba en cirugía, casi luchando por su vida, mi mamá estaba hablando por teléfono con la tía Luisa, traicionando rotundamente los que pudieron haber sido los últimos deseos de Abue.

¡Todo porque simplemente no vas a decir que quieres volver a la casa!

¿El próximo fin de semana? Sí, Luisa. Funciona. Para entonces ya deberíamos estar en la casa.

¡MA! ¿Acabas de decirle que sí? ¡¿No deberías hablar con Abue primero?!

No. Esto es más importante que el ego de tu abuela. ¡Luisa es una buena persona! ¡Quiere ayudar! Y no me importa si tu abuela no quiere que esté aquí. Necesitamos un par de manos extra. Si fuera por ella, ¡ya estaría muerta! No podemos esperar a que ella resuelva las cosas, Nana. Tenemos que darle un empujoncito.

¡Dios, estás obsesionada con los empujoncitos! Este no es el momento para otra de tus lecciones de historia, mamá. Abue necesita descansar y concentrarse en su recuperación.

Exactamente. Y ésta es la oportunidad perfecta para que se dé cuenta de que el tiempo no es infinito. ¡Porque sus acciones también pueden herir a la gente! Entonces, si no recupera el tiempo ahora, los años que ha perdido, se arrepentirá por el resto de su vida. ¡Estoy harta de que rechace a las personas que solo quieren quererla! ¿No quieres mejores cosas para ella? ¿Que esté menos sola?

Eh, no tengo ni idea de cómo va a salir eso…

Y ni siquiera puedo pensar en eso.

Porque la última vez que oí hablar de Luisa, Abue estaba tratando de cambiar su número de teléfono porque acababa de llamar a desearle feliz cumpleaños.

¿Emilia? No, aquí no es. Esta muerta.

Emi, ¿eres tú? Soy yo. Luisa.

Número equivocado.

Una vez hasta le pregunté a Abue por qué odiaba tanto a Luisa y simplemente me dijo como: Pues, yo la amaba. *En pasado.* "Entonces, lo que se forma sobre eso es odio".

Yo sé… Me quedé como: Okey. Todavía no lo entiendo, jaja.

Ella era mi hermana. Yo la cuidé. Y luego me dio la

espalda. Así es como me siento.

Pero cuando le pregunté a mi mamá cómo iba a decirle a Abue que Luisa iba a venir, me dijo como: ¿Cómo así? Le voy a decir que su hermana está de visita.

Dios.

Entonces, además de las consecuencias a largo plazo del tumor, mi mamá también niega la existencia de un conflicto de décadas.

No hay ningún "conflicto", Luciana. No seas ridícula. ¡Es simplemente un drama normal entre hermanas! Sobre cosas normales, como la plata. Pero esto las sanará, créeme. Es lo único bueno que saldrá de esto. Familia es familia y solo se tiene una.

Los colombianos son muy chistosos, man...

Tu mamá podría apuñalarte en la cara y aun así dirían como: ¡Es tu mamá! ¡Solo tienes una!

¿Pero entonces por qué no pueden venir el tío Iván o el tío Tomás? ¿O Víctor? Ellos también son familia.

Si tu abuela viera a todos sus hijos en una misma habitación, ¡le daría un infarto! ¡Pensaría que algo mucho peor que un tumor estaba pasando!

Así que ahora, gracias a ti y a mi mamá, no sé a qué coños se supone que debo tenerle más miedo.

Decirle a Abue que podría tener cáncer o decirle a Abue que va a ver a su hermana.

¡Entonces vete a la mierda!

¡Porque es muy molesto!

Tenía muchas ganas de volver a casa la semana entrante...

Para ver a Rosy por fin... y dormir en mi cuarto.

Y tal vez hasta tener un día normal.

Donde no tuviera que enviarles mensajes ni a ti ni a Nico, ni oír una actualización sobre Abue, Irma o mi mamá.

Pero ahora… ¡creo que podríamos estar más seguros aquí!

En el hospital.

Ya que no sé lo que volver a casa va a significar.

8

Deja el *show*

—Creo que esta podría ser la última vez que me oigas con vida, Mari.

Síp.

Mi mamá le dijo.

Le dijo, joder.

Nos dejaron volver a casa después de que pasamos una semana entera en el hospital, y justo en el momento que cruzamos la puerta, mi mamá le contó absolutamente todo a Abue.

No creo poder aguantar mucho más, Nana. La llegada de Luisa está muy cerca.

¿Qué? ¿Ahora? No. Acabamos de llegar. Espera a que primero se instale.

En realidad, fue peor que eso.

Porque —como una psicópata—, para que todo fuera lo más rápido e indoloro posible para ella, mi mamá decidió que no podía esperar y le soltó la noticia a Abue mientras ella estaba sentada en el baño. *Es para protegerme. Necesito la barrera de la puerta del baño entre nosotras.*

Dios. ¿Debería estar asustada?

Sí, Mari.

Como en el segundo que entramos a la casa, Abue dijo que tenía que hacer pipí y mi mamá pensó como: Perfecto. Este es el momento.

¡No, no lo es!

Y procedió a ayudar a Abue a subir las escaleras, ensayando el discurso en su cabeza durante unos treinta segundos, y luego se recostó contra la puerta del baño y dijo: *Mami, Luisa, tu hermana, va a venir. ¿Bueno? Viene para ayudar con tu cuidado.*

Yo… no te entendí bien, Elena. ¿Qué acabas de decir?

Antes de decir algo, mami, por favor escucha. Luisa viene. ¿Bueno? Necesito su ayuda. Sé que puede molestarte, pero no tenemos otra opción. Ya reservó su vuelo para el próximo fin de semana. Necesito volver a trabajar y Luciana tiene colegio. Necesitamos a alguien que pueda ayudar. Y las únicas personas que lo hacen gratis son los familiares.

Obviamente, mi mamá quería que todo fuera una emboscada.

Para que Abue no tuviera mucho tiempo para prepararse o pelear.

¿El próximo fin de semana? ¿Cómo así que va a venir el próximo fin de semana? No, Elena. Ella no va a venir. No me hagas esto. ¡Podría caerme en el inodoro ya mismo! ¡Te estás aprovechando de que estoy débil! ¡Entra y pásame el papel higiénico!

Pero no funcionó.

Porque cuando Abue salió del baño, inmediatamente me dijo que abriera una ventana y la empujara.

Empújame, Luciana. ¡Ven aquí! ¡Esto no me da risa!

Y también hablaba en serio.

Le zumbaban las fosas nasales y todo.

Bueno, bueno. Pero no me pellizques.

Entonces mi mamá, al ver hacia dónde se dirigía su misión secreta, tuvo que atravesarse en la cara de Abue en un intento por controlar el daño, mientras le decía que no tenía de qué preocuparse y que todo iba a estar bien.

¡Deberías estar agradecida de que quiera ayudar! ¡Necesitas atención las veinticuatro horas del día, siete días a la semana! Necesito dar más clases de natación para pagar las cuentas, y sé que, aunque no crees que Luciana vaya al colegio, ella sí va, mami.

Elena… Te dije que, si esa mujer alguna vez venía, nunca te lo perdonaría. ¡Entonces vete! Salte de aquí. Y tú, Luciana, ayúdame a meterme en la cama. No quiero tener el aliento traidor de tu mamá cerca de mí.

Y fue ahí cuando las cosas se pusieron un poco pesadas…

Porque mi mamá debió haber afrontado las consecuencias de sus acciones.

No… Ma… ¿Qué haces? Espera un momento. Dale un minuto. Ella ya está sufriendo.

Pero en cambio decidió hundir más el cuchillo en la espalda de Abue.

Luisa viene porque puede que necesites más tratamientos, mami.

¿Perdón?

Sí. Mi mamá tomó a Abue por las manos y dijo: "No sabemos bien qué es la masa que tenías adentro. Y por eso debemos estar preparados para lo peor".

Y eso, obvio, llamó abruptamente la atención de Abue.

¡¿Cómo así?! Pensé que los médicos la habían removido...

Sí... Pero no toda. Como te dije. Tuvieron que dejar algunas partes... Y es posible que esas partes requieran algo de tratamiento.

¿Qué TIPO de tratamiento, Elena? ¡No voy a sobrevivir otra cirugía!

Yo sé. Yo...

No. Cállate. Necesito entender. ¿Me estás diciendo que mi hermana va a venir —invitada por mi propia hija—, y que tal vez tenga que volver a esa cama de hospital?

Parecías estar perfectamente bien mientras estabas ahí...

¡No pude usar mi ropa durante una semana!

Pero fuiste tan amable con todos, ¿no?

¡Estaba tratando de sobrevivir!

Quería gritar: ¡NO MÁS! ¡Así no! ¡No quería contarle así!

Pero entonces todo el oxígeno se evaporó de la habitación...

Cuando Abue respiró hondo y dijo: *Elena. ¿Qué tengo? Y esta vez no me mientas.*

Y aparentemente se pudo OÍR cuando tragué saliva en la esquina.

Porque Abue se volvió hacia mí de inmediato y me dijo: *Espera, ¿qué sabes tú? ¿Sabes algo más? ¿Puedes ayudarme a entender?*

Y. Me. Rompió. El. Puto. Corazón. Man.

¿Luciana? ¿Por qué no me miras?

SÍ… Y otra vez me sentí tan estúpida y culpable…

Por dejar que todo llegara a este punto.

Y por hacerle caso a mi mamá.

Cuando sabía que debí haberle hecho caso a mi instinto.

Y también porque parecía que Abue no podía decidir si derrumbarse o venirse encima de mí para estrangularme.

Nana… No… ¿Tú? Pero yo te cuento todo.

Y ahí mi mamá tuvo que impedir que me matara y le dijo: *Creen que la masa que tenías adentro podría ser algo… más. Ahora están examinando lo que te quitaron para averiguarlo.*

Luego las tres nos quedamos ahí en silencio.

Parecía que una ola enorme nos hubiera acabado de golpear.

Ver a Abue procesar la noticia y que los ojos se le empezaran a poner vidriosos…

Mientras se relegaba a algún lugar profundo de su cerebro.

Mierda, ¿qué hacemos, mamá? ¿La abrazamos? ¿Deberíamos actuar como si fuera algo triste, o como si fuera a salir todo bien?

No sé.

Y después de lo que pareció una eternidad, Abue finalmente dijo: "Tuve un presentimiento. ¿Cuándo llega Luisa?".

Espera, un momento, mami. ¿Me oíste? ¿Qué opinas de lo que acabo de decir?

Nada. Pensar no va a solucionar nada.

¡Pero todavía podemos! Cuando te recuperes. Los médicos examinarán más de cerca y, si hay algo grave, descubriremos cómo solucionarlo. No tiene por qué pasar nada peor si no lo permitimos.

No quiero hablar más. Luciana, pon mi programa informativo. Ya me perdí el episodio de anoche. Y Elena, por favor déjame en paz. Estoy exhausta y tengo una herida en el estómago del tamaño de mi cara.

Solo piensa en lo que dije… Volveré en un momento.

Después de eso, DE VERDAD quería salir de ahí y tomar aire, para evitar más preguntas de Abue. Pero cuando intenté salir de la habitación, ella no me dejó.

No, tú quédate. Me traicionaste, pero necesito ayuda para alcanzar cosas. A menos que quieras ir con la hipócrita de tu mamá.

Lo que probablemente, en retrospectiva, fue lo mejor. Porque pude evitar el resto de cosas que dijo mi mamá, jactándose.

¿Viste, Luciana? Sabía que se cerraría si se lo contábamos.

¿Por qué te sientes tan feliz por eso?

No me siento feliz. Solo que escucharme es una buena lección para ti. Puede que tengamos una montaña por delante que escalar. Y necesitamos estar en el mismo equipo.

Sin embargo, cuando mi mamá salió de la habitación, Abue no perdió nada de tiempo.

Porque trató de hablar mal de Luisa de una vez.

¿No quieres hablar de tu salud, amiga? ¿No tienes preguntas?

No. Sé que Luisa, mi hermana traidora, es la razón por la que tengo esta masa. Ella la plantó hace décadas... Con sus malditas manos arrogantes. Seguro que como un favor a nuestra perversa madre. ¡Y ahora va a venir a terminar el trabajo! ¡Aj! Verás que tengo razón, Luciana, ya verás. Apenas la conozcas. La gente nunca cambia...

Mamá dice que solo quiere ayudarte.

¡Ayudarme a MORIR, será!

Pero antes de que Abue pudiera contarme detalles reales o comenzara a gritarme otra vez o a desheredarnos, milagrosamente se quedó dormida, ¿qué tal?

Yo sé, jaja.

Fue increíble.

Para ella, hablar mierda es como tomar un Benadryl.

Ah, y se quedó dormida en mi cuarto, por cierto. En caso de que estés buscando más razones para sentirte mal por mí.

Porque ahora vive ahí.

Porque mi mamá y mi papá tenían mucho miedo de ponerla en otra parte.

¡¿Por cuánto tiempo?! ¡No puedo hacer las tareas con otros alrededor! Me distraigo.

Ella está más cómoda contigo, mi amor.

¿No te importa si me va mal? ¿Y entonces por qué le pediste a Mari que me motivara a sacar buenas calificaciones?

Ya eres adulta. Si quieres que te vaya bien, te irá bien. Nadie puede obligarte a más. ¡Y compartiste este espacio con Mari toda la vida! Puedes hacer que funcione solo unos meses más. La privacidad por sí sola no hará que te saques las A que necesitas.

Ah, sí. Estamos apretadas aquí.

Estoy segura de que te acuerdas.

Mi papá incluso trajo el enorme colchón Tempur-Pedic de Abue para asegurarse de que se sintiera más cómoda.

Aj. ¿Es porque su culo podría estallar? Voy a vomitar. ¿Y en verdad tiene que ir justo al lado del mío?

Tienes que limpiar este cuarto, Luciana. Este desorden no va a funcionar con dos personas.

¡Esa es toda la ropa de Abue!

El plan es que Abue se quede aquí hasta que se recupere y luego pueda volver a vivir sola. Lo cual, estoy segura de que ya sabes, tiene muchas ganas de hacer.

Creo que ya me siento mejor, Elena. Voy a irme a casa. No quiero sufrir un derrame cerebral aquí con todos los pedos de Luciana… y lo mejor es que Luisa tenga su propio espacio. Hasta podremos encerrarla aquí durante su visita, si es necesario.

No. ¡Y bájale al afán! Ten cuidado al moverte, mami. La herida aún es reciente. Deja de intentar levantarte. Ambas necesitan ponerse cómodas. Esta recuperación va a durar AL MENOS dos meses.

Y sé que esto va a sonar raro, pero…

Por un segundo…

Se sintió como si fueran los viejos tiempos.

Sí.

Como si tuviera quince años otra vez y todavía estuvieras aquí. Abajo, hablando por teléfono con tus amigas o así. Y mi mamá probablemente estaba afuera, despidiéndose de uno de sus estudiantes de natación. Mientras Abue dormía una siesta arriba, en nuestro cuarto. Mientras su programa informativo de la noche llenaba la casa a todo volumen.

Las cosas estaban tan… ¿bien?

¿En ese momento?

Todas esperábamos a que mi papá volviera a casa. Listas para contar el chisme del día mientras comíamos en la mesa.

Y fue realmente triste… pensar que nunca íbamos a volver a estar así.

Honestamente, por muchas razones diferentes.

Pero me hizo arrepentirme de no apreciar lo simple que era todo.

Cuando cada uno estaba en su propio cuento… pero juntos.

Creo que tal vez siempre habrá algo que extrañaré de ese momento.

Incluso si odio estar aquí.

Aj, Mari. ¡No!

Eres tan predecible.

¡No te estoy "culpando" por irte y no volver!

¡Solo estoy compartiendo mis sentimientos!

No todo se trata de ti. Dios. Perdón si eso te impresiona y es difícil de entender.

El caso, man.

Abue también arruinó el momento.

Justo cuando se despertó, me pidió que revisara su Facebook para ver cuál de sus múltiples novios había preguntado dónde estaba.

Necesito saber a quién le importa, Luciana. Es importante. No he podido meterme a Facebook desde antes de la cirugía.

De hecho, fue un poco chistoso... porque tenía razón.

Todos estaban enloquecidos.

Todos los mensajes en su muro decían como: *¿Qué pasa, Emilia? ¿Estás ahí? No hemos sabido nada de ti en semanas. ¿Hola? ¿Mi reina? ¿Fue algo que dije? Lo siento. El vino blanco no me cae bien. Por favor responde a mi correo lo antes posible.*

Lo juro, jajaja. Puedes comprobarlo.

Quería comentar como: yo también estoy confundida, viejo, y hablo con ella todos los días. Cuanto más escucho, menos entiendo.

¿Y tampoco se dan cuenta de que todo el mundo puede ver sus mensajes?

Porque había como cinco hombres que revelaban su información personal ahí.

Por favor ven a 5516 Sea Shore Drive. Me gustaría verte otra vez.

¿Y acaso no ven las publicaciones de los demás?

¿No ven que ella está saliendo con todos?

Hola siempre la veo en el chat. ¿Por qué no responde? ¿Le molesta que salude, mi corazón lindo?

¿Estás en la ciudad este fin de semana? ¿Quieres ir a cenar y a hacer algo divertido ;)? ¿Volverías a ponerte ese vestido rojo?

Definitivamente, Abue tampoco sabe que todos pueden ver sus mensajes.

Porque le dijo a uno de ellos que estaba fuera de la ciudad en un viaje a las Bahamas. *Con mi familia. Lo siento. Hay mal servicio aquí.*

Amiga, borra eso. Irma acaba de sacudir a las Bahamas.

Todos los mensajes me recordaron cuando Abue creó por primera vez ese perfil de citas en línea ¿Te acuerdas?

Cuando estábamos en primaria.

Sí, jaja. Que se convirtió en la sensación de Match.com de la noche a la mañana.

¡GUAU! ¿Qué si me acuerdo de algunas de esas primeras citas?

A veces desearía no poder acordarme.

Tanta piel a la vista…

Tanta sangre derramada…

Ni siquiera ELLA misma podía creer que tanta gente quisiera salir con ella. *¿No les importa que no hable inglés?*

¿Supongo que no?

Y luego, una noche, conoció a ese hombre llamado Rusty, que amaba el *hard rock* y administraba unas instalaciones para personas mayores.

Sí. Ese.

El que dijo que le pagaría para que fuera a animar las reuniones sociales de los sábados por la noche.

Cada vez que le pregunto a Abue sobre eso, siempre dice: ¡Rusty era un gran vendedor! ¡Me invitó a esas citas solo para ver si quería el trabajo!

Y se pasaba toda la noche intentando seducirme. Me decía que era hermosa y que tenía el look *perfecto para cantar y entretener a su clientela. Y como en mi perfil tenía 'vocalista' como pasatiempo, ¡pensó que había encontrado oro!*

Es increíble que así fue como acabó cantando semanalmente en las residencias para ancianos. Cantaba y bailaba con las bandas en vivo.

Ganándose un sueldo semanal que iba a gastar en el pasillo de belleza del supermercado…

Mientras levantaba uno que otro cucho churro en el camino.

Y sus pintas en aquel entonces eran ICÓNICAS.

Así como… lo siento, Mari, pero tú y tus hermanas de la fraternidad jamás lograrían vestirse igual.

Me gustaría que Abue todavía tuviera ese mismo estilo de putita gótica.

Parecía la hija de Morticia Addams y Celia Cruz.

De pie detrás del micrófono con exceso de maquillaje y aretes gigantescos, del tamaño del escenario.

Además, esos tacones de plataforma. Tenían como veinticinco centímetros de alto.

Y los atuendos de lentejuelas, malla o látex completamente negros cubriéndole el cuerpo de uno cincuenta de la cabeza a los pies.

Delineador de ojos alado y labios morado oscuro que hacían juego.

¡Tenía que verme como una profesional, Nana! ¡Como si valiera la pena venir a verme en acción!

Jajaja. Recuerdo que mi mamá estaba tan estresada en esa época por lo popular que Abue se estaba volviendo en el circuito de hogares para ancianos del sur de Florida, que desconectaba los teléfonos por la noche cuando Abue todavía vivía con nosotros, para que los directores no pudieran llamar. *¿Estás segura de que es un trabajo seguro, mami? ¿Por qué te buscan tanto? ¿Qué es lo que haces ahí exactamente?*

¡Hago que todos se levanten y bailen, Elena! ¡Y canto!

Entonces, ¿bailas? ¿Hay un escenario?

¡Es bueno para ellos! Es mejor que estar sentado y deprimido.

Como: ESA es la mujer que quiero que la gente recuerde que está enferma.

La que preferiría pasar su última noche siendo adorada debajo de una bola de discoteca.

Que en una habitación de hospital mientras la pinchan y la amarran.

EL HECHO de que no tenga puesto su uniforme intenso, seductor y demoníaco, ¡no significa que ya no esté!

Y definitivamente no es el tipo de persona que necesita que tomen decisiones por ella.

Siempre ha sabido lo que quiere.

Ay, Mari... pongámonos serias.

¡Abue es una maldita gigante!

Ella simplemente no va a hacer lo que "se espera" o lo que todos los demás quieren.

Como, ¡¿a ver?! ¡Hasta hizo que el amarillo le quedara bien!

Si esto de verdad es cáncer… No es un hecho que ella vaya a querer hacer quimioterapia.

Eres consciente de eso, ¿no?

¿Que tal vez quiera usar su colección de tops cortos hasta que se le caiga el cuerpo?

Bueno. Bien.

Porque para hablar del tema no podemos seguir esperando a que llamen los médicos a confirmar los resultados.

Tenemos que ser realistas.

Y si nadie más quiere serlo, tal vez sea yo la primera.

SEGUNDA PARTE

9

Hay comida en la casa

—Hola.

Estoy tan cansada que casi le pongo queso feta al café pensando que era leche de almendras.

No, no dormí bien. No dormí nada, en realidad.

Abue no me dejó dormir otra vez en toda la noche fingiendo que rezaba.

Sí. Por suerte para nosotros, desde que volvimos a casa del hospital descubrió un nuevo compromiso con su fe.

Anoche gritaba: ¡Oh, mi Dios misericordioso! ¡Por favor, mi dulce Jesús de Belén! ¡Despiértame de esta pesadilla! Yo me aguanto el tumor, ¡pero llévate a mi hermana, POR FAVOR!

Amiga. Tengo entendido que la oración funciona mejor cuando se hace mentalmente.

No. Necesito limpiar este espacio. Necesito deshacerme del hedor de esa mujer.

Ya lleva aquí una semana y tú has sobrevivido. Entonces vete a dormir. Vas a estar bien.

Ah, sí. Luisa está aquí todavía. Y todavía está viva.

Hasta el momento, Abue no ha tratado de envenenarla.

Pero... buena pregunta.

Porque te voy a explicar cómo ha sido...

Para que entiendas cómo llegué aquí...

A que me griten cosas sobre Dios y a compartir mi cuarto con dos señoras volátiles de setenta y pico.

Sí, pues como has estado tan ocupada "estudiando en la biblioteca" que ni siquiera puedes llamar a tu hermanita abandonada.

¡Nop! ¡No quiero excusas!

Cuando estés aquí haces algo para compensarme.

Ahora cierra el pico. Porque estoy funcionando sin dormir y podría colapsar en cualquier momento. Y primero tenemos que remontarnos a la llegada de Luisa.

Gracias.

Entonces, como sabes... cuando regresamos a la casa del hospital... Abue tuvo solo como una semana para atormentarnos antes de la visita de Luisa.

Sin embargo, utilizó ese tiempo sabiamente.

¿Podemos cambiar las cerraduras? ¿Y podemos llamar a la embajada? ¿La emisora sigue haciendo esas esas pegas por teléfono? ¿Qué tan rápido puede tu papá entrenar a Rosy para atacar?

Cada hora nos gritaba desde su cama —como si fuéramos soldaditos de juguete—, que si alguno de nosotros iba al aeropuerto a recoger a Luisa éramos unos traidores y se encargaría de tratarnos "como tales".

Sin embargo, mi mamá ni se inmutó por sus amenazas.

No la escuches, Nana. Quédate conmigo. No puede ignorarnos mucho más tiempo. ¿Cómo espera bañarse? ¡Apenas puede ponerse de pie por sí sola!

Entonces le dije a Abue que lo sentía, porque sin duda le tenía miedo, pero que le tenía mucho más miedo a mi mamá.

Es que mírala, amiga. No puedo hacer nada.

Y cuando finalmente llegó el día de recoger a Luisa en el aeropuerto, mi mamá se subió al carro como si nada y le dijo a mi papá que se quedara ahí.

¿Para qué? Ella no quiere hablar conmigo.

Ese es el punto, Jaime. Son menos interacciones para que ella pueda manipular. Si Luciana se queda, las dos se habrán ido del país antes del almuerzo.

Me pareció que el trabajo de supervisión de mi papá era bastante simple: permanecer de pie junto a la puerta y asegurarse de que Abue no se escapara.

Pero él actuaba como si le estuviéramos pidiendo que cuidara a Ted Bundy.

Un momento, espera. ¿Cuánto tiempo te vas a demorar? ¿Cuántos kilómetros? Nana, ¿por qué no te quedas? ¿Aquí, conmigo? No puedo hacer mucho aquí.

Solo mira por la ventana, papá.

¡¿Por qué?!

¡Estaba actuando como un bebé, Mari! Yo actúo así todo el tiempo.

Solo dale a Abue una caja de sombras de ojos, una revista o algo así. Cualquier cosa que brille o ilumine. ¡Se distraerá durante horas! Cae como una vendida con eso, igual que tú.

E igual fue un trabajo de solo una hora... A mi papá le estaba dando picazón incluso antes de que nos fuéramos.

No, Nana, no. Regresa. Por favor no me dejes aquí.

Así es como me siento con mi mamá. ¡Y tú siempre me dejas aquí!

Pero en el extremo opuesto del espectro del estrés, estaba mi mamá. La imagen viva de la positividad tóxica, manejando hacia y desde el aeropuerto con música a todo volumen y una sonrisa gigante. *¡Ay, me muero de ganas de recoger a Luisa! ¡Va a ser tan divertido estar con ella!*

Es increíble... No sé si de verdad crees eso o no.

Y luego, cuando finalmente llegamos al aeropuerto y Luisa salió por la puerta, mi mamá prácticamente se arrojó sobre la pobre mujer y gritó: *¡LUISA! ¡Estamos muy felices de que estés aquí! ¡Va a ser tan especial! Lo digo en serio. Gracias. Estamos muy agradecidos.*

No es necesario que me agradezcas, Elena. Es mi hermana. Yo quiero estar aquí. Y Nana... ¡guau! ¡Pareces una adulta! ¡La última vez que te vi, me llegabas como a la cadera!

Hola, Luisa... Ay, ¿en serio? ¿Tanto tiempo ha pasado? Qué interesante...

Y en el camino a casa, mi mamá comenzó a hablar de lo que no sabía, sobre cómo íbamos a lograr que esta visita funcionara, sin importar cómo. "Porque familia es familia y es lo único que tenemos".

Bravo, Elena. Bien dicho. ¿Y cómo está Emilia? ¿Seguro que a ella le parece bien que esté aquí?

No hubo mención absoluta de que habíamos dejado a Abue en huelga de hambre en la casa.

¡Ay, tú sabes! Lo está… procesando.

Entonces comencé a tensionar mucho la mandíbula al oír todos los planes que Luisa tenía para ella y Abue.

¡Encontré muchas actividades que podrían ayudarla en su recuperación!

Porque decía como: ¡Vamos a caminar mucho juntas! ¡Y a cantar nuestras canciones favoritas! Incluso probaremos algunas recetas nuevas y pintaremos los "hermosos paisajes montañosos" de nuestra ciudad natal. *Creo que la ayudará a relajarse.*

Y yo pensaba como: Guau. DE VERDAD no has hablado con Abue en décadas. Ella piensa que la pintura es para imbéciles incultos que quieren llenar su tiempo con delirios. Y no come nada, además.

Pero antes de que pudiera terminar la frase, mi mamá me interrumpió con un ¡AYY! QUÉ MARAVILLA. ¡A ELLA LE ENCANTABA HACER ARTE!

Eeeeh… ¿No? ¿Sabes que se marea con el olor de la pintura?

Ese es su estado normal. Luisa, no oigas lo que dice.

Y mi papá tampoco estaba ayudando a calmar mi ansiedad. Porque estaba bombardeando mi teléfono con mensajes.

¿Ya vienen? ¿Hay trancón? ¿Qué dice Luisa? ¿Emilia siempre pone seguro en la puerta del cuarto? ¿Por qué Rosy está gimiendo ahí adentro otra vez? ¿Es normal? ¿Crees que pueda alejarme un segundo para prepararme un café? ¿Cuánto tiempo más se van a demorar?

Sin embargo, en su defensa, jaja, Abue se había atrincherado en nuestro cuarto con la puerta cerrada durante más de una hora. Por eso estaba empezando a preocuparse.

¿Qué hacemos? ¿Si se queda ahí encerrada?

Entonces, cuando llegamos heroicamente a la casa, mi mamá tuvo que entrar corriendo a "ver cómo estaba Abue", mientras yo esperaba afuera pacientemente, vigilando a Luisa en el carro.

Ay, virgen. Luciana, ¿ese es tu papá? ¿El que está saliendo por la puerta principal? ¡Se ve igualito! Excepto por la camiseta sudada. Debe haber estado haciendo ejercicio. Jaime, ¡Hola!

Mierda... Pa, ¿estás bien? ¿Qué está pasando ahí dentro?

¡Hola Luisa! Qué bueno verte. Gracias por venir. Voy a dar una vuelta en el carro.

Pero luego todo comenzó a demorarse y me preocupé, entonces me armé de valor para salir del carro y entrar con Luisa a la casa.

Y cuando subí... Encontré a mi mamá golpeando la puerta de Abue como King Kong, rogándole que escuchara y que abriera en ese instante.

¡Deje de actuar como una niña, mami! Tu hermana acaba de llegar para ayudar.

Mmm, ma. Por favor, ten cuidado. Necesito esa puerta.

Entonces, por un segundo pensé como: A ver, un momento. ¿Tal vez deberíamos parar y pensar en esto?

Si Abue no ha parado con este drama, de pronto no deberíamos obligarla a ver a su hermana ¡Obviamente no quiere verla!

Esto es medio extremista. Incluso para ella. Y le acabamos de decir que podría estar enferma... ¿Qué tal que necesite más tiempo? ¿No deberíamos respetar eso?

Pero mi mamá básicamente me escupió y dijo: *¡Es demasiado tarde para eso, pendeja! ¡Ayúdame a abrir esta puerta! Lo que pasa es que no está pensando racionalmente. Tenemos que pensar por ella. ¡Su generación nunca aprendió a comunicarse!*

Eh, creo que se está comunicando.

¡No puede morir con este rencor, Luciana! ¡Ayúdame! Necesita saber que la gente la ama. ¡EMPUJA!

Mi mamá estaba empezando a asustarme de verdad, con sus empujones y gruñidos, así que le dije que se hiciera a un lado y me dejara encargarme del problema de la puerta.

Abue. Soy yo. Por favor abre. O tendré que forzar la cerradura.

¡No! No te metas en esto, Luciana. ¡Eres demasiado joven! Ve a disfrutar la vida. ¡Ojalá yo hubiera podido!

Entonces, me preparé para el impacto... Deslicé mi tarjeta débito entre la puerta y la cerradura y... se abrió.

Vengo en son de paz, Abue.

Caminaba temblando, pero con los brazos levantados.

Y le dije a Abue: *Prepárate. Luisa está aquí. Y no sé qué pasó entre ustedes dos, pero a mi mamá le importa un culo. Está haciendo que todo esto pase. Ya no está en mis manos, lo siento. Te lo advierto.*

Pero entonces Abue gritó a todo pulmón.

Grito que Luisa escuchó desde la sala de abajo, y por alguna razón lo tomó como una señal para subir.

Mierda...

Ah, sí, empezó a subir las escaleras con paso firme. Gritando y todo, decía: "¡Emilia! ¡No hay necesidad de hacer esto!" Y que ya eran viejas, eran mayores y habían superado todo, y que esta vez Abue era la que necesitaba ayuda.

Luciana, mírame. Mira a tu abuela. No dejes que ella entre por esa puerta.

¡Tengo que dejarla! ¡No se va a quedar afuera durante toda la visita! ¡Y tienes a mi mamá llorando en el piso en estado fetal!

¡Cierra esa puerta! ¡No me importa lo que diga tu mamá!

AJ. Odio cuando ustedes dos hacen esto.

Y creo que fue ahí cuando finalmente me rendí.

Porque en medio de mi pánico, comencé a buscar un lugar donde esconderme, y pensé: ¿Qué? No. ¿Qué coños estoy haciendo?

¡Les advertí a todos que esto iba a pasar! ¡A todos!

Les DIJE que Abue no se lo iba a tomar bien. Y que no era el momento adecuado.

Y ahora ¿qué?

¿Mi papá puede irse y evitar las consecuencias?

¿Mientras mi mamá llora como un bebé indefenso al lado de las escaleras?

¿Después de dejar que esta bomba con pelo y piernas entre como si nada aquí?

A la mierda. No soy la maldita portera de los sentimientos.

Y no podía creer que una vez más me estuvieran ignorando, y que una vez más iba a ser yo quien iba a tener que arreglarlo todo.

Entonces, por primera vez en mi vida dije: No. Hoy no quiero hacer este trabajo.

Y le dije a Abue que lo sentía, pero que iba a abrir.

Pase lo que pase, esto no es mi culpa. No puedo hacer nada más.

Y en verdad, mi momento de valentía debió haberse apreciado más…

Pero Luisa me robó el protagonismo.

Porque justo en ese momento, entró y pasó corriendo por mi lado.

¡Emilia! ¡Mi hermana!

Síp.

Con todos sus años de angustia y trauma.

NO TE ME ACERQUES.

Junto con sus yoes adolescentes y sus malas actitudes.

Como una inundación.

Lo siento, Abue.

Y juro que las manos de ambas se posaron sobre sus caderas tan rápido que prácticamente me dieron una cachetada. Crearon una ráfaga de viento.

Y sus labios, de repente, se veían perfectamente fruncidos.

Estaban listas para la pelea.

Solo estoy aquí para ayudar, Emi. Lo prometo.

No, Abue no la atacó, jajaja.

Lo primero que hizo fue respirar profundamente y cerrar los ojos.

Señor, te pido tu fuerza.

Y luego me miró y dijo: "Ve y me traes un vaso con agua". Como un puto luchador de la WWE que se prepara para el primer asalto.

Como si no quisiera que me quedara a ver el derramamiento de sangre.

Eh, ¿todo va a estar bien?

Sí. Solo vete.

¡Pero claro que tenía miedo, Mari!

Pero obedecí con alegría.

No quería estar ahí para ser testigo de cualquier tipo de interacción explosiva que estuviera a punto de suceder... Te insto a recordar que la mujer tiene una puntería perfecta. Salí corriendo inmediatamente y me senté con mi mamá en el pasillo.

Entra y no hagas ningún ruido.

No, Abue tampoco le pegó a Luisa ahí, jajaja.

Ni siquiera podía alzar una almohada.

Bueno, al principio... Lo único que oímos fue algunos pisotones y gritos... Y muchos "¡Por qué estás aquí!" y "¡Por favor! ¡Solo quiero ayudar!". Pero luego hubo mucho llanto y resoplidos, y después de un acalorado intercambio de opiniones que fue demasiado secreto para que lo entendiéramos, todo lo que oímos fue silencio.

Ay, dios mío. ¿Lo logramos? ¿Llegaron a una tregua? Luciana, entra y comprueba.

Pero, desafortunadamente para mí, Abue gritó: LU-CIANA. ENTRA AQUÍ CON ESA AGUA.

No, mamá. No me obligues a entrar.

Ella preguntó por ti.

Y cuando entré, era claro que: Se Habían Dicho Cosas.

Porque sea lo que haya sido, obviamente Luisa estaba alterada.

Estaba sentada a los pies de la cama, llorando… limpiándose en silencio las lágrimas de las mejillas.

Mientras Abue la miraba, con disgusto, negando con la cabeza lentamente.

Aquí está el agua que pediste…

Y en verdad quería decir como: nos pillamos, nenas. Esta mierda es demasiado incómoda para mí. Pero Abue de repente me agarró del brazo y dijo: "Luciana, dile que se puede quedar".

¡¿De verdad?!

Sí. Si cumple su promesa.

A Luisa y a mí casi se nos rompe el cuello al voltearnos por la SORPRESA. La mirábamos con incredulidad.

La cumpliré, Emi. Lo prometo. No tenemos que hablar de nada que no quieras. Solo estoy aquí para ayudarte con tu recuperación.

Y una vez Abue dijo que sí, otra vez, Luisa se levantó y se fue corriendo al carro para traer el resto de sus cosas.

Veremos cuánto dura esa promesa.

Sí, Mari. No seas tan idiota. Obvio que le pregunté a Abue qué había pasado. ¡Pero no me dijo nada!

¿Qué pasó? ¿De qué habla?

Mi niña… qué no pasó. Pero ve a cambiar las sábanas de tu cama. Tu mamá dijo que ahí va a dormir Luisa.

Dios. ¡¿De verdad?!

Sí. Te van a poner un catre en el suelo. Deberías quejarte.

Y pensé en presionarla para sacarle más información, pero el día entero ya había sido demasiado. Mi síndrome de colon irritable se está manifestando otra vez de solo pensarlo.

Por eso estoy tan agradecida de que desde ese enfrentamiento inicial lo único que ha habido en esta casa sea silencio.

Un silencio intenso, cargado y amenazador, sí. Pero al menos, silencio.

Porque, ¿te imaginas, Mari?

¿Tener la Guerra Mundial versión hermanas mientras trato de adelantarme con lo del colegio? ¿Tratando de descubrir cómo aplicar a las universidades?

Algo como: ¡Perdón, no pude repasar nada sobre *Macbeth*, señora Nelson! ¡Mi abuela estaba en mi cuarto tratando de matar a su hermana!

Es un chiste, jaja. Cálmate. Abue todavía no ha hecho su intento de homicidio.

Y aunque no lo creas, de hecho, ahora ha comenzado a recapacitar…

Sí.

Creo que por fin cree que Luisa de verdad está aquí solo para ayudar. Pues ya ha pasado más de una semana y hasta ahora, no se ha visto obligada a tener ninguna reconciliación.

Pero apenas comience a hacer preguntas, ¡se va! ¿Me oyes, Luciana?

No creo que vaya a hacer preguntas, loca. Mi mamá es la única que quiere que ustedes dos canten "Kumbaya".

¡No entiendo por qué! Tu mamá necesita tener más cuidado. Porque lo tomaría mal. Si Luisa y yo hablamos. Es demasiado sentimental y arruinaría sus fantasías.

Solo intentemos mantener la paz. No quiero que las decisiones estúpidas de nadie más nos desvíen de lo que es importante. No podemos olvidarnos de tu salud… Y de paso, deberíamos empezar a pensar en lo que se viene, ¿sabes?… cuando llamen los médicos.

Sí, Mari. Sé que TÚ le hubieras preguntado más cosas a Abue, pero no estás aquí en realidad para lidiar con las consecuencias, ¿cierto?

Exactamente.

Y no podemos distraernos solo porque los médicos no han llamado con los resultados.

Entre más rápido podamos ayudar a Abue a mejorar, más rápido podremos lidiar con la parte del tumor que todavía está adentro.

Sea cancerígena o no.

Y últimamente también ha sentido menos dolor. No quiero causar problemas.

Además, creo que está empezando a sentir un placer enfermizo al tener a Luisa a su entera disposición…

Sí. Es como su nueva perversión.

¿Luisa? ¿Dónde estás? Es hora de volver a colgar mi ropa. No, ahí no. En el riel de arriba, necesitarás una butaca. Sí. Al lado de la puerta. Y esta vez ordénala por colores, por favor. Y también por textura. Pero asegúrate de comenzar con la malla de crochet de la derecha.

¿Por qué no hacemos algunos de tus estiramientos primero, Emi? Eso te ayudará a recuperarte. Puedo limpiar más tarde mientras duermes.

No. Esto es mejor. Esto ayuda.

Supongo entonces que esta es la versión corta de cómo llegamos hasta aquí —donde las cosas todavía son civilizadas—.

Gracias a las dinámicas de poder invertidas y el no hacer preguntas.

Pero es cierto que Luisa se ha portado como una campeona. De verdad.

No sufre por las cosas pequeñas, ni por ninguno de los comentarios malintencionados de Abue.

Solo quiere ser útil y ayudar. Y hacerme estos deliciosos almuerzos con sánduches… Hasta me gritan mucho menos ahora, no sé cómo.

Luciana, ve a limpiar tu cuarto.

No es necesario. Luisa ya lo limpió.

¿Qué estás comiendo? ¿Un croissant?

Sí. Luisa los compró en Costco.

¿Hizo tus mandados?

Sí, eso le dijo Luisa, que el objetivo era simple.

Que ella estaba aquí para ayudar a su hermana mayor a navegar los capítulos más difíciles de su vida, tal como Abue había ayudado a Luisa a navegar los suyos. *No sirve de nada quedarse atrapado en los detalles.*

Y aunque definitivamente sigo siendo del Equipo Abue, ¡se siente bien tener por fin una camarada por aquí! Otro testigo de toda la locura.

¿Oíste eso?

Sí. Creo que tu mamá está haciendo flexiones otra vez contra la pared.

No entiendo. Es como si estuviera entrenando para un maratón o algo así.

Yo tampoco lo entiendo muy bien.

Quién sabe, ¡a lo mejor ya ni te necesite más!

Está bien. Se suponía que debías ponerte brava por eso.

No estoy de acuerdo. Te odio.

Sabes que… si los papeles se invirtieran, en este momento yo estaría siendo la MEJOR hermana mayor.

¡Sí! Te enviaría encomiendas y cosas así, preguntándote cómo estás. Asegurándome de que estuvieras viva y de que mi mamá no te estuviera torturando.

¿Pero en cambio qué recibo? A ti.

Una hermana mayor que está tan ocupada inhalando Adderall de los penes de los manes de la fraternidad que no puede ponerme atención.

No, ¡no me importa que hayas estado "preocupada por tus clases"! Nunca has sacado malas notas en tu vida.

¿Y de verdad la universidad es mucho más importante que nosotras, tu abuela y tu hermana?

De hecho, no respondas.

No quiero oír tu respuesta.

Y me alegra que finalmente me hayas llamado…

Tenía ganas de contarte otra cosa que dijo Luisa. Y pues no podía contártelo por mensajes de texto.

Sí. Y sabía que igual querrías la actualización del drama primero.

Es que… Luisa me contó cosas de lo que pasó con Abue. Apenas Fernanda la sacó del colegio. Y por suerte para ti, suena como que todo fue una puta mierda.

Así que estoy muy agradecida de que en este momento ambas estemos concentradas en nuestra educación.

Solo por esta vez.

Porque Luisa me dijo que no le importaba estar aquí para ayudar, pues Abue había lidiado con muchas cosas sola cuando era joven. Y en aquel entonces, Luisa no siempre había sido la más colaboradora.

¿Que pasó exactamente? Mi mamá dijo que sacaron a Abue del colegio… Pero que no sabía lo que había pasado después.

Sí. Dijo que después de que le dispararon a su papá, era brutalmente imposible reconocer a Fernanda, su mamá, por culpa del dolor.

Tenía mucha rabia. Y mucho estrés. Le preocupaba que al no tener dinero le quitaran a sus hijas.

Y que entonces había empezado a actuar como si Abue le hubiera disparado al hombre.

¿Qué? ¡¿Por qué?!

Creo que en gran parte nuestra mamá se había convencido de que Emilia de verdad le había disparado. Al volverlo un iluso. O al cegarlo de amor. Ella nunca había sido muy cariñosa con nosotras mientras crecíamos, entonces éramos mucho más cercanas a papá. Y Emilia, especialmente. Su primera hija. Quería proveerle a ella y a nosotras de cualquier manera. Y eso es lo que lo había matado, según mamá. Porque él hubiera hecho cualquier cosa por sus hijas. Así eso lo pusiera en peligro.

Entonces Luisa dijo que después del asesinato, cuando sacó a Abue del colegio, Fernanda solo la dejaba cocinar, limpiar o cuidar a sus hermanas. ¡Y que ni siquiera la dejaba salir de casa!

Emilia tuvo que dejar de ver a sus amigas. Y de ir a ensayo del coro. De hacer cualquier cosa que la hiciera sentir como si tuviera una vida normal. Fernanda la necesitaba en la casa, mientras ella salía durante el día a buscar trabajo. Y el plan era extremo, yo sé. Pero mamá no tuvo otra opción. Era viuda y tenía cuatro hijas. Emilia hizo lo que tenía que hacer solo porque era la mayor. Hubiera sido yo o alguien más si hubiera sido la primera. Pero sé que fue difícil... Es triste verla luchando otra vez ahora. Después de todo lo que vivió.

Yo sé... Y que después de un tiempo, a Fernanda se le nubló tanto la razón por la pena y el dolor, que comenzó a atacar a Abue de manera desproporcionadamente fuerte. Si alguna vez se enteraba de que había un problema con algo.

Se le olvidó que Emilia era una niña, una adolescente. Entonces puedes imaginarte que peleaban mucho. Tu abuela estaba cansada y era terca. No quería ser la fuerte de la casa ni seguir jugando a ser mamá. Extrañaba su vida… Y no sabía cómo afrontar la pérdida de papá. Pero mamá no entendió nada de eso. No entendía por qué Emi simplemente no escuchaba. Para ella estaba claro que, si no obedecía, no sobreviviríamos.

Entonces, después de demasiadas peleas, Fernanda y Abue se convirtieron en fuego y aire.

La rabia de una siempre aumentaba la de la otra.

Y al final, Abue no solo tenía resentimiento.

Sentía IRA pura.

Por todas sus heridas… y la tortura física y emocional que había aguantado.

Hubo un día que nunca olvidaré. Sé que tu abuela también piensa en eso. Mamá había llegado a casa de mal humor y vio que Emilia no había lavado los platos. Entonces se pusieron a pelear. Y Emilia le dijo que se iba. Que ya había aguantado suficiente y que se quería ir. Porque ya no quería seguir viviendo sin tener una vida… Pero mamá la paró y bloqueó la puerta. Y ahí mismo golpeó a Emilia tan fuerte que se le pusieron azules todas las extremidades. Fue horrible… Nos hizo mirar para que supiéramos lo que nos podía hacer a nosotras también. Si alguna vez nos pasábamos de la raya. Y después de eso quedamos con mucho miedo de hacer cualquier cosa… Y desde ahí tu abuela no nos mira de la misma forma.

Uff. Eso me hace sentir náuseas.

Si hubiéramos podido hacer algo, lo hubiéramos hecho. Te lo prometo. Pero estábamos demasiado asustadas, solo hacíamos lo que nos decían que hiciéramos. Y nos decían que teníamos que ser perfectas. Para no causarle a nuestra familia más problemas de los que ya teníamos. Mamá solo estaba tratando de protegernos. E intentó hacer todo lo posible para mantenernos con vida.

¡¿AL PEGARLES?!

¡Eso no estaba bien! Pero en aquel entonces era común. Y sabía que, si no disciplinaba a Emilia, el resto de nosotras sufriríamos. Entonces aprendí a perdonarla. Y nuestras hermanas también. En parte por eso tu abuela nos resiente.

Con razón, después de eso, Abue comenzó a mantener la distancia. Casi no le decía nada a nadie dentro de la casa. Y con el tiempo, Fernanda convenció a las demás de que Abue solo se preocupaba por ella misma. Les decía que de todos modos estaba planeando irse porque no le importaba lo que le pasara a la familia.

Es triste, pero le creíamos a mamá. Y desde entonces he pagado el precio con Emilia. Pasaron los años y no nos hablábamos. Y cuando Emilia se fue, nunca se supo más de ella. Entonces nos convencimos de que mamá siempre había tenido razón… Pero a medida que crecía, aprendí a ver a mi hermana de otra forma.

Y entonces, cuando mi mamá le dijo a Luisa que Abue estaba enferma, ella dejó todo y aprovechó la oportunidad para arreglar las cosas.

Había mantenido el contacto con tu mamá a lo largo de los años. Muy esporádicamente. Pero cuando me dijo que tu

abuela estaba enferma, sentí que no podía quedarme sentada
y dejar que sufriera otra vez. Ni me lo imaginaba. ¿Te ima-
ginas? Nunca he visto llorar a tu abuela… Todos esos años
con mamá, y ella nunca se permitió ser vulnerable. Eso es lo
que más me rompe el corazón. Que vivió con su dolor en silen-
cio… Las otras hermanas me dijeron que no me preocupara,
que no servía de nada arrepentirse o sacar a relucir el pasado.
Pero tenía que intentar.

Pero oye, así pensara que lo que decía y hacía Luisa
era muy bonito de su parte, me empecé a cansar un
poco. ¡Porque era mucha información! ¡Y no entendía
cómo podía seguir defendiendo a su mamá!

¿Pero cómo puedes estar aquí, tratando de ayudar a mi
abuela y sentir compasión por esa persona que la lastimó?

No quiero que te pongas brava, Nana… Podemos tomar-
nos las cosas con calma. Para que puedas entender.

Luisa dijo como: *Te entiendo, pero hay muchas más*
cosas que no sabes. Entonces, ¿por qué no vamos paso a paso?
Solo llevamos unas semanas de su recuperación. Y no sé bien
qué piedras puedo levantar.

Sí, era molesto y siniestro, pero tenía toda la razón.

No podía soportar oír más información.

Ya me estaba dando rabia y soy muy mala mentirosa.
No hubiera podido ocultárselo a Abue o a mi mamá.

Y eso simplemente las hubiera radicalizado a ambas
en extremos opuestos…

Porque mi mamá pensaría que habría MÁS razones para que Abue y su hermana hablaran, mientras
que Abue simplemente le prendería fuego a la casa con

Luisa dentro. Entonces no, gracias. ¡Necesito que estén concentradas en lo que tienen que hacer! No distraídas con las desdichas del pasado.

¡Casi no podía soportarlo, Mari! Y soy la MENOS involucrada.

Y probablemente también deba oír la versión de Abue primero, antes de mis "ayyy, nooo" o de creer cualquier otra cosa que diga Luisa. Porque aquí tienes que tener los ojos bien abiertos.

Todas te manipulan.

Ni idea qué será verdad…

Lo que sí creo, es que Abue piensa que sus hermanas son unas cobardes traidoras. Casi como alguien más que conozco.

SÍ, MARI. ¡Su prioridad es la lealtad!

Una vez vi un episodio de *Riverdale* sin ella y no me dejó que le hablara durante casi dos semanas.

¿Y por qué te importa? ¡Ni siquiera sabes lo que están diciendo!

¡Me gusta ver qué se ponen!

Una traición total en el hogar equivaldría a DÉCADAS de silencio.

Y la verdad es que es bien aterrador ver a Luisa y a Abue una junto a la otra…

Porque se nota que comparten algo, en la forma como caminan. Pero aparte de eso, no hay ni una sola gota de química que diga: ¿Qué tal? ¡Somos hermanas!

Ah. Es verdad, jaja.

Tienen la misma contextura de un metro cincuenta.

Y los muslos carnosos idénticos… que terminan como un embudo en esas pantorrillas, diminutas, tiernas y compactas.

Que las hacen ver casi como unos ponis malvados bebé.

Las estoy mirando en este instante.

Yo no me reiría, Mari. Las tuyas son iguales.

Pero LUEGO… llegas a la parte superior del cuerpo… y es como la noche y el día.

Primero está Luisa. Con su corte de pelo lésbico y la cabeza llena de canas. Y los senos que descansan tranquilamente sobre el pecho. Como se supone que deben ser.

Como si hubieran vivido una vida plena, larga, feliz y saludable.

Y con su ropa de salir a caminar que suena con el movimiento y que siempre se pone.

Como con la que sale en su foto de perfil de WhatsApp.

Y al otro lado del cuadrilátero está Abue… con esos melones escandalosos, firmes y gigantes. Que prácticamente le estiran la piel de la cara y te gritan para que los mires fijamente desde unos tres metros de distancia.

Y luego sus rizos negro-azulados perfectamente peinados.

Listos cada mañana.

Es decir… es una locura pensar siquiera que estas dos personas comparten el ADN.

La ciencia es una locura.

Como… Luisa es la persona a la que vas cuando no puedes encontrar a tu mamá en los centros comerciales.

Y Abue es la razón por la que corres.

Entonces, es absolutamente IMPACTANTE saber que ella en su vida no era la chica mala original. Aunque seguro hay mucho menos trauma en el mundo gracias a que no pasó de noveno grado.

Pero da igual. No puedo pensar en eso ahora.

O me dará depresión.

Aquí tengo que concentrarme en la meta…

Por el bien de Abue.

En especial, porque parece que soy la única que se centra en su recuperación.

10

Por pendeja

—¿Qué COÑOS es una "Carrera del Pavo", Mari?

¿Ahora estás entrenando aves para competencias?

¿Es eso lo que estás haciendo?

¿Es en eso que te gastas la plata que mis papás se ganan con tanto esfuerzo?

¡Porque eso es lo que parece!

Es por eso por lo que todos van a pensar que abandonas a tu familia.

Putos pavos.

Ah, sí. Mi mamá me dijo.

Soy consciente de que nos estás abandonando, oficialmente, para el Día de Acción de Gracias. Felicitaciones. Te hicieron el trabajo sucio.

Luciana, esto solo lo voy a decir una vez, porque no está abierto a discusión. Tenemos demasiadas cosas de las que preocuparnos en este momento. Pero Mari y sus hermanas de la fraternidad han recaudado tanto dinero para la investigación de la diabetes este otoño, que la sede nacional de la organización las está invitando a participar en una carrera de 5 km este Día de Acción de Gracias en Nueva York. Van a viajar allá para generar conciencia sobre la enfermedad, con todos los gastos pagos. Es una oportunidad que no puede dejar pasar. ¡Y deberías estar orgullosa de ella! La eligieron junto a otra niña de la fraternidad. Es un acto noble y desinteresado.

Elena. ¿Es en serio?

¡No me importa lo que digas! Vamos a ver a Mari justo después, para Navidad. Y de verdad deberías pensar detenidamente sobre lo que está haciendo tu hermana… Porque está abriendo puertas y creando nuevas experiencias. ¡Es exactamente lo que hablamos tú y yo en nuestro viaje!

¿"Nuestro viaje"? No puedo creerlo.

¡Las vacaciones de Acción de Gracias de Mari son muy cortas de todas formas! Deberías haber visto los precios de los vuelos… Nueva York será algo bueno para ella. ¡Nunca ha estado!

Yo… ni siquiera sé qué decir.

No digas nada. O te castigo. Le prometí que, si iba, todo iba a estar bien. Que nadie se pondría bravo con ella. Y tu abuela estará bien.

¡¿Y YO qué?!

¡Ya estás aquí! El día que trabajes duro y tengas nuevas experiencias, podrás hacer exactamente lo mismo.

¡Y ni siquiera puedo decir cómo me siento en este momento!

¡Porque mi mamá me puso bajo orden de silencio!

Pero espero que sepas que me parece patético que te escondas detrás de mi mamá.

De hecho, no.

La patética soy yo: ofreciéndole dinero a mi papá para ayudar con tu tiquete de avión.

¡Sí, así fue como lo descubrí!

No, Nana. No te preocupes. Tu mamá dijo que Mari tiene problemas con su horario. Pero es un gesto muy lindo de tu parte. Sé lo mucho que quieres a tu hermana.

Pero va a venir, ¿no?

Deberías hablar con tu mamá.

Porque como una idiota, pensé que la plata era lo único que te impediría venir a casa.

¡Pero el chiste se cuenta solo! ¡Porque la verdad es que simplemente no quieres estar aquí!

Luciana, si te duele que tu hermana no venga, díselo. Sé que te hace falta. Pero deja de usar a tu abuela como excusa.

SÉ que te voy a ver en Navidad, Mari, pero de todas formas… Viniste a casa en ambas fechas el año pasado. ¡Este va a ser el tiempo más largo que hayamos estado separadas!

AJ.

Y con todo lo que está pasando ahora mismo, TE NECESITO.

¡¿De verdad vas a empezar a hacerme decir eso?!

Aj. Tengo que colgar antes de que empiece a llorar… no voy a ser capaz de soportar tu falsa lástima…

Pero ¿por qué carajos mi mamá decidiría que HOY es el mejor día para contarme esto?

Este día ya ME SABE A MIERDA.

Sí, y ya sé que mi mamá te dijo. Entonces ya puedes dejar el teatro, que me haces poner más brava.

Por favor, Mari. Obvio que ya sé. ¿Quién crees que dirige el *show* aquí?

Apenas llegué a la casa del colegio mi mamá me dijo que el médico de Abue había llamado.

Y en ese momento supe exactamente lo que iba a decir.

Luciana, ven y te sientas. Llamaron con los resultados de tu abuela. Ya está confirmado. Es cáncer, mi amor. Lo siento mucho. Sé que estás muy asustada, pero tenemos que decidir qué vamos a hacer.

Estoy bien, Mari. A diferencia de ti, no estoy actuando como si fuera una puta sorpresa.

Pues yo he estado AQUÍ, de hecho. Y he puesto mucha atención.

¿Me da rabia? Obviamente. ¿Me sorprende? No.

Imprimía y repartía páginas de WebMD desde hace SEMANAS.

Ahora solo estoy preocupada porque… ¡¿Qué coños les pasa a ustedes?!

Mi mamá actúa como si fuera la primera vez que escucha la palabra "cáncer", ¡¿y tú crees que es apropiado viajar a pesar de las noticias?!

No culpes a Mari con el diagnóstico, Luciana. Ni se te ocurra. Cada uno aborda las cosas de manera diferente. Y que ella aplace venir a casa un mes más no solucionará nada. ¡Qué bueno que tu abuela tenga este espacio! Antes de que más gente lo sepa.

Mari… Sé que mi mamá nos decía que saliéramos a correr cuando algo nos diera rabia, pero esto es otro nivel.

¿No preferirías estar triste TENIENDO unos buenos abdominales, Luciana? ¿O llorar en un museo en lugar de tu cama? ¡Piénsalo!

¡Y ni siquiera puedo contar con Abue!

¡Porque ella es la primera en fingir que no hay nada que hacer!

Ay, a ver, Mari. ME VOMITO. Guárdate tu optimismo de mierda. ¡Abue ni siquiera evacuó! ¡No optará por nada que le dificulte la vida!

O que la haga ver menos llamativa…

EN ESPECIAL un tratamiento.

Ella siempre escogerá arriesgarse. Incluso si le cuesta la vida…

Lo siento, pero tenía que decirlo.

Porque es el simple razonamiento deductivo de lo que es completamente EVIDENTE.

¡Y me gustaría que usaras ese gran y estúpido cerebro tuyo para verlo!

Mmm… También me mata, ¿sabes?

¡Ella es mi persona favorita!

Sin ofender.

Quiero que luche, Mari, de verdad. Pero tampoco quiero desperdiciar el tiempo que tengo con ella esperando eso.

Es una lección que APRENDÍ de Irma.

¿No? No estoy "intelectualizando" mis sentimientos.

¿Qué coños significa eso?

Ay, no. Ni siquiera trates de decirme que has empezado terapia. Porque si fuera verdad, sería imposible saberlo.

Jajaja. ¿"Arquetipos"? ¿"Aceptación radical"?

Ay, Dios… En realidad, estás mucho más perdida de lo que pensaba.

YO TAMBIÉN TENGO INTERNET, MAN. HE OÍDO SOBRE LOS "ESTILOS DE APEGO". DEJA DE HACER QUE ESTO SEA SOBRE TI.

Lo único que voy a decir es que cuando mi mamá me dijo: "Llamó la doctora. Esto de tu abuela podría ser serio. El pronóstico a largo plazo no es bueno", supe que todos ustedes eran estúpidos y que todas mis búsquedas en Google habían estado bien.

Porque la letra pequeña ahora dice que, sin quimioterapia ni radiación, esta masa la va a matar.

Y debimos haber hablado de esta mierda en el hospital, y ella debió saber todo antes de la cirugía. ¡La tienes aquí en la casa desde hace semanas pensando otra cosa!

Y ahora me siento tan putamente ESTÚPIDA.

Porque todo esto confirma que debí haberme escuchado desde el PRINCIPIO.

Ya que soy la única aquí que de verdad ESCUCHA.

¡En lugar de hacerme a un lado y dejar que USTEDES tomaran las decisiones!

Entonces ella hubiera dicho que no al tratamiento, Luciana. Estaba muy adolorida. Necesitábamos que descansara y se recuperara… ¡Al menos ahora tiene una oportunidad!

Entonces cálmate. Porque en unas semanas tenemos una cita con la doctora para discutir nuestro plan de acción.

Además, aparte de todo esto, Abue confirmó mis temores cuando intenté hablar con ella hoy.

Síp.

Me vio llorar y dijo como: *Ah. ¿Estás en casa? Veo que te contaron. Toma, sécate las lágrimas. No importa. Es como si ni siquiera hubieran llamado.*

Dios. ¡¿Qué significa eso?!

Que me voy a tomar mi tiempo para mejorar. Y luego voy a disfrutar mi vida. No voy a volver jamás a esa habitación de hospital. Lo único que ha logrado es traer problemas.

¿Por qué no hablamos de esto más tarde? Creo que todos necesitemos algo de tiempo para digerir...

Y aunque estaba putamente furiosa, sabía que pelear con ella no era la respuesta. Sobre todo, después de oír lo que me contó Luisa.

Te apoyo, Abue. Siempre. Pero está bien tomarse un tiempo antes de tomar una decisión. Te podemos ayudar.

No te preocupes.

Lo digo en serio... Tal vez podamos encontrar algunas opciones de tratamiento que no te enfermen.

¿Puedes pasarme el teléfono? Necesito llamar a la droguería.

¿En este instante? ¿Por qué?

Mi nuevo tinte para el pelo ya está disponible.

Y luego, de todas formas, terminó nuestra conversación porque sí, al darme una lista de cosas que necesitaba recoger de su apartamento.

¿Qué coños es esto?

¡Estoy enferma, Luciana! Hablaremos más tarde.

Y si vieras la lista, Mari, entrarías en *shock*. Porque es todo lo CONTRARIO a lo que debería querer alguien que atraviesa una crisis de salud.

Y me gustaría que eso me reconfortara un poco, pero no.

Sé que la mayoría de la gente preferiría ver que sus seres queridos "no han cambiado" durante una tragedia o una enfermedad. Pero estamos sentadas aquí diciendo: No, por favor, ¿sí? Tu vida podría depender de eso.

Ay, Nana. ¿Cuándo vas a aprender que es lo mismo? Si quiero sentirme bien, tengo que verme como siempre me veo. ¡Cada día podría ser la actuación de tu vida! El tumor debería haberte enseñado eso.

¿Cómo lo haces?

¿Cómo hago qué?

Cambiar el chip tan rápido. Estabas toda emo y de mal humor hace como un segundo.

¡Me dijiste que ibas a recoger mis cosas!

Y también me informó que, si alguna de esas cosas no estaba en su apartamento, tenía que cruzar la calle hasta *Walgreens* y comprarla. *Pregunta por Florencia. La farmaceuta. Ella sabe lo que me gusta.* Así no estuviera en oferta.

Y yo quedé como: ¿Tal vez no? Me va a tomar una eternidad. *Quiero estar aquí. Contigo.* Por el tamaño de la lista, ¡el tumor va a estar otra vez grande cuando la termine!

Lo siento… No es "chistoso".

Olvidé que eres una puta virgen cuando se trata de buenos chistes.

Solo digo que es increíble, Mari, no más.

Que Abue me vuelve loca, como cualquier martes normal. Como si los médicos no hubieran llamado y dicho que tenía todos los conductos biliares enredados.

¡Porque tienes suerte!

Porque puedes "estar triste" y "extrañarla" ¡y ya!

Mientras yo estoy aquí, en el campo de batalla, tratando de ser proactiva Y comprensiva. Aunque a veces ella hace que sea putamente difícil.

¿Por qué no te estás moviendo, Luciana? ¡Vete! Antes de que Florencia salga del trabajo.

Sabes lo que todo esto significa, ¿verdad? ¿Que podrías volver a ponerte amarilla? ¿Y podría ser muy doloroso? ¿Que podríamos terminar justo donde empezamos? Antes de que te quitaran algo. ¿No fue horrible? ¡Déjanos ayudarte!

Lo que es horrible es este interrogatorio. Adiós.

Es tan rara…

No sé qué está tramando.

Porque como dije, de verdad debiste ver la lista de cosas que necesitaba que recogiera de su apartamento.

Sí. Tenía como cuatro esmaltes de uñas diferentes del mismo tono de rojo… Porque dijo que necesitaba "probar diferentes marcas". *¿Para qué? ¡Estás en cama!*

Y también tenía estas cositas extrañas en forma de flor que cubren los pezones… que se ponen dentro del brasier. Y su conjunto de camisas blancas transparentes con escote en V profundo. Su labial morado oscuro, su delineador de ojos brillante con escarcha azul y una baraja de cartas vieja. *¿Adónde vas? ¿A las pruebas del circo?*

Y dijo que SI Luisa se atrevía a preguntarme qué hacía o adónde iba —o si incluso PARPADEABA en mi dirección—, bajo ninguna circunstancia le dejara ver ni tocar sus cosas.

¡Ella solo sabe ahogar las cosas que ama!

Yo sé. Suena increíble viniendo de la señora con una herida en el abdomen tres veces más grande que su cara.

A veces con ella no hay más remedio QUE reírse.

Si acaso, solo para no llorar...

Porque ella constantemente me hace *gaslighting* sin querer.

Solo siendo ella misma.

Y en este punto, ni siquiera sé de qué me arrepentiría más... si le pasa algo.

De no presionarla más para que haga "lo debido". O de no sentarme con ella y reírme más. No tengo ni idea.

Dios, ¿SÍ VES? Abue me acaba de mandar un correo que dice que le llevé el tinte del pelo que no era.

Desde su iPad, en mi puto cuarto.

Me trajiste B17. Necesito B19. Por favor. Te dije que era urgente.

¡¿Qué está pasando?!

¿Dónde tiene la puta cabeza?

Y ni siquiera sé de dónde saca tanta energía...

Porque ni siquiera come.

Sí, y dice que no tiene hambre, pero apenas comes a su alrededor, dice: ¿Qué es? ¿Está bueno? No, no quiero. ¿Pero está bueno?

Tú también haces lo mismo, Mari, entonces pilas con esa mierda. No necesito a otro espagueti militante en mi graduación.

Cada vez que alguien conoce a Abue, a ti o a mi mamá, me mira y pregunta: Un momento... ¿Estás segura de que esta gente es tu familia, Luciana?

Tengo que vivir con eso todos los días, pero sí.

Es decir, ¡TODAS nacieron con órganos!

¡Lo mínimo que pueden hacer es tener suficiente grasa corporal para albergarlos!

Lo mínimo que pueden hacer es FINGIR que todavía quieren VIVIR.

Porque cada vez que mi mamá dice, Luciana, mete la barriga, yo pienso como: ¿Cómo la meto, amiga? ¿Me quito el INTESTINO GRUESO?

De verdad deberías dejar la obsesión con mi cuerpo, mamá. Ya me está dando miedo.

¡Solo quiero que seas saludable! ¿Y si esto es genético? ¿Y si podemos prevenirlo? Tienes que empezar a pensar bien lo que le das a tu cuerpo, Luciana. ¡Ya sabes la historia de tu abuela! La tenían muy difícil y sobrevivían con una comida terrible... Si has estado comiendo más papas fritas últimamente solo para ver cómo reacciono, es como un gran "váyanse a la mierda" para todos los que vinieron antes que tú, que no tuvieron la suerte de tener acceso a una buena nutrición.

Di-os-mí-o… TÚ vas a hacer que me salga un tumor.

¿Y QUÉ si he aumentado de peso?

¡Tal vez mi cuerpo es así!

¡Tal vez estoy pasando por cambios drásticos!

Tal vez mi mamá está loca, mi hermana me abando-
nó y los médicos acaban de llamar a decir que mi puta
persona favorita en el mundo se está MURIENDO.

11

Me duele más a mí que a ti

—*Bro*...

Ups, perdón. Sé que odias eso.

Man...

¿Quieres oír el drama del puto siglo?

Sí, hola, Mari. Soy yo.

Ya dejé el berrinche y te llamo de vuelta. Sé que han pasado algunas semanas, pero no es necesario que te pellizques.

No es un sueño.

La pura verdad es que durante las semanas pasadas encontré mi fe y ahora veo la luz.

Es un chiste, jaja. Empecé a fumar marihuana otra vez.

Y me di cuenta de que ignorarte como castigo por no venir solo me hacía daño a mí. Porque me enteré de MUCHA mierda.

Que tengo que contarte ahora mismo antes de que haga combustión espontánea.

En especial porque ya traté de contarle a Nico y no me ayudó.

Es muy triste, Luciana. ¿Cómo te sientes?

¡Como si estuviera viendo una película de Lifetime!

Y esta vez la marihuana por sí sola no será suficiente.

Mari, ya no me importa lo del Día de Acción de Gracias. Por favor. No tenemos que hablar de eso.

Tu traición ya es cosa del pasado. Encontré algo muchísimo más interesante para centrar mi atención.

La semana entrante simplemente me comeré un delicioso pavo sin ti y ya está. Espero que pases bien en Nueva York. He oído que es una ciudad encantadora.

Espero que nieve tanto que no puedan salir a caminar y que luego se intoxiquen como nunca.

¡Luciana! ¡Va a correr para recaudar dinero para la diabetes! Debería darte vergüenza.

Espero que llore cuando vea que todos sus amigos están aquí en la playa.

¡¿Me dejas hablar?!

No, no quiero "oír" cómo va la universidad. Ni siquiera estás haciendo nada interesante. ¿Crees que porque me bloqueaste de tus historias de Instagram no las voy a poder ver?

¡Últimamente estás tan distraída que se te olvidó bloquear a Nico!

Sí. Así que vi todos tus *posts* en fiestas de "los años setenta" de Sig-Kappa, lo que sea. Y ni siquiera quiero hablar de la fiesta de "Jefes y secres", en la que al menos te pusiste un puto vestido de hombre.

Exacto. Eres una cretina vergonzosa. Entonces no necesito que tus perturbadoras actualizaciones le agreguen sal a mi herida ya muy abierta.

¡OBVIAMENTE sigo brava contigo, Mari!

Pero por ahora voy a dejar a un lado mi orgullo. Porque de verdad necesito contarte esto.

Gracias. Como te decía… las cosas han sido bastante impredecibles aquí desde el diagnóstico de Abue.

Algunos sentimos rabia, algunos tenemos miedo, otros abandonan a su familia en tiempos de crisis —es un espectro bien amplio—. Pero por alguna razón, ayer Luisa decidió sobrellevar la situación enumerándome a todas sus hermanas y sus hijos por nombre y ocupación.

Para que te acuerdes de ellos. Después de que me vaya. Y tal vez así puedas ponerte en contacto con ellos… si algo pasa. No quiero que pierdas al resto de nosotros también.

Okey…

Pero cuando llegó a su hermana Ileana, dijo como: "Y tu tía Ileana y sus cuatro hijos, Daniel, abogado; Rodrigo, dentista; Santiago, gay; y Marcelo, apuñalado".

Yo sé, jaja. Quedé como: Espera, estoy confundida. ¿Qué hacen Santiago y Marcelo?

Y ella dijo como: ¡Ya te lo dije! Uno es gay y al otro lo apuñalaron. ¿No entendiste?

Así que, obvio, me sentí muy incómoda y tuve que hacer un chiste sobre todo el asunto de lo gay antes de parecer sospechosa y desmayarme.

Ah, sí. Muerte y salir con hombres. Dos de las profesiones más difíciles.

¡Ja! Eres muy chistosa, Nana. ¿Sabías? Siempre me haces reír.

Sí. Creo que sí.

Eres como tu abuela, antes de todo. Era la payasa más grande. Siento que estoy sentada junto a ella.

Sigue siendo bastante chistosa. La has visto.

Es un regalo que siga siendo así contigo. Deberías apreciarlo.

Pero luego empezó a llorar, ¿puedes creer?

Luisa, ¿estás bien? ¿Qué pasa? ¿Es por lo otro que querías contarme? Avísame porque ni siquiera me he lavado la cara… Y Abue podría regresar al cuarto en cualquier momento. ¡No es tan lenta como todos piensan! Solo se demora mucho en el baño para esconderse de todos ustedes.

No, no. No le digas a tu abuela que te conté nada. Por favor. Nunca me perdonaría. Las noticias del cáncer me tienen como… aturdida. Se suponía que no sería así. Tan rápido. Todavía carga con mucho peso por todo lo que le pasó. No sé si podré comunicarme con ella a tiempo.

Puedes decirlo y ya, Luisa… Abue está enferma. Y podría morir. Te entristece que ella no hable de estas cosas a pesar de que podría morirse.

Es difícil ver el estado en el que está… y no decir nada. Pero es lo que ella quiere. Y estoy tratando de respetar sus deseos. Pero creo que mereces saber toda la historia mientras ella está aquí. Mientras aún puedas abrazarla.

Entonces cuéntamela. ¡Estoy harta de que la gente esconda cosas!

Y luego, sorprendentemente, Luisa me explicó por qué su familia había excomulgado a Abue ¡lo que fue tan jodido y confuso como todo lo demás que ya había escuchado!

Entonces ¿estás sentada? Porque deberías ponerte cómoda.

Esta será tu manera de compensarme por no estar aquí.

Pero primero, tienes que prometer que no le contarás nada de esto ni a mi mamá ni a Abue. ¿Bueno? Si se enteran, incendian la casa…

Porque sé que suena hipócrita, pero tenemos la cita con Abue la próxima semana para hablar de su diagnóstico. Y necesito que todos estén absolutamente concentrados en eso.

Sobre todo, porque ya tuvimos que cancelar la cita pasada porque no se sentía bien.

Perfecto. Y dijiste que estabas sentada, ¿cierto? Porque esto va a ser mucho más absurdo y dramático de lo que crees.

Y comienza con el por qué la mamá de Abue, Fernanda, era huérfana.

Síp. Ahora remontémonos al occidente de Colombia a principios del siglo xx.

Donde Luisa dijo que los padres biológicos de Fernanda, los Ortega, eran una familia blanca de aristócratas.

Guau. Ahora entiendo más por qué Mari es como es.

¿Sabían quiénes eran?

Sí. Pero a tu abuela no le gusta hablar de eso.

Estas personas hubieran sido los abuelos maternos de Luisa y Abue, sí.

Y mira, sé que eso explica nuestra deficiencia de vitamina D y tu necesidad de validación externa, pero hablaremos de eso más adelante.

Porque lo que lamento decirte ahora es que una de las cosas más de gente blanca que hicieron fue casarse entre sí.

Sí, Mari. Tu tatarabuela y tu tatarabuelo eran primos hermanos.

Necesitaré como diez comestibles para no acordarme de eso, Luisa.

No era tan raro en aquel entonces. Te lo prometo.

Entonces, con ese hecho hermoso, asombroso y deslumbrante, Luisa me dio la noticia de que nuestros tatarabuelos incestuosos se casaron y formaron una familia. *Qué asco.* Pero lo que de verdad quería que yo entendiera era que, para ese momento, en ese lugar, o nacías rico o nacías directamente en la "pobreza generacional". *No existía la clase media. Las disparidades económicas eran astronómicas y casi siempre significaban vida o muerte.* Por eso, acumular y mantener la riqueza familiar era la máxima prioridad para esta gente. Y mucho más importante que vivir. Porque la sociedad era la soga que tenían alrededor del cuello y el dinero era el taburete que los mantenía en pie.

Pensé que tener dinero era supuestamente divertido.

Y como sabemos, nuestra familia vivía en Pereira. Una ciudad cerca de la Cordillera de los Andes en la región de Risaralda en Colombia. Y según Luisa, lo único que hacían las mujeres adineradas en aquel entonces era trabajar en su apariencia física. *Contrataban amas de casa para que cuidaran de sus hijos.*

No suena diferente de aquí. Justo en esta calle.

Bueno, no, ella no lo dijo así. Pero estaba implícito. Y cuando puse los ojos en blanco, me dijo: ¡NO! LU-CIANA, ESCUCHA. Tienes que dejar que los que son adictos a su belleza en este mundo la disfruten. ¡Es lo único que tienen! *Las mujeres no tenían mucho más que hacer en ese entonces.*

Por eso su apariencia, su casa y su reputación eran muy importantes.

Ya me había dado cuenta…

Y desafortunadamente, esto era todavía más fuerte en nuestro pequeño rincón familiar en Pereira.

Porque Luisa dijo que, al igual que con la riqueza, en su barrio o nacías bonita o mejor hubieras nacido muerta. *De hecho, era más difícil vivir sin belleza que sin dinero.* Y según cuenta la historia, nuestra tatarabuela, la madre biológica de Fernanda, nació muy hermosa. Entonces tenía una larga lista de pretendientes que querían pedir su mano en matrimonio. Pero por alguna razón (mentira, obvio fue el dinero), decidió escoger a su primo Héctor.

Y aquí vamos. Pásame las palomitas de maíz.

Luisa dijo que Héctor no era tan atractivo, pero

tenía unos ojos increíbles y una cabellera espesa. Lo que era importante también en su ciudad. Y no estoy segura de qué hacía, o de qué hacían exactamente los ricos en aquel entonces. *¿Lastimar y explotar a otros?* Pero, por alguna razón, tenían mucho dinero. Entonces tuvieron muchos hijos.

¡Seis!, para ser exactos.

Cinco niños y una niña.

Tanto ADN compartido… Voy a vomitar.

¡Y no entiendo por qué alguien tendría tantos hijos! Porque el parto a principios del siglo xx parecía una mierda del demonio… Busqué fotos en Google y parecía una escena de *Saw IV*.

Sí, man. ¡Ninguna acumulación de dinero en el mundo podría impulsarme a hacer eso! Y ni hablar de seis veces. Sean primos ricos o no.

Pero da igual. Luisa dijo que ese no era el punto.

Porque con estos seis niños del incesto comenzó la historia de nuestra familia.

No, no "nuestra" historia. Esos son ustedes. Yo nací en Miramar, Florida.

¡Sí! Qué buena detective eres, Mari. La menor de los seis hijos, la única niña, era nuestra bisabuela Fernanda.

Y aunque los detalles sobre su nacimiento siguen siendo confusos, lo que queda absolutamente claro fue que su madre murió en medio de la noche de hemorragia durante el parto.

¡¿Qué?! Dios, ¿sí ves? Saw IV. ¡Es horrible!

Mientras las parteras sacaban a Fernanda del vientre de su madre, la pobre ya estaba del otro lado.

Que descanse en paz. Porque lo que vino después fue el verdadero horror.

Cuando Héctor recibió la terrible noticia, se hundió en una desesperación tan profunda, que no pudo volver a mirar a su pequeña...

Pero la llamó como su madre. Y su primer amor/prima: Fernanda.

Dios. ¿A dónde va esto?

Y como Héctor al parecer también era un cobarde inútil que no tenía ni idea de criar a un recién nacido y —sorpresa— estaba teniendo un romance con su otra prima (Tatiana), decidió que había que resolver lo de la bebé de alguna forma.

Como un típico colombiano hijueputa. ¿Puedes creer? Disfrutaba tanto de su vida secreta de soltero que no quería que se acabara. Entonces decidió deshacerse de la bebé. De su propia hija. Todo para no tener que desempeñar el papel de viudo afligido y con un recién nacido.

Sí. Me oíste bien.

Como un loco, Héctor decidió que ya no QUERÍA a su bebé, la pobre niña huérfana de madre, y les pagó a todas las parteras de esa habitación para que mintieran y dijeran que la bebé, Fernanda Jr., también había fallecido durante el parto.

Justo al lado de su madre.

Ah, entonces ¿preguntas qué pasó con la bebé, Mari?

¿Quieres saber? Otra de tus grandes observaciones. Buen trabajo. Parece que esta vez estás despierta.

LES DIJO A LAS PARTERAS QUE "SE ENCARGARAN DE ELLA", MAN.

O sea: dejen a la bebé en la puta basura. O lo que sea que tuvieran en aquel entonces.

¡Sí! ¡Quería que la mataran!

Para matar su pasado y cualquier otra cosa que se interpusiera en el camino de su nueva vida de maníaco homicida incestuoso.

¡Y puedes apostar tu último dólar a que la frase "era-normal-para-la-época" no aplica en una situación como esta! Nadie puede convencerme de que esa mierda era normal. NADIE.

¿Mmm, okey? ¿Entonces obviamente él era el diablo?

Sí. Casi le arruinó todo a mamá.

Es decir, no se puede CONSTRUIR una realidad propia y luego simplemente hacer clic en Enviar. ¡En especial si cometes un asesinato!

Por fortuna, los cerebros de las parteras no estaban llenos de gusanos y por eso decidieron que no podían hacer lo que se les pedía.

Ay, gracias al cielo.

¡Obvio que no! ¿Cómo crees que llegamos hasta aquí?

Perdón. Se me olvidó que somos parientes de esta gente.

Las parteras habían aceptado los términos de Héctor, es verdad, pero solo para alejar a la bebé de sus manos. No tenían ninguna intención de matarla en su nombre.

En lugar de eso, discretamente llevaron a la bebé Fernanda a un orfanato en el pueblo vecino. Le salvaron la vida, básicamente. Pero la dejaron ahí sin explicación ni historia. Excepto las ocho letras emblemáticas de su nombre.

¿Por qué no fueron a la policía y ya? ¿O no contaron a todos la verdad?

No hubiera importado, Nana. Héctor y su dinero eran demasiado fuertes. Los tiempos aún no habían empezado a cambiar. Tenían que esconderla o no estaría a salvo.

Y por eso, mi querida hermana, todo el tiempo mientras Fernanda creció en ese orfanato, jugando básquet inocentemente con esas otras niñas, pensando que sus pobres y hambrientos padres la habían dejado ahí o que habían muerto, era una mentira al cien por ciento.

Guau. No veo la hora de decirle a mi mamá que su saga del orfanato "aprende de tu familia" no es más que la maldad pura de unos monstruos.

No… No puedes contarle a nadie lo que te estoy diciendo. Lo siento. Tu abuela se pondría todavía más brava y jamás volvería ni a mirarme. Tienes que guardarte esta información, pero úsala para entendernos. Como eres joven, puedes ayudarnos a todos si entiendes todo el panorama. No solo las cosas buenas o malas que tu mamá o tu abuela quieren que sepas. Fernanda debió haber tomado mejores decisiones. Pero estuvo forzada a empezar de cero.

Luisa dijo que después de eso, Héctor caracterizó la mejor imagen del luto en la ciudad.

Un padre soltero que se quedó con sus cinco hijos y tuvo que lidiar con la pérdida de su amada esposa y bebé. Forzado a depender emocionalmente de su otra prima Tatiana para salir adelante.

Todos estaban contentos de que hubiera encontrado otra mujer que lo cuidara.

Y como nadie sabía lo que había hecho Héctor, nadie tuvo jamás un motivo para buscar a la bebé Fernanda.

¡En especial porque, supuestamente, Héctor hasta había organizado un funeral y había quemado un pollo para usar las cenizas! Y había llorado de rodillas todo el tiempo…

Dios. Esta familia está llena de actores.

Y luego, para colmo, en un desagradable segundo ataque de duelo performativo, Héctor cambió el nombre de la finca familiar en honor a la bebé: La Niña Fernanda. Solo para que nadie sospechara jamás lo que había hecho.

¡Pero de cierta forma, él tampoco sospechaba!

Porque no tenía idea de que Fernanda estaba viva.

Exacto, Mari. Por mucho que Fernanda no supiera que sus hermanos y su papá estaban viviendo a lo grande, a unos veinte minutos por la misma calle, ¡Héctor tampoco sabía!

Entonces, preguntarás, ¿cómo se descubrió todo esto?

Esa es la maldita pregunta del millón.

Y para entender, por favor adelántate rápido en el tiempo hasta el asesinato del esposo de Fernanda, Eduardo, treinta años después.

SÍ. ¿Te acuerdas de eso?

¿La historia con la que mi mamá me sermoneó durante la evacuación?

Bueno, como te conté en ese momento, el asesinato sin resolver de Eduardo salió en los periódicos. Porque al principal sospechoso de la investigación, el propietario de la tierra, lo volaron en mil pedazos en un carro pocos meses después.

Está bien. Sí. Creo que voy a necesitar una línea de tiempo con algunas fotos.

Y como esto es casi una telenovela de Telemundo, uno de esos periódicos finalmente llegó a las manos de un hombre llamado Gerardo, el hijo mayor de Héctor. *El hermano biológico de Fernanda. Y la persona a cargo del patrimonio de su difunto padre.*

¡Lo cual es importante!

Porque esa noticia periodística estaba acompañada por una foto de Eduardo y Fernanda. Y explicaba que ella era la viuda sobreviviente y él la víctima del caso.

¡Y agárrate bien, Mari!

Porque parece que en el momento en que Gerardo vio esa foto, ¡quedó inmediatamente impresionado con la cara de Fernanda!

Pues NO SÓLO era IDÉNTICA a su difunta madre.

Pero, por extraño que le hubiera parecido, ¡se llamaban igual!

Héctor, maldito idiota.

Y esa conexión no le llegó a Gerardo de la nada. Porque más tarde confesó que tras el fallecimiento de su madre y su hermanita, había comenzado a sospechar cada vez más de las circunstancias alrededor de su muerte. Pues sentía que su padre había cambiado drásticamente después de enterrarlas a ambas.

Gerardo nos contó que desde ese momento Héctor se había vuelto frío y distante. Agobiado por una culpa que nadie podía ubicar. Y que poco a poco, las fiestas y cenas comenzaron a ser menos. O las historias antes de dormir. Y no se hablaba más del legado que dejaría. Solo una tristeza extraña y vacía que le flotaba detrás de los ojos.

Así que al final, y quizás consumido por todos sus secretos, Héctor bebió hasta morir.

Dios mío. Qué vida tan trágica…

Así es. Es posible sentir lástima por los que hacen cosas horribles. Puedes sentir lástima por ellos porque no supieron hacerlo de otra forma.

Mmm, ya veremos. ¿Y entonces qué fue lo que le confirmó todo a Gerardo?

No fue sino hasta unos años después del fallecimiento de Héctor, que alguien finalmente dejó una nota anónima en la puerta de Gerardo.

Decía: "Tienes una hermana".

En tinta negra gruesa.

Y aunque Gerardo no le dio mucha importancia en ese momento, y descartó la nota como un intento de extorsión, cuando vio a Fernanda en el periódico no pudo sacarse de la cabeza la extraña coincidencia. *No paraba de pensar… ¿Es posible que mi hermana realmente esté viva? ¿Es*

posible que mi padre no lo supiera? ¿Puede que mis terribles
sospechas sean correctas?

De inmediato se puso en contacto con el periódico
y le pagó una fortuna para encontrar a la viuda de la
fotografía.

Pero de forma anónima, obvio.

Pues no podía haber un rastro de lo que había hecho
su papá.

Si era cierto, Gerardo tendría que trabajar duro para
salvar la fortuna familiar. Pues su negocio de manu-
factura dependía exclusivamente de la integridad de su
apellido.

¿Pero dijiste que el dinero gobernaba su ciudad? ¿A la
gente realmente le hubiera importado?

¡Sí, Luciana! Para entonces, a la gente también le parecía
demasiado un asesino de bebés.

Típico.

Por lo tanto, quedó claro que Gerardo necesitaba
saber si la mujer de la foto era realmente su hermana.

Porque si lo era, necesitaba descubrir qué necesitaba
y entregárselo rápidamente.

Para garantizar su silencio y, con suerte, la paz y la
tranquilidad para todos.

Dada nuestra reciente tragedia, no quería que Fernanda se
enterara primero y tratara de obtener el dinero que tanto nece-
sitaba. Era una madre soltera afligida y su tarea era sobrevivir.
Sabía que la gente como ella siempre encontraba la manera.
Y gracias al ejemplo de su padre, creía que las personas eran
capaces de cualquier cosa.

Pero el día que Gerardo finalmente consiguió su dirección… y apareció en su puerta… Fernanda se parecía todavía más a su mamá de pie frente a él, y se derrumbaron todos sus planes.

Nunca olvidaré la expresión de su cara. Cuando mamá abrió la puerta. Al principio parecía confundido. Pero luego cayó de rodillas.

¡¿Y ella?! ¿Estaba en shock?

Sí. Recuerdo que se arrodilló junto a él.

Gerardo ese día estaba TAN abrumado por la emoción, que decidió contarle todo a Fernanda. Incluyendo todas las cosas horribles y secretas que las parteras dijeron que había hecho su padre…

Y así, para el final de la visita, el mundo de Fernanda había cambiado por completo.

Descubrió que no SOLO la habían abandonado, sino que también tenía otros DIEZ hermanos. Y todos eran asquerosamente ricos.

Quedó particularmente feliz con esa noticia.

Sí, señora.

Cinco hermanos mayores de pura sangre de la misma combinación de padres, y luego cinco medio hermanos menores del segundo matrimonio de su padre. *Con Tatiana.* Lo que parece irrelevante, pero prometo que se volverá importante.

¡¿No es eso horrible?!

Son DIEZ personas más que podrían haberla amado, Mari. ¡No era necesario haber pasado por ese orfanato!

Era la única hija de un hombre con once hijos. Y es exactamente por eso que a él nunca le importó.

Pero según Luisa, Fernanda no quiso perder el tiempo con lo triste o extraño que todo sonaba. Solo quería concentrarse en el dinero. De inmediato.

Y por suerte, Gerardo quería lo mismo. Porque con un simple vistazo a su vida, a sus desafortunadas circunstancias y a los potenciales problemas que se avecinaban, le prometió grandes cantidades ahí mismo para salvarle la vida.

El dinero estaba destinado a ayudarnos, por supuesto. Pero también era una forma de mantenernos controladas. Nos quería conformes y cerca. Para que no usáramos la nueva información contra ellos. Y prometió hablar con el resto de los hermanos para crear un fondo. Como para demostrar que habría beneficios inmediatos y a largo plazo para todos.

Aparte de enterarse de todas las cosas terribles del pasado de su familia, Fernanda sintió que se había ganado el jodido premio gordo.

Para ella, encontrar un ejército de lejanos príncipes azules, listo para salvarla, fue nada menos que un milagro. Y después de una vida tan dura, pensó que merecía el tesoro.

Al fin vivía lo que había soñado todas las noches cuando era niña… Por eso no hizo preguntas. Y permitió que sus hermanos entraran en nuestra vida durante sus momentos de debilidad.

¿Lo que había soñado? Su padre intentó matarla y, años más tarde, ¡le dispararon a su marido!

¡Pero ahora tenía una familia! Tienes que recordar eso. Y dinero. Después de desear esas dos cosas durante toda la vida. Pues cambiaron todo. Hicieron que el estrés por todo lo demás desapareciera. Aunque lamentablemente… solo le trajeron pesadillas a tu abuela.

Y todo PUDO haber sido un milagro. Si uno de los medio hermanos menores no hubiera intentado deshacerse de Abue.

¡A-já!

¡Prepárate para querer pelear, amiga!

Porque Luisa dijo que ese medio hermano, del segundo matrimonio de Héctor con Tatiana, acababa de abrir un nuevo consultorio médico en la ciudad. Y quería ofrecerle a Abue el puesto de recepcionista.

Pensaron que a Emilia le iría bien trabajando para él. Como la mayor. Pues ya la habían sacado del colegio. Y que esto ayudaría a cubrir algunos de los gastos de nuestra familia, mientras Fernanda se quedaba en casa cuidándonos. Era el arreglo más normal, pues necesitaban que pareciera como si nada hubiera cambiado… Para evitar preguntas. Pero tu abuela solo quería volver al colegio.

Los hermanos también le dijeron a Fernanda que lo que Abue necesitaba era estructura y disciplina. Porque sin estas dos cosas, sus "problemas de conducta" empeorarían y nunca maduraría ni superaría la tragedia familiar.

Y como en aquel entonces Fernanda estaba tan perdida, y era susceptible a las opiniones externas, las creyó ahí mismo. Y empezó a tener esperanzas de que, después de todas sus peleas, el orden y la responsabilidad finalmente hicieran que su hija se arreglara.

También le dio a mamá una forma de pagarles a los hermanos. Por toda su ayuda y generosidad. No quería que pensaran que esperábamos recibir sin dar nada a cambio.

Pero, tristemente, no pasó mucho tiempo antes de que el trabajo fuera demasiado bueno para ser verdad.

Porque este medio hermano, el hombre respetado y nuevo médico de la ciudad, que debía actuar como mentor o padre suplente, un día afirmó que Abue había intentado robarle.

En la oficina. Justo en sus narices. Mientras él la entrenaba y no la estaba mirando.

No es posible. Eso es tan poco Abue.

Todavía no lo sé… Pero ellos insistieron en que sí.

Y aunque obviamente era mentira, Abue les dijo a todos que no era verdad, pero Fernanda no le creyó.

Como una reina del drama total.

¡Pero no tiene sentido! ¿Para qué necesitaría Abue el dinero? Acabas de decir que lo único que quería era volver al colegio. ¿Cuánto puede robar una persona de su tamaño?

Lo suficiente como para ser motivo de preocupación… No nos dieron los detalles. Pero después de todas sus discusiones y de las amenazas de tu abuela de que se iría, para mamá eso no fue tan inconcebible.

Entonces, como Fernanda estaba mortificada (perra estúpida), les dijo a todos que Abue había tratado de sabotear la riqueza de su nueva familia porque quería quedársela. Tenía la esperanza de poder distanciarse del "problema" (es decir, de su maldita hija).

Y POR ESTO QUE DIJO, los príncipes azules le dijeron a Fernanda que había que hacer algo con Abue. O su apoyo financiero y emocional no continuarían.

Porque con Abue, inevitablemente tendrían muchos problemas. Y en su familia, mentir y robar no eran "tolerados".

Okey, ¿entonces solo se toleraban el asesinato y el incesto? jajaja.

Como solución, con malicia los hermanos convencieron a Fernanda de que Abue necesitaba un régimen estricto y supervisión constante. Y que hasta debería considerar enviarla lejos, a un "lugar especial" para adolescentes problemáticas. Porque ellos conocían gente buena y "con experiencia" ahí. Que podría enseñarle a Abue algo de valores y "la corregirían".

En pocas palabras, los hermanos no podían confiar en tu abuela. Por eso la querían tener contenida. Lejos de sus secretos familiares, nombre y dinero.

¿Todo por un supuesto robo? ¡No me digas que Fernanda cayó en todo eso! De todos los involucrados. ¡Prácticamente le insinuaron que enviara a Abue a un orfanato!

Entonces Fernanda pensó mucho sobre qué hacer…

Pensó en ella y en el resto de sus hijas.

En su capacidad de vivir una vida digna, sin la ayuda de esta gente nueva.

Y estaba furiosa con Abue.

Por hacer que las cosas fueran "más difíciles para todos". Y hacerla elegir entre sus hijas.

Entonces, cuando llegó finalmente el día de tomar una decisión, Fernanda dijo: "A la mierda". No se preocupen, muchachos. Mi hija no necesita un lugar selecto para adolescentes que probablemente no podré pagar. ¡Les ofrezco algo mejor! La encerraré en el sótano aquí mismo.

Perdón, ¿qué?

Síp. Fernanda mandó a Abue al maldito sótano, man.

Mis puños están muy apretados en este momento de solo pensar en eso.

¡A VIVIR, Mari! ¡Y la encerró!

Sí, idiota. Con toda su ropa, tendidos de cama y todo lo demás. Bajo llave y cadena.

Fernanda quería asegurarse de que Abue dormiría ahí abajo, sola, completamente aislada del resto del mundo. Así no podría estar afuera, causando más problemas. O necesitando supervisión constante.

Suena horrible, yo sé. Pero en ese momento nos dijeron que era un piso más de la casa. Que necesitaban una puerta que pudiera cerrarse desde fuera. Para tener a Emilia temporalmente bajo control. Y que de todas formas esto era mucho mejor que mandarla a algún lado. Pero estoy de acuerdo contigo, fue extraño… Siempre sentí que había algo más en esa historia que no sabíamos. Sin embargo, en ese momento, y me da vergüenza decirlo, nos alegramos de que no fuéramos nosotras.

Mmm. ¿Qué te dijeron exactamente?

Fernanda les dijo al resto de las hermanas que Abue había intentado hacerle daño a la familia, y por eso necesitaba un castigo.

Y que solo se le permitiría salir a determinadas horas del día.

Para cocinar y limpiar. Y cuidar de sus hermanas.

Prometiéndoles que, si ellas y Abue se portaban bien, podrían dejarla volver a subir.

Pero hasta que los hermanos no se sintieran cómodos, Abue se quedaría ahí para que su familia pudiera seguir recibiendo el apoyo financiero de Gerardo.

Pero mantuvieron a tu abuela ahí aislada durante mucho más tiempo. No fueron solo unos meses. Y tampoco nos dejaban hablar con ella. Por eso siempre fue muy cerrada y distante… cuando la dejaban subir. Y yo entendía por qué, claro. Pero ahí estaba demasiado asustada y llena de culpa como para hacer preguntas. Tanto a tu abuela como a tu mamá.

Man. Tu mamá era despiadada… No hay cómo arreglar algo así.

Así era ella en ese entonces. Pero mejoró con los años. Una vez que todo se estabilizó. Al final dejaron que tu abuela viviera con nosotros; pero sí, el daño ya estaba hecho. Y entonces crecimos con esa brecha entre nosotras. Se sintió traicionada porque habíamos elegido el lado de mamá. Pero no sabíamos qué más hacer, Nana. Éramos unas niñas.

Luisa dijo que después de casi un año, Fernanda había dejado que Abue subiera otra vez. Pero esta vez las cosas fueron diferentes. Porque Abue se adaptó rápidamente a su rutina de madre a tiempo completo.

Era escalofriante. Verla tan obediente y aceptando todo tan fácil. Parecía como si una persona hubiera vivido allá abajo, pero solo un cuarto de esa persona hubiera regresado a vivir arriba.

Hasta que un día Abue finalmente habló. Y les dijo a todos, muy en serio, que acababa de CASARSE en secreto y que iba a recoger sus cosas y se iba.

¡¿AHÍ fue cuando conoció a su exmarido?! ¿Cuántos años tenía?

Diecisiete. Pero él también era joven. Era un niño del barrio. Con quien se había estado comunicando por las noches. Después de decirle que necesitaba salir de ahí.

¡¿Sabías eso, Mari?!

¿Que fue ahí cuando Abue conoció y se casó con nuestro abuelo?

¡Con razón no duraron mucho juntos!

Sí, es una locura… e impresionante. Aparentemente, cuando dejaron que Abue viviera arriba, ella le puso los ojos al vecino. Y apenas lo oficializaron, se escaparon al juzgado ese mismo día: Abue finalmente tenía la autoridad legal para salir de esa casa.

¡Entonces la tomó!

Y Luisa dijo que nunca más se supo de ella.

Joder. Ella es tan cool.

No, Luciana. Estaba sufriendo. Todos sufríamos.

Sí, estoy segura de que Fernanda estaba desconsolada…

Mamá estaba muy sorprendida. Y llena de amargura.

¡Y luego todos vivieron felices para siempre!

Es un chiste, jajaja. Fernanda obviamente pasó los siguientes cuarenta años hasta su muerte diciéndoles a todos que se había librado de Abue, para que todos pudieran sobrevivir.

Espero que Emilia entienda que nuestro silencio surgió de ese dolor. Y de no saber la historia completa. Porque la amábamos. Infinitamente. Era nuestra hermana mayor. Y durante mucho tiempo esperamos que volviera... Es eso lo que vine a decirle.

Entonces pensé como: ¿Eso es?

¿Que Fernanda simplemente era una persona horrible que dejó que su propia hija fuera un daño colateral de la tragedia familiar? ¡¿Qué hijueputas?!

Pero Luisa dijo como: No, no, no estoy aquí para decirte qué creer. Mi objetivo simplemente es ayudar a tu abuela a sanar... algunas de esas viejas heridas y, con suerte, que deje ir todo eso. Porque si no quiere hablar conmigo, al menos debería hablar con alguien. O la pesadez de todo seguirá afectándola. *Físicamente. Si es que aún no la ha afectado.*

Sí... se refería a un psicólogo o algo así.

O a un "sanador espiritual" que también mencionó.

Una especie de consejero... Que podría hacerle una limpieza. De todo lo que ha cargado por años.

¡¿Un consejero?!

Sí. Como un médium o guía espiritual. La que yo vi ayuda a la gente a entender su dolor y el origen.

Yo sé.

Pensé como: Amiga, no necesito que una maldita bruja me diga cómo es la gente mala. Y estás empezando a sonar un poco cercana a eso... con todas tus vibras extrañas de culto "sanador" y apologista del abuso.

¡No, esa es la mejor parte! No tienes que ver a nadie como bueno. Solo debes desprenderte de sus historias. Quiero que tu abuela encuentre su dolor y lo libere, Nana. Para poder seguir adelante finalmente. Sé que ella no me quería aquí y eso ya dice mucho. Pero si esto va a enfermarla, entonces al menos debería irse sin las otras cosas adentro.

Yo quedé como, mmm… Okey. Oficialmente has llevado esto demasiado lejos. Me estoy mareando. No hay necesidad de involucrar al "reino espiritual". Las respuestas están aquí mismo, justo al frente de nuestra cara. Puede que Fernanda no haya sido una mala persona, pero ERA una mala madre. E hirió los sentimientos de Abue con sus acciones, de forma irreparable.

¡Abue era solo una niña y había perdido a su padre! Lo último que necesitaba era un trabajo.

¡Necesitaba a su mamá!

Sí, pero ya es demasiado tarde. Porque el cáncer ahora hace parte de esto. Y si puedes lograr que libere algo de ese viejo dolor, entonces tal vez puedas lograr que luche. Que vuelva a sentir esperanza… y ganas de vivir. Porque lo físico siempre es un reflejo de lo emocional. Y los sentimientos reprimidos pueden causar bloqueos. Así que liberarlos la ayudará a prepararse para lo que decida. Si quiere luchar contra esto o no. Ella merece la paz para al menos elegirlo.

Sí.

Era demasiado.

Y le dije a Luisa que incluso SI convencía a Abue de ver a esta médium, no le podía prometer que ella quisiera hablar sobre ESO.

Uno nunca sabe. El sanador fue el que me convenció de venir a visitarla. Nunca pensé que estaría aquí... y míranos ahora. Bajo el mismo techo décadas después. Yo también estuve muy brava con tu abuela durante mucho tiempo. No entendía por qué nos había abandonado sin explicación. Me sentí como si hubiera perdido a mi hermana y a mi papá. Pero luego esta médium me ayudó a recapacitar. Y me ayudó a comprender la magnitud del dolor de tu abuela. Después de todo lo que enfrentamos. Pero cuando sentí que ya estaba lista, tu mamá me llamó y me contó la noticia.

Vale, bueno, un momento. Porque me parece que esto genera mucha presión.

Toma, solo guarda el número del sanador. En caso de que convenzas a Emilia de que lo vea. No hay tiempo que perder.

Ah, maldita sea mi vida. Mi mamá acaba de llegar a la casa.

Aj.

Voy a tener que llamarte después, Mari. No puedo ponerme a susurrar o mi mamá pensará que estoy tramando alguna mierda gay.

¡Lo siento! ¡A mí tampoco me gusta!

Dios. ¡¿Sí ves?! Ya me tienes susurrando mierdas. Adiós.

Pero acuérdate: no puedes decirle NADA a nadie sobre lo que te acabo de contar.

No hasta que primero hable con Abue. O al menos hasta que sepa qué es lo que le voy a decir.

Porque siento como si estuviera pisando un campo minado.

¡Y obvio que quiero que Abue viva! Que "deje ir" o lo que sea... y que se sienta amada.

Pero ahora entiendo por qué no puede permitirse sentir el amor o la bondad de Luisa.

Es demasiado.

Y simplemente abriría las compuertas.

De todas las veces que probablemente quiso hacerlo, pero no pudo.

12

No seas cochina

—Ay, dios.

Está sonando "Shape of You" otra vez en la radio.

Un segundo.

Necesito respirar mientras suena o voy a llorar.

The club isn't the best place to find a lover, so the bar is where I go...

¡¿Qué es esto?! Es como la TERCERA vez que oigo esta canción en una hora.

Si la oigo una vez más, me voy a botar a los Everglades en el carro.

MARI... no. ¿TE GUSTA?

¿QUE CASI VES A ED SHEERAN CUANDO ESTABAS EN NUEVA YORK?

Mierda. Debí imaginarme.

No, no importa. Olvídate de que alguna vez lo mencioné. Pensé que ir a la universidad te volvería menos básica.

¿Qué más te gusta ahora? ¿Después del extraño viajecito de la "Carrera del Pavo"? ¿Hollister y la bandera estadounidense?

¡Guau! Jajaja. Es increíble. Te aprendiste la letra del himno nacional como la semana pasada.

Dios. ¿TE LA APRENDISTE TODA CUANDO TU FRATERNIDAD HIZO UN CONCURSO DE CAMISETAS MOJADAS PARA RECAUDAR PLATA PARA LOS VETERANOS HERIDOS?

Jesús, María y José, cambiemos de tema.

Espero que hayas tenido unas hermosas vacaciones... en servicio de tu país.

No. No puedo expresar lo que de verdad pienso sobre esto en este momento.

Mi mamá dijo que me daría cincuenta dólares si lograba pasar una llamada entera sin llamarte "idiota perdedora". Y estoy putamente cerca.

¡Sí! ¡De hecho, me pidió que descartara esas dos palabras en específico! Me pregunto a quién se las oyó.

Y oye, tal vez no pueda llamarte perdedora, pero diré esto: vi en tu Instagram que te volviste a pintar las uñas de las manos y los pies completamente de blanco.

Sí, gracias por desbloquearme. Ha sido muy entretenido.

Pero es como... A ver, Mari, jaja. Ya entendemos. No recibes suficiente atención. ¿Qué vas a hacer a continuación? ¿Hacerte el corte "bob" en ángulo?

Sí, claro, nunca te lo harías. El pelo significa demasiado para las colombianas.

Ah, espera, ya entiendo. ¡Te encanta Hollister y la bandera estadounidense para agradarles a los manes! Eso al menos refleja tu personalidad. Ahora estoy menos preocupada.

El caso... sobre el tema de los familiares insólitos, no he podido dejar de pensar en todo lo que me contó Luisa.

Incluso hoy, durante la cita con el médico de Abue.

Traté de concentrarme con todas mis fuerzas... pero me dio vueltas en la cabeza todo el tiempo.

¿Cómo así que "qué te dio vueltas", Mari?

¡Me imaginaba a nuestra pobre abuela en el puto sótano!

Como que... ¿Es por eso por lo que es tan buena para sentarse quieta en su cuarto? ¿Tengo que dejar de burlarme de ella por eso?

Pues, es un chiste. Pero medio en serio.

No, Dios no. No le he dicho nada a Abue todavía. Entonces ni te atrevas a hablar con ella.

Necesito decidir qué voy a decir.

Han pasado muchas cosas...

Y una parte de mí piensa que ni siquiera debería decirle absolutamente nada. Porque ella debería poder vivir en su propio caparazón protegido... Si eso es lo que realmente quiere.

Pero luego otra parte de mí quiere soltarlo y ¡GRI-TAR!

Para que Abue pueda ver que merecía algo mejor y tal vez use esa furia para querer vivir.

Me hace sonar un poco loca, ¿no?

Aj. Siento que me hace sonar como una loca.

Dios. ¿Sueno como mi mamá?

Mierda. ¿Qué digo? ¡Tengo dieciocho años! ¡Mi cerebro ni si quiera se ha desarrollado del todo!

Creo que oficialmente he estado pasando mucho tiempo con Luisa y mi mamá... qué oso.

Porque, ¿quién se cree Luisa que es?

¿Que escuchar a su hermana admitir que lo que hizo su mamá fue horrible va a hacer que Abue quiera vivir?

¿Va a hacer que considere el tratamiento?

Porque ahora que lo digo, suena MUY estúpido.

Seguro Abue se va a reír de nosotras y nos dirá: malditas perras locas y estúpidas. No son tan importantes como creen...

Okey, ¿entonces estás de acuerdo?

¿Ves? Es una mala idea. No es un buen plan.

Y debo tener cuidado porque no quiero volverme manipulativa como mi mamá. Que botó a Luisa y a Abue en un cuarto y se fue.

Necesito ser estratégica Y compasiva. Pues ya sé lo que se siente ser FORZADO a hacer algo...

Entonces, hasta que resuelva qué hacer, seré muy cariñosa con Abue.

Incluso si eso la asusta.

Sí. Ella dirá como: Luciana, ¿me pasas la manta? Y yo diré: Por supuesto, mi hermoso ángel perfecto. Te pasaré lo que quieras.

¿Qué carajos te pasa?

Aunque lo que quisiera decir de verdad sea: ¡Sí, gloriosa guerrera! ¡Que perdió a su papá tan joven! ¡De quien se esperó entonces que llevara a su familia a la supervivencia! Y de quien algunas personas horribles se aprovecharon. ¡Te pasaré todas las malditas cosas que quieras!

Estás actuando raro. Ve a ver tu programa abajo.

Creo que tengo el mejor espectáculo justo aquí.

Y sé que ese no es el punto, pero me pone muy triste pensar que Fernanda nunca tuvo una mamá. Porque obviamente eso la jodió… pero también le arrebató a Abue la posibilidad de tener una abuela. ¡La experiencia más sorprendente e impresionante de todos los tiempos!

Mi vida sería muy diferente si no tuviera la mía…

¿En qué me tendría que concentrar entonces? ¿En el COLEGIO?

JAJAJA.

¿EN EL DOLOR DE TU AUSENCIA?

JAJAJA.

Es un chiste, no llores.

Pero cuando me di cuenta de eso, miré a Abue y dije: Dios. No puedo imaginarme no tenerte.

¿Es este algún tipo de juego enfermizo al que estás jugando otra vez en Internet? ¿Otra de tus bromas? ¡Au! ¿Qué diablos estás haciendo?

Nada. Solo te estoy abrazando.

¡No dijeron me fuera a morir esta noche, Luciana! No me espiches tan duro.

Sin embargo, últimamente Abue no ha sido tan receptiva a mis abrazos…

Lo que está bien. Entiendo. No está atravesando por el mismo tipo de experiencia emocionalmente revolucionaria.

Pero no sé cuándo podré mencionar todo lo que me contó Luisa.

O hablar de lo del "sanador espiritual"…

En especial porque ni siquiera puedo decirlo con seriedad.

Es un oficio real, Luciana. Que ayuda a la gente.

Te creo, lo siento. Es que es demasiado chistoso imaginarse a Abue hablando con gente muerta. Probablemente sería igual de grosera y diría: "¿Por qué tengo que escucharte, muerto? ¡Ni siquiera estás aquí!".

Conocen a tu abuela de toda la vida. Lo entenderán.

¿Estás segura? Porque lo último que necesita es que el inframundo la odie.

Sí. Los sanadores se conectan con tus guías espirituales y tus ángeles guardianes en busca de sabiduría. Los mismos seres que te han amado y protegido toda la vida. ¡Los de Emilia entenderán sus excentricidades! ¡Ya la han ayudado! Incluso algunos pueden ser familiares reencarnados. ¿No es genial?

Si eso es verdad, entonces creo que no les cae muy bien a algunos…

Querer a alguien o no es una experiencia humana. Estoy hablando de su alma.

Creo que esa también necesita ayuda.

Lo que es una lástima. Porque creo que Abue estaría mucho más dispuesta a hacer algo como esto que ir a ver a un psicólogo de verdad, jajaja.

Y hasta se lo iba a mencionar hoy después de su cita con el médico, pero no fue la más querida durante la cita.

¿Por qué no miras a nadie, Abue?

¿Por qué tengo que mirar a alguien?

Estuvo todo el tiempo sentada con los brazos cruzados y sus gafas de sol, furiosa con mi mamá por dejar que Luisa nos acompañara.

¿Por qué tu abuela está siendo tan complicada hoy? ¿Cuál es su problema?

Ay, madre. No tienes ni idea.

¡Y yo estoy aquí, Elena! No tienes que hablar como si ya estuviera muerta. Te dije que no quería que Luisa estuviera aquí si íbamos a discutir información personal.

Buena suerte con eso, amiga. Luisa está hablando con los ángeles.

¿Qué me acabas de decir?

Nada…

Solo estoy aquí para ayudar, Emi. Pero puedo esperar afuera.

¡Deja de decirme así!

La médica dijo como: ¿Está todo bien? Le dijeron que tiene cáncer, ¿cierto? *Sí, solo que le está costando procesarlo.*

Está bien, bueno, sí. Admito que yo también estaba distraída, porque la encantadora doctora Sandy tenía un nuevo corte de pelo y se veía tan bien que casi me desmayo.

¿Luciana? ¿Cuál es el problema? ¿Por qué te quedas ahí sentada y no dices nada? Empieza a contarle lo que hablamos. ¡No dejé que faltaras al colegio para nada!

Estaba nerviosa y lidiaba con muchas cosas.

Eh. Sí. Lo siento.

Y luego mi capacidad mental para pasar del abuso de Abue a los ángeles y demonios espirituales, a tener fantasías sobre Sandra Bullock, realmente me sorprendió y aterrorizó.

Hola. Eeh. Solo queríamos… bueno, mi mamá, quería…

¿Qué te pasa, Luciana? No es chistoso.

Yo sé. Es que… tengo acidez.

Pero a pesar de que haya sido caótico para todos los involucrados, me alegra haber ido.

Porque finalmente pudimos hablar sobre los resultados de Abue e idear un plan. Lo que al menos se siente MUCHO mejor que no hacer nada en absoluto.

No… aun no incluye la quimioterapia. Desafortunadamente. Pero al menos las cosas se están moviendo.

Antes de que incluso pudiéramos hablar del cáncer, Abue golpeó la mesa con los puños y dijo: Tenemos que hablar sobre mi abdomen.

¿Okey? ¿Qué sobre tu abdomen?

Dile que esto no es normal, Luciana. ¡Me veo enorme! Tengo mucho dolor y no puedo sentarme bien. ¡Y mi estómago es del tamaño de esta habitación! ¡¿Qué carajos me hicieron?!

Bien... Mi abuela dice que le duele el estómago. ¿Y que está muy hinchada?

Mmm. Dile por favor que eso es bastante normal con las heridas abdominales. Pero podemos hacer algunas pruebas solo para estar seguros. ¿El dolor está localizado en la superficie? ¿Alrededor del área de la incisión? ¿O viene de adentro?

Abue, ¿te duele el estómago por dentro? ¿O te duele donde te pusieron los puntos?

¡Adentro! ¿Dónde más? ¿Se le quedó el cerebro a la supermodelo?

Eh, ella dice que adentro, doctora Parker.

Vale, es bueno saberlo. ¿Del resto, está bien?

Luciana. Dile que no he podido meter la barriga.

Sí. Ella está bien.

Excelente. Entonces, abordemos primero la hinchazón abdominal. Mirándola desde aquí, sí parece un poco hinchada. Y quiero asegurarme de que no se acumulen ni se filtren líquidos en el área del abdomen. ¿Le parece bien, señora Domínguez?

Pero, doctora, ¿qué tan rápido puede empezar la quimioterapia?

Bueno, primero necesita estar fuerte. Y, francamente, nuestra prioridad debería ser su abdomen. Las complicaciones posoperatorias pueden ser pequeñas, pero graves.

Entonces, hoy se decidió que primero haríamos algunas pruebas para determinar la raíz del dolor de estómago de Abue y, después de eso, podríamos empezar a hablar sobre las opciones de tratamiento.

La recuperación inmediata de su madre es más importante, señora Domínguez. Pero estaré abierta a responder cualquier *pregunta que pueda tener sobre los resultados. Sé que solo hablamos brevemente sobre esto por teléfono.*

Está bien. Su tumor… se extenderá, ¿correcto?

Es lo más probable. Sí.

Okey. ¿Entonces le dirá que necesita el tratamiento?

Le diré lo que recomiendo en mi opinión profesional. Eso lo prometo. Pero primero saquémosle algo de sangre y algunas imágenes. Y en unas pocas semanas veremos dónde estamos.

Ah, sí. Absolutamente. Abue salió de ese chequeo contenta.

Estaba encantada de saber que nadie la podía molestar todavía con la quimioterapia. Y que Sandra Bullock iba a arreglarle el estómago.

¡Hasta se quitó las gafas de sol camino a casa!

Elena, ¿podemos pasar por la droguería? Necesito un nuevo tinte para el pelo. Luciana todavía no me ha traído el que es.

No. ¿Por qué no me habías dicho nada de tu dolor de estómago, mami?

¡Porque nunca preguntaste!

¿Estás de verdad así de mal? Déjame ver.

No, no te me acerques. ¡No mientras Luisa está aquí!

Ni siquiera puedo ver, Emilia. Dios mío. ¡Estoy manejando!

¿Podrías buscar algunos términos médicos? Te enviaré un mensaje con los nombres.

Quiero estar preparada cuando Abue esté lista. Porque sé que ella vetará todo lo que diga mi mamá.

Leí en Internet que puedes "comer" superalimentos para salir de ciertos cánceres, mami. Y que podríamos ponerte en una dieta especial para fortalecer tu sistema inmunológico.

Preferiría morir, Elena.

¡MAMI! ¿Cómo puedes decir eso?

¿Cómo puedes pedirme que cambie en esta etapa de mi vida? ¡Tengo setenta y cinco años!

Sí. Por otro lado, diría que mi mamá salió de la cita hoy muy preocupada.

Justo cuando llegamos a la casa, agarró sus bandas de entrenamiento y empezó a gritar: ¡ES DÍA DE PIERNAS, GENTE! VAMOS.

Elena, acabo de decir que no puedo mover la barriga. No te pongas histérica.

Pero la médica dijo que, si podíamos fortalecerte, podrás recuperarte más rápido.

¡No, no dijo eso!

Y hasta sostenía en las manos unas espantosas pesas rosadas para los tobillos para cada una de nosotras…

¿De dónde sacaste esas cosas, amiga? Son aterradoras.

Diane, en esta misma cuadra, hizo una venta de garaje.

¿Y tú fuiste?

Quedé como: mamá, un momento, baja las pesas. No sé quién se desmayaría más rápido: si Abue o yo.

Tiene razón, Elena. Y no haré ningún ejercicio con Luisa cerca. Va a tomar fotos y le contará al resto del mundo sobre mi mal estado físico. ¡Si quieres que me mueva, sácala!

Emilia, prometo no decir una palabra. Y aunque hoy estás siendo muy injusta, dejaré mi teléfono en otra parte.

¡Imposible! Eres adicta a esa cosa.

Intenté salir corriendo por la puerta con la excusa de tener cólico, pero mi mamá inmediatamente me agarró del brazo y me dijo: "Ella tiene un tumor y tú tienes acné… vas a hacer los malditos ejercicios".

Está bien, joder. Me estás lastimando el brazo.

Entonces tuve que tratar de negociar con ella. Le dije que si me mostraba dónde escondía el Advil, haría sus preciados entrenamientos de YouTube.

Está bien. Dos pastillas, por cien saltos de tijera.

Trato.

Pero Abue me respaldaba. Porque alrededor del salto diez, convenció a mi mamá de que le entregara el tarro completo.

¡Dale las malditas pastillas, Elena! ¡No soporto que llore!

Está fingiendo, mami. Siempre hace lo mismo. ¡Solo quiere solucionar sus problemas de la manera más fácil! ¡En lugar de desarrollar hábitos más saludables!

Dios. ¿Sabes qué es lo más loco, ma? La endometriosis también es como el cáncer. Puede crecer en cualquier parte, en cualquier momento y causar un dolor insuperable. ¡No se "cura" con frutas y verduras! Mientras haces todas tus "investigaciones", deberías considerar INVESTIGAR ESO también.

¡No digas esa palabra! ¡Y ni siquiera saben si eso es lo que tienes!

PORQUE NO DEJAS QUE ME OPEREN.

Elena… por favor. Apura. Cada vez que grita, se me empeora el estómago. Dale las pastillas y listo.

Después Abue me guiñó el ojo disimuladamente… como un gesto que me recordaba quién estaba realmente a cargo.

Pero, lamentablemente, mi victoria no duró mucho.

Porque después de que me tomara las pastillas, mi mamá me dijo que fuera a empacar mis cosas, pues tres personas en mi cuarto eran demasiadas. *La idea del catre ya no funciona.*

Y que iba a tener que dormir abajo en el sofá hasta que Luisa se fuera.

No me importa. Mientras mi útero esté adormecido.

Así es como terminé sin habitación esta noche. Preparándome para tener tortícolis y la espalda destrozada.

Rogándoles a los extraterrestres que bajaran de Marte y finalmente hicieran lo suyo.

No, no es culpa de Luisa, jajaja.

Mi mamá solo quiere que Abue y yo nos separemos, para que ella y Luisa puedan tener más "momentos de unión entre hermanas".

Aunque yo estaba como: Amiga, déjalo así. Créeme. Los múltiples intentos de Luisa NO están funcionando.

En especial porque, desde su diagnóstico, Abue ha estado todavía MÁS brava porque Luisa está cerca.

Esa mujer tiene que irse, Luciana. No puedo dormir con ella aquí. Y se queda despierta toda la noche hablando por texto en ese teléfono. ¡Probablemente le envía reportes de mi salud a toda Colombia! ¡Da actualizaciones minuto a minuto sobre el deterioro de mi salud y belleza! Probablemente todos estén diciendo: Sí, claro que nuestra querida Emilia está enferma. ¿Has visto cómo vive? ¿Has visto lo que hace? ¿Has oído cómo respira? ¿Come? ¿Sueña?

Creo que solo juega juegos en su teléfono, amiga… Vi que descargó Solitario.

No seas ingenua, Luciana. ¡La gente siempre quiere saber qué estoy haciendo!

Quieres, eeeeh… ¿Hablar más sobre eso?

No. Ve a robarle el teléfono y mira lo que dice.

Dios.

Tal vez Abue está más gruñona de lo normal porque sabe que Luisa me contó algo.

Siempre ha sido medio psíquica…

Ay, dios. ¿Debería estar asustada? ¿Crees que Abue está brava conmigo?

Porque ayer Nico y yo queríamos comprar helados de yogur… y no nos prestó su carro.

¡Por favor, Abue! ¿Por qué no? No lo necesitas y mi mamá y mi papá están trabajando.

No. Lo vas a estrellar. Tu papá siempre está en el trabajo. Vean a ver qué hacen.

Y pensé que eso era la reacción clásica y habitual de Abue cuando está brava. Ese maldito Honda Civic 2005. *¡Lo único que puedo controlar!*

Pero esta vez su rabia fue tan aleatoria que hasta Nico estaba como: No entiendo. ¿Cuál es el problema? Si ese carro se queda parqueado en la entrada todo el día.

Tiene problemas de confianza, man. Trauma de padre Y madre. Y su hermana está aquí para recordárselo. Es demasiado para que te cuente ahora.

Pero solo queríamos helado de yogur, ¿no?

Ah, ¿y quieres saber qué hicimos en lugar de eso, Mari? ¿Ya que no pudimos ir por el puto heladito?

Fumamos y le hicimos pegas a la gente. En el *skate-park*. Incluyendo a todos tus ex.

Lo cual PUDO haber sido divertido, si no nos hubiéramos aburrido y no hubiéramos descargado Tinder. Porque, ¿qué perfil apareció inmediatamente?

El de Sigrid. La hija muy sexy, pero muy en el clóset, de la amiga más aterradora de mi mamá de la iglesia del barrio.

¡Sí! La que se pone esos rosarios de madera dementes en el cuello. Exactamente.

Nunca en mi vida había gritado y borrado algo tan rápido…

Nico. Dios. Tira el teléfono al lago.

¿Cómo así que "por qué", Mari? ¿Eres idiota?

¿Sabes qué pasaría si la MAMÁ de esa niña revisara su teléfono? ¿Y ME encontrara en sus mensajes de Tinder?

¿ADEMÁS de todo lo que ya le pasa a mi mamá?

Me aniquilaría, Mari. Así de simple. Me destrozaría total y absolutamente.

Física. Verbal. Emocionalmente.

Y estaríamos en boca de todos. Y mi mamá se hundiría todavía más en otra de sus depresiones homofóbicas. Además, Abue se moriría sola, cayendo en el olvido de ESTA tragedia familiar, una vez más. Porque yo tampoco estaría presente, pues me mandarían a algún campo de conversión católico. Todo mientras mi papá y Luisa fingen orar y responden las llamadas investigativas de la iglesia.

¡Que NO entenderé jamás!

Pues ni siquiera VAMOS A LA IGLESIA.

Entonces, ¡¿me puedes decir por qué coños nos importa esa gente?!

Es más que eso, Nana. Es nuestra cultura. Todo este lugar. Tu mamá solo quiere protegerte de una vida siendo el centro de atención.

¡Mírame, pa! ¡Igual me miran!

Ella recapacitará. Dale tiempo.

Y lo digo en serio, literalmente. No estoy tratando de ser chistosa.

Entonces no te pongas brava conmigo otra vez por "hacer chistes" sobre cosas "inapropiadas".

Porque para ti pueden ser chistes. Pero para mí, es la puta y cruda realidad.

¡Tendría la sangre de cuatro personas en mis manos! ¡Mis manitas ansiosas que deslizan en Tinder!

Entonces no, gracias. No necesito eso en mi vida ahora mismo. Y eres, literalmente, groserísima por olvidarte por qué.

No todos estamos ahí, como si nada… ¡AFUERA, EN EL MUNDO! ¡PORQUE SE NOS PERMITE EXPLORAR COSAS EN PRIVADO!

Y como le dije a Nico, ni siquiera tengo TIEMPO para pensar en chicas.

¡El único tiempo que tengo es de sobrevivir cada día aquí!

Siempre es: colegio, tumor, cólico, mi tía abuela contándome vainas equis y deprimentes del pasado de nuestra familia… colegio, tumor, Nico y luego una crisis tuya o de mi mamá.

¡Y estoy segurísima de que la próxima semana tengo EXÁMENES!

Pero deberíamos volver a Ladie's Night, Nana. Cuando estemos en las vacaciones de invierno. Necesitas descansar y relajarte un poco… o vas a explotar. ¡Y podrías conocer a tantas chicas guapas!

No. Tengo demasiados traumas por la última vez. Creo que el caimán fue una señal. E igual, tendría que volver a robarme el carro… es demasiado.

¡¿Y entonces cómo vas a conocer a alguien?! ¡Ni siquiera descargas ninguna aplicación de citas!

Estoy lidiando con muchas cosas en este momento, Nico. Joder. Tú lo sabes.

¿Y qué? ¿Irás a la universidad siendo virgen de mujeres? ¿Es eso lo que de verdad quieres?

Dios. A estas alturas, ¿ACASO voy a entrar a la universidad? ¡Problema resuelto!

Aj.

No puedo creer que casi me saco del clóset yo misma frente a todo el maldito circuito de iglesias del condado, solo porque Abue no nos prestó el carro.

¡Para ir a comprar helado de YOGUR, Mari!

Jesús santo.

Esa mujer no sabe lo que hace…

Y sí, ¿ves?

¡Por eso no me va mejor en el colegio! No porque esté haciendo *scrolling* en Tumblr.

Tengo que pasar todo mi tiempo activamente estresada por esconder mi identidad de las chicas en Internet, ¡para no matar por accidente a nuestra abuela o a nuestra mamá!

AJ.

Gracias a DIOS que pronto tendremos vacaciones…

Porque de verdad necesito aprovechar el descanso del colegio durante el receso.

Y, además, finalmente te tendré en la casa.

13

Eso no se hace

—Man…

Maaaaaaan.

Estoy furiosa en este instante.

¿De verdad? ¿Después de todo lo que te conté?

¿Sobre todo lo que tengo que lidiar por aquí?

¿Hablas en serio?

¿Me quedo sin mi teléfono UNA SEMANA y te DESAPARECES?

¿Mientras me intento embutir un SEMESTRE COMPLETO en el CEREBRO para los EXÁMENES FINALES?

SÍ.

LLAMASTE A MI MAMÁ Y LE DIJISTE QUE ESTABA "SIENDO GROSERA" POR HACERTE SENTIR "CULPABLE" PARA QUE TE QUEDA-RAS MÁS TIEMPO EN CASA POR NAVIDAD.

COMO: ¡¿Cuál es tu puto problema?!

¡Esa vieja ya me grita por todo lo que hago!

Y ni siquiera se me había ocurrido preguntarle a mi mamá sobre tus planes de viaje. Porque pensé que ya eran un HECHO.

Porque, al menos para mí, que vinieras a casa durante todas tus vacaciones de invierno era la cosa más obvia del mundo.

Pero supongo que me equivoqué.

¡No! ¡No quiero oír nada de lo que tengas para decir ahora mismo!

¡Dios NOS LIBRE de que te preocupes por alguien más aparte de ti, Mari! ¡Aunque sea por una vez!

Por no hablar de tu abuela enferma y convaleciente... A quien supuestamente amas "taaaaantoooooo".

Esto no es solo JUEGOS Y DIVERSIÓN, porque Luisa me está contando chismes, ¿sabes?

Nana. Cuando Mari te lo diga, tienes que ser querida.

¿Por qué?

Tiene muchas cosas en la cabeza.

No, no es así, ma. Ella solo va a fiestas de fraternidades.

A veces eres tan predecible que es desesperante...

Podrías haberme contado que ya tenías un viaje planeado con todos tus amigos.

Antes de todo esto.

Que igual solo ibas a venir a casa unos días cerca de Navidad y que luego pasarías el resto de tu descanso comiendo *croissants* rancios en París. Gracias a que tu amiguita tiene un lugar de sobra en el avión privado de su familia.

¡Diviértete destruyendo el medio ambiente en Año Nuevo! ¡Porque eso es lo que dice en Internet que pasará!

No, de verdad. No importa. ¡Le hubiera dicho a Abue que dijiste que se fuera a LA MIERDA!

¡A Mari ni siquiera le gusta el pan, mamá! ¿Por qué la dejas ir?

Va a viajar para experimentar nuevas culturas, mi amor. Eso no tiene nada de malo. A tu abuela y a mí nos hubiera encantado haber tenido esas oportunidades a esa edad.

Es increíble. ¡Se suponía que estaría aquí!

Luciana, igual va a venir. Solo que no por tanto tiempo como pensabas. Y está bien.

Que te diviertas con el malvado fantasma de Abue cuando te acribille con culpa durante siglos. Estoy segura de que los europeos te podrán enseñar un poco sobre eso.

Deberías estar orgullosa de tu hermana, Nana. Ha trabajado muy duro este año. Ha estado estudiando sin parar ni perder la concentración. Ha mantenido sus buenas calificaciones para todas sus becas. Es lo que necesitamos que esté haciendo en este momento. ¡Y tiene dos trabajos! Además de todas sus clases. Necesita un verdadero descanso pronto o se desmoronará. Sabes lo dura que puede ser consigo misma... Venir aquí no va a solucionar nada. No es necesario que esto descarrile más vidas.

¡Debería ser yo la que se va de viaje! ¡He hecho de todo! Ella no ha hecho nada.

Ella está haciendo cosas, mi amor. Solo que son diferentes. Su responsabilidad es que le vaya bien en la universidad. Eso es lo que necesitamos.

¡Pero yo también estoy estresada! ¡TODO EL TIEMPO!
Lo único que pienso es en si Abue va a estar bien —y este era
mi año para tener todo en orden—. ¡Entonces, no te sorpren-
das si eso no pasa! Pues me tienes aquí sola de enfermera.

No. No digas eso. No fue solo este año. Te dijimos que te
tomaras en serio tu educación cuando eras estudiante de primer
año. Pero no lo hiciste. Entonces ahora la única culpable aquí
eres tú misma.

Ah. ¿Te refieres al año en que me ADAPTABA? ¿El
año que pasaba de la primaria a la secundaria? ¿Y que tuve
que formar un grupo completamente nuevo de amigos? Sí,
¡EXCELENTE momento para una charla de ánimo, mamá!

Aj. No, para.

Odio cuando lloras.

¡Da igual, Mari! Siempre puedes hacer lo que quieres, y así es la vida.

Supongo que no es culpa tuya que mi mamá y mi
papá solo estén de acuerdo con tus prioridades.

Así que te veré en Navidad y en las cuarenta y ocho
horas antes de tus extravagantes vacaciones en Europa.

¿Pero, y Abue? ¿Y su diagnóstico?

¡Mari la va a ver en Navidad! Y, ojalá para ese entonces tu
abuela haya aceptado hacerse la quimioterapia. Así podremos
hablar todos juntos con ella sobre esto. Pero ya oíste a la doc-
tora. No hay nada que podamos hacer hasta que se recupere.

Okey. Si así es todo con Mari, entonces yo también empezaré a actuar de forma diferente.

¿Perdón? ¿Cómo así?

Ya veremos. Quizás empiece a comer más papas fritas.

Esta es oficialmente una relación a larga distancia ahora, ¿vale? La tuya y la mía.

Y ya sabes cómo terminan esas relaciones. Entonces, prepárate.

Sin ofender a tus varios intentos fallidos.

Lo único que necesitas saber por ahora es que mi actual relación a larga distancia con mi papá va muy bien. Porque de verdad nos comprometimos a NO HABLAR.

¿Quieres ver una película? Es la única noche que pasaré en la casa de la finca.

Seguro. Pero no "Revenant" otra vez.

Ay, dale.

¡Nos hiciste verla la semana pasada!

Bien. Entonces "Dunkerque".

Pero lo que es todavía más deprimente… y lo que me rompe el puto corazón… ¡es que igual estoy AQUÍ! ¡Llamándote!

Aferrándome a la última pizca de esperanza. Como una idiota.

Me pregunto si tal vez, QUIZÁS, desobedezco las órdenes de mi mamá y te cuento la verdad, decidirás volver a casa y quedarte un tiempo.

No le digas nada de esto a tu hermana, Luciana. ¿Bueno? ¿Me oyes?

Síp, entonces, aquí va.

Este es mi último intento definitivo de hacer que veas con claridad: te lo ruego.

Abue va a volver al hospital en enero, Mari.

¿Okey?

Sí. Necesita otro procedimiento. Para arreglar la hinchazón de su estómago.

Y mi mamá no quería que te contara, para que pudieras ir a emborracharte bajo la Torre Eiffel sin sentirte culpable, pero me cansé de seguir las reglas de sus jueguitos.

¿Me lo prometes, Luciana? ¿Que le contaremos a Mari sobre el procedimiento de tu abuela cuando haya terminado y vuelva sana y salva a casa? No es muy serio y no quiero preocuparla. Ni siquiera pasaremos más de un día en la clínica.

Sí, entonces, ¡ya sabes!

¡Que mi mamá te ha estado mintiendo!

Todo para que puedas salir y vivir sus sueños húmedos internacionales.

Mientras tanto, yo ni siquiera puedo conseguir quien me lleve a *Ladies' Night*, en el centro de Miami —lo que en este punto es hasta cómico…

Pero no te preocupes. Porque no vas a oír ni pío sobre el hospital de mi parte. ¡Hasta la vista!

¡No, no! No llores ahora.

¿No estás contenta con tu decisión?

¡No me vas a hacer sentir culpable con tus lágrimas de cocodrilo, Mari!

Que regresaras a casa era lo ÚNICO que de verdad quería.

He estado dándole, dándole y dándole, pensando que habría alguien más que me ayudaría a llegar a la meta, pero estaba equivocada.

Entonces, ¿cómo crees que me siento? ¡Tengo que tomar el relevo y seguir corriendo!

Ay por dios…

Eres insoportable.

BIEN. ¡Deja de llorar o nos volverás a traer la mala suerte!

En realidad, no diría lo del hospital, Mari, si fuera algo serio o aterrador… No soy un completo monstruo. Serían como siete años de mal karma.

Solo vamos a estar ahí por un día, ¿vale? ¡¿Feliz?!

Sí… Por algo sencillo.

Los médicos recibieron los resultados de los exámenes de Abue y dijeron que necesitaba una cosa llamada *stent*.

Ay, búscalo en Google, man. Ya no lo tengo abierto.

Es un tubito que le van a poner dentro del conducto biliar, para ayudar a reducir la hinchazón del estómago. Eso es todo lo que diré.

Ni siquiera tendrán que abrirla.

Por desgracia, tu abuela ha desarrollado pancreatitis a causa de lo que queda dentro del tumor. Y la inflamación que está causando impide que los líquidos biliares drenen adecuadamente. Entonces es probable que eso sea lo que está causando hinchazón. Es bueno que lo hayamos detectado temprano. El stent ayudará a abrir las cosas.

¿Cómo funciona?

Le insertaremos un tubito dentro de la boca y luego pondremos el stent en el conducto biliar a través de este. No es necesaria ninguna incisión. Estará en la sala unas pocas horas.

¿Escuchaste eso, Abue? Esta vez es solo un tubito.

Y nada más, Nana. Por favor. Dile que no puedo soportarlo.

Yo sé. Lo prometo.

En realidad, dijeron que es muy simple, solo que implica un procedimiento.

Por ende: la temida visita al hospital posvacaciones.

Que ahora también tendré que enfrentar sola.

Porque estoy segura de que ya sabes —por todas las conversaciones secretas que tienes con mi mamá—, pero Luisa también se va.

¡Sí!

Está apurada por hacer las maletas en este momento crítico. ¿Puedes creerlo?

Qué "hermanas" son ustedes, ¿no?

Man... Y, sinceramente, deberían tener más cuidado.

Al programar sus traiciones.

Porque me podría explotar... y toda esta operación se hundiría.

Sí. Porque estoy empezando a ver cómo toooodos ustedes se benefician de que yo adore a Abue. Y saben que jamás la abandonaré.

Pues porque... ¡¿cómo podría?!

¿Como pudiste TÚ?

¡Después de todo lo que nos contó Luisa!

Y ahora hasta me pregunto si Luisa me contó todo eso solo para tenerme atada a la causa... ¡Para obligarme a hacer el trabajo sucio por ella y limpiar su conciencia perezosa de décadas!

¿De verdad tienes que irte ahora mismo, Luisa? ¿En serio?

Sí, Nana. No quiero causarle más problemas a tu abuela. Quiero darle el tiempo y el espacio para que se ocupe de lo del stent. Esto es ahora algo más que simplemente ayudarla a recuperarse. Y lamentablemente, la reconexión que yo esperaba tener no está sucediendo. Pero estaré cerca. Por si pasa algo. Voy a visitar a Susana y ya.

¡Pero no he podido hablar con ella! ¡No puedes irte todavía!

Ella no está lista para abrir su corazón, mi Nana. Lo siento. No depende de mí. Mi presencia solo está causando más daño. Y ese estrés no es bueno para su recuperación.

Y entonces, ¡¿ya no más?! ¿Vas a rendirte?

No… pero quiero que ella esté feliz. Y saludable. Que se concentre en estos próximos pasos. Y que yo me vaya la ayudará a lograrlo.

Guau. De verdad pensé que querías ayudarla. Te creí.

¡Y la quiero ayudar! Así es como la ayudo.

¿Ves? Aquí pueden pasar muchas cosas en un día.

Deberías recordarlo.

Y te lo digo, Mari… A la represa le están saliendo grietas.

Luisa es otra vez oficialmente una traidora y ahora se va, y tú oficialmente tienes muerte cerebral y abandonas a esta familia. Todo mientras Abue se prepara para regresar y aterrorizar a ese hospital. ¡Feliz Navidad para todos!

¿Al menos intentarás volver? ¿Cuando ella esté mejor?

No sé. No te voy a decir mentiras: ha sido doloroso estar aquí. Pero aun así deberías intentar que tu abuela vea a la sanadora espiritual de la que hablamos. Es todo lo que puedo hacer de lejos: tratar de señalar la dirección a seguir. Y si ella no quiere verla, quizás tú deberías ir. Porque el duelo cambia a las personas, Nana. Y quieres estar preparada para cuando llegue.

Haz lo que quieras, Mari.

Pero no te mientas a ti misma.

Con este stent, todo se retrasará.

Y entonces, cualquier parte de ese tumor que aún está dentro de Abue… tendrá mucho más tiempo y espacio para crecer.

Espero que pienses en ESO. Mientras planificas tu viaje a París.

Porque no volverás a saber de mí hasta que estés aquí.

Ah, sí. Es una promesa.

¿Y sabes qué?

Lo siento, pero tengo que decirlo.

Así como las cosas no se resolvieron entre Luisa y Abue… puede que esto tampoco.

Y deberías estar preparada para eso.

Porque nos va a hacer daño a todos.

Pero como yo lo veo… te hará especial daño a ti.

TERCERA PARTE

14

Mete la barriga

—Buenas noches a la cara de mierda más egocéntrica del mundo.

Hola.

Sí. Soy yo.

Tu hermana "desaparecida".

Te llamo desde el teléfono de Abue porque me niego a usar el mío, y ella quería que te avisara que ya estamos en el hospital.

Guau, amiga. Esta habitación está mucho mejor que la de la última vez.

No te amañes mucho. Quiero entrar y salir rápido de aquí. El patrón de estos cojines resalta mi estómago.

Es verdad, estamos aquí solo por negocios. Me rogó como cinco veces que respondiera tus mensajes de voz.

¿Puedes dejar de ignorar a tu hermana, Luciana? Está muy preocupada. Y mira, se está gastando todos mis datos. ¡No puedo recibir ninguna de mis llamadas o mensajes de texto!

No. ¿Cómo pueden ser tan comprensivas? Y no necesitas datos. Nadie más te está llamando.

¿Comprensivas? Por favor. No sabes lo que es ser la mayor. Tenle un poco de paciencia a tu hermana.

Eh, ¿a ver que ya le tengo paciencia? Y no. Porque no quiero hablar con ella.

¡Pues tienes que hablarle! ¡Me está volviendo loca con sus preguntas! Tu mamá dice que solo quiere saber cómo estoy, pero Dios mío, esa niña no para de hablar. ¡Dile que no tiene por qué enfermarse preocupándose por mí! Estoy bien. Y estuvo aquí hace apenas unas semanas. Ahí no tuviste ningún problema para aceptar sus regalos de Navidad.

Dios. ¿Acaso debí ignorarla en mi propia casa?

Sí. Yo lo hago todo el tiempo. Así que admítelo: ¡estabas feliz de verla! ¡Y la extrañas! Se te nota hasta en los dientes... ¡Llámala antes de que tenga que cambiar mi número otra vez!

Entonces: ¡Sorpresa!... Rompo temporalmente mi regla de no contactarte solo en este momento. Para uso oficial. Porque ahora soy la secretaria de Abue. Y puedo oír en tu voz que eso te complace.

Sí. El procedimiento del *stent* es mañana trece de enero. No pensé que te fueras a acordar.

Ni que te importara.

Mmm... Abue va bien. Ella está bien.

Lo que más le emociona es recuperar su abdomen.

Pero oye, Mari. No tenemos que hablar. Solo te actualizo lo que Abue quiere para que podamos colgar y seguir.

¿Por qué?

Porque todavía estoy brava contigo.

El hecho de que haya sido cortés contigo en persona por el bien de las festividades no significa que vamos a volver a hablar como si nada. Al menos ten ALGO de respeto por ti misma.

¡Hasta ayer pensaba que no merecías saber de mí nunca más!

Sí. Pero por suerte para ti, en Tumblr me recordaron que "Podemos perdonar, pero no olvidar". Así que ahora eso es lo mío. Con todo. Y eso me ayuda a entender cómo superar tu traición.

Al no olvidar nunca que sucedió, exactamente.

Muy divertido, ¿verdad? ¡Cosas de hermanas!

Ay, por favor. Bájate de esa nube.

¡Estabas viajando!

No iba a comprar minutos internacionales solo para gritarte…

Mi papá me hubiera matado.

Y, además, casi ni te diste cuenta de que no te llamaba ni te mandaba mensajes. Porque ni siquiera estabas mirando mis historias de Instagram.

Mira, Nico. Ni siquiera le importa. Que se joda.

Bro. Tienes que dejar de actuar como si estuvieras saliendo con tu hermana.

Ay, por dios… ¿Sueno como mi abuela?

Peor. Suenas como tu mamá.

¡Y sabías que eventualmente reiniciaría el contacto de todas formas!

No dejaría que algo le pasara a Abue y tú no supieras...

Aunque seas una traidora, yo tengo compasión.

Aunque casi ni te la mereces...

Porque tu comportamiento fue francamente irrespetuoso durante Navidad. Cuando te vimos solo durante unos cinco minutos.

Pues es evidente que tu prioridad era ir de un lado a otro y salir con tus amigos.

Un momento, ¿dónde está Mari?

Se va a quedar a dormir esta noche en la casa de su amiga.

¿OTRA VEZ?

Aquí no hay espacio, mi amor. No es su culpa. Y esta mañana llevó a tu abuela a desayunar. Sus amigos también estarán aquí solo unos días. Está bien que los vea. ¡Y dijo que casi no le hablas, Luciana! No hagas que se arrepienta de haber venido a casa.

Lo peor, Mari. FUI amable contigo mientras estuviste aquí. Deja de decir mentiras.

Perdón por no ROGARTE que pasaras tiempo conmigo.

Porque estaba esperando en casa, a ver si finalmente decidías quedarte una noche y pasar un rato con tu familia. Pero como ese día nunca llegó, casi no me viste. Eso es. Misterio resuelto.

No es verdad. No dormí todos los días hasta las dos de la tarde mientras estuviste aquí.

¿Quién crees que pasea a Rosy?

Bueno. Solo pasó UNA vez cuando nos quedamos despiertos hasta tarde viendo películas con mi papá.

¡Y esa noche ni siquiera contaba! Llegaste a la casa más temprano porque estabas "intoxicada" por algo que comiste cuando saliste con tus amigos.

Ya. Estoy segura de que tu cena de dos galletas le hizo efecto a ese Smirnoff.

Entonces lo siento, Mari. Pero la única culpable aquí eres tú.

Dios. Mierda.

Sueno como mi mamá.

¡¿Otra vez?!

Nada. Olvídalo.

Pero solo porque te estoy contactando y podría estar empezando a perdonarte —o más bien, aprendiendo a "lidiar" contigo—, no significa que todo vaya a ser como si aquí no hubiera pasado nada. Porque ahora veo lo que realmente es importante para ti. Así que no te sorprendas si yo también empiezo a actuar de otra forma.

¡No sé qué significa eso todavía! Ya veremos.

¡Tal vez empiece a esconder chicas, brownies y botellas de Advil debajo de mi cama!

No, espera. Lo primero sonó raro.

DA IGUAL. SÉ QUE SON MALOS PARA TI, MARI.

PERO TAMBIÉN LO ES ESPERAR A QUE LA GENTE CAMBIE. NO ME IMPORTA.

Excelente. Me alegra que entiendas.

Y ahora que ya hablamos de ESO, dejaré que me informes.

¿Qué tal estuvo tu viaje?

Sí… Estoy preguntando de verdad. Si estamos obligadas a comunicarnos, pues de una vez pido actualizaciones.

Okey, *cool*… Me alegra que hayas "comido mucha comida". Así no te crea. Pero bueno, de hecho, estoy muy orgullosa de que no te hayan secuestrado. Porque no sabía cómo iba a ser eso. Es evidente que no tienes los mejores instintos.

¿Y finalmente besaste a esa *bartender* parisina sobre la que no parabas de publicar historias?

¿No? ¿Por qué NO, Mari? ¡Dijo que le gustaban tus gafas! ¡Como tres veces!

Dios… Eres la hija de tu mamá…

¿Qué quieres decir con "estaba buena, pero me asustan las vaginas"? Dejaste de ser virgen con alguien que alguna vez se refirió a David Guetta como los Beatles de nuestra generación. Qué más pavoroso que eso.

Ah, ¿entonces ahora eres demasiado PEREZOSA para acostarte con mujeres? ¿Por la curva de aprendizaje? Eso suena muy fuera de lugar para ti. Normalmente te encanta hacer las tareas.

¡¿Y cómo crees que me siento?!

De hecho, QUIERO hacerlo… Y tengo problemas de aprendizaje.

¡Vamos! ¡Necesito que lo hagas primero para que puedas enseñarme!

Es un chiste, jaja, tranquila. De hecho, me moriría si te acuestas con una chica más rápido que yo en tu viaje de traidora por Europa… Eso sería lo que finalmente me acaba.

Y, de todas formas, te asustarías y llorarías si alguna vez lo hicieras. Lo que sería muy vergonzoso para mí.

Dirían como, un momento, ¿qué pasa? ¿Nunca habías visto a dos chicas besarse? Y tendrías que decir: ¡No! ¡Obligamos a mi hermana a vivir en el clóset toda su vida! ¡Estaba demasiado ocupada!

Aunque estoy empezando a darme cuenta de lo perdedora que serías si no me tuvieras.

Pues yo te obligo a involucrarte con cosas aparte de tu burbuja amante de Lilly Pulitzer.

Porque de lo contrario, probablemente… usarías Facebook o algo por el estilo.

O tendrías un filtro de perro en todas tus fotos de perfil… Y esperarías con ansias el 4 de julio.

Creo que me dieron escalofríos.

Ah, ¿y te IMAGINAS tener que lidiar con esta familia tú sola? ¡Ja! ¡No, yo no podría!

Lo siento. Ya no te la monto más.

Necesito mejorar en repetir mi mantra y ya.

Puedes perdonar, pero no tienes que olvidar.

Mmm… Me siento bien…

Gracias por preguntar…

Cosa que ya casi no haces.

Pero esto del *stent* debería ser fácil. Y Abue está bien. Solo que está siendo una quejetas, más de lo normal.

Sí. Ahora mismo estamos solo ella y yo aquí. Mi mamá va a venir mañana.

Está tratando de dar tantas clases de natación como pueda antes del procedimiento.

¿Estás segura de que puedes sola, Nana? ¿Estarás bien? Estaré ahí a primera hora mañana. Lo prometo. Es que necesitamos cada dólar que podamos conseguir.

Sí, ma. Duermo a su lado todos los días. Todo bajo control.

Abue dijo como: ¿Y podríamos mudarnos mientras Luisa visita a Susana? Cuando regrese, me gustaría que no supiera dónde estamos.

No es tan mala idea. Quizás eso le enseñe a Mari a no estar tan ausente.

¡Te dije que ya no siguieras con eso! Se está volviendo muy molesto.

Sigue hablando y te dejo aquí también.

Hazlo. Soy una profesional.

Entonces, además de ser una cabrona, Abue está de buen humor.

Hasta me estaba gritando por no ser una colombiana nacionalista.

Sí, jajaja. Estábamos viendo su programa de noticias en Telemundo y estaban mostrando una historia de un incendio forestal masivo que había arrasado con un pueblo rural de Colombia. Porque no había un solo bombero, pues todos estaban borrachos en un bar.

Entonces yo dije como: típico. Por eso no evolucionamos como pueblo. *Bebemos demasiado.* Lo que hizo que Abue se pusiera MUY brava, jajaja. Creo que activé un nervio.

Ella estaba toda como: ¡Qué risa, pues! Viniendo de la que se queda dormida en cada concierto de Juanes. ¡Ten un poco de respeto por la patria! ¡Te hizo quien eres!

Eso pasó UNA vez, amiga.

No. También te dormiste durante su concierto de UNICEF.

¡Dios, ese fue pregrabado! ¡¿Y desde cuándo te importa "respetar" a Colombia?!

Lo es todo para mí. Solo que no puedo regresar.

Sí, si puedes. Estoy cansada de que todos sean tan dramáticos. ¡Puedes ir en un avión de Spirit por solo diez dólares!

Entonces, diría que está bien y que no le preocupa para nada que estén a punto de meterle un tubo en la garganta.

Y como parece que no está preocupada y el procedimiento es mañana, esta noche saldré con Nico después de que se duerma.

¿Qué?

Yo también puedo decir "a la mierda" y salir, ¿no? ¡Ya era hora de que empezara a hacer cosas por mí!

¡Ni siquiera la van a abrir, Mari! No actúes como si de repente ahora sí te importara.

Dios. ¿Y que "acaso" a dónde voy? Es como si no escucharas…

¡A *Ladies' Night*, idiota! Es VIERNES.

Y probablemente se te haya OLVIDADO, pues soy un PUTO ÁNGEL, pero la verdad es que no TENGO que estar aquí cuidando a Abue y a esta familia.

También puedo emborracharme y vomitar.

Está bien, está bien, cálmate. Fue idea de Abue…
Ella fue la que mencionó el tema.

¡Lo juro! Ella me dijo que debería salir y "hacer
algo" esta noche mientras esperábamos, en lugar de
"sentarme" a mirarla. ¡Como si no hiciera nada más!

*No te necesito aquí hasta mañana, Luciana. ¿Por qué no
sales y haces algo interesante con tu vida? ¿No te cansas de
mirarme?*

Prácticamente me echó.

Y como si eso no me doliera lo suficiente, ahí me di
cuenta de lo PATÉTICO que era… el no tener ningún
otro lugar en dónde ESTAR un viernes por la noche
que no fuera la habitación de hospital de mi abuela.

Entonces dije, está bien. Voy a llamar a Nico a decirle que salgamos.

Bien. Vete de aquí.

*Pero si me necesitas, estaré en el café de abajo. Esperando
a que me llames cuando te des cuenta de que ni siquiera puedes ir al baño sola.*

Seguro. "El café". Y yo soy Jennifer López.

¿Perdón?

*Yo no nací ayer, Luciana. No me importa lo que hagas.
Solo no te metas en problemas y no le digas a tu mamá. ¡Ahora
vete y conoce gente nueva! ¡Eres hermosa! Y joven. Pero por
favor dime que trajiste algo más para ponerte. No es posible que
salgas con eso puesto.*

*Ay, Dios, tal vez no debería ir a ningún lado… Estás
empezando a sonar un poco enferma…*

¡Te llamaré si necesito algo! Vete ya. Llévate mi carro. Necesito que me dejen en paz. Han pasado meses.

¿Por qué estás siendo tan grosera hoy?

¡No deberías tener que estar aquí!

Aj. De todos modos, el hospital queda como a cinco minutos del bar, Mari… Estaré a la vuelta de la esquina si necesito volver.

¡Porque deberías saber que yo sí aparezco!

¡Llueva, truene o relampaguee!

Y por aquí… ha llovido mucho.

Sí, pero ayer hasta le tuve que teñir las raíces a Abue.

¡Ese fue otro momento en el que quería llamarte y llorar!

Necesito tener la cabeza completamente negra, Luciana. Sin canas. O no vuelvo a ese hospital. Tengo una reputación que cuidar, pero ahora no tengo la energía. Entonces necesito que mi hermoso pelo distraiga de mi estómago.

Y ya te imaginarás cómo coños salió todo eso…

Si yo casi no puedo ni hacerme un moño en mi propio pelo…

Hasta traté de decirle que ella de verdad no quería que le tiñera las raíces.

Y que se acordara de que una vez hice que nos echaran de una fiesta de cambio de imagen de Barbie en tercero, cuando la anfitriona me retó a que me comiera una de sus paletas de sombras de ojos, y yo estaba tan putamente aburrida que me la comí. Pero a Abue no le importó. Me dijo que, si no aprendía a teñirle las raíces, se moriría.

¿Y crees que no sé lo hombre que puedes ser? ¿Quién crees que te dobla toda la ropa cuando estás en el colegio? ¿El hada madrina? ¡Pero eres mi única opción! No puedo dejar que nadie más se acerque a mi cabeza, no es lo más inteligente.

Ah, y luego, obvio, se quejó y lloró todo el tiempo.

Dijo que me había equivocado de color otra vez… O que el tinte debió haber cambiado de nombre.

Porque la última vez el líquido no se veía tan oscuro… y estoy echando demasiado aquí, pero no lo suficiente allá. Y de verdad debería usar guantes. Y no revisar tanto mi teléfono. ¡¿Y me moriré si uso el cepillo que es?! ¿Por qué estoy tan lejos del espejo? ¿Por qué no entiendo lo serio que es esto? ¿Cómo estoy viva? Etcétera.

¿Podemos parar? Estarás acostada en una cama durante toda la visita. ¡Es solo una noche!

No. Si eres hermosa, te tratan mejor. Y luego te adelantan en la fila de espera.

¿Cuál fila?

Como en el aeropuerto.

Ese es el embarque prioritario.

No, Mari. No creo que el hecho de que a Abue "le importen sus raíces" sea una buena señal, jajaja.

Solo te lo dices a ti misma para no sentirte culpable por no quedarte en casa.

¿No escuchaste lo que acabo de decir? ¡Está loca! No puedes racionalizar con ella.

Hará lo que se le dé la gana.

Y te prometo que, después de que le arreglen el estómago, estará coqueteando con pervertidos en Match.com.

No estoy siendo pesimista, man... estoy siendo realista.

Abue no ha mencionado la quimioterapia NI UNA VEZ. Y se me rompe el corazón admitirlo, pero no creo que esté dentro de sus planes.

Además, si estuvieras aquí, sabrías que ella no está "concentrada en ese juego".

¡Hace un rato les gritaba a las enfermeras por sacarle sangre!

¿¡Para qué es esto?! ¿Dónde está Júnior? Acepté el stent solo porque me va arreglar el abdomen. ¡Por nada mas! Lo único que ustedes hacen es pincharme y se van: ¡esto no es la playa!

Las enfermeras estaban como: ¿Ella está bien? Y tuve que fingir una sonrisa y decir: Síííí, ella está muy bien. No se preocupen.

¡Mentirosa! Un día voy a escribir un libro que se llame: "Todas las mentiras que mi nieta dijo sobre mí".

Bien puedas. Yo escribiré la secuela: "Cosas que mi abuela fingía no entender".

Y luego, cuando les pregunté a las enfermeras sobre los análisis de sangre de Abue, en un intento por mantenerme al día e INFORMADA, ella me tiró su almohada y gritó: ¡Deja de hablar con las enfermeras, Luciana! Si eres tan metida, ¿por qué no estudias medicina?

Mmm. ¿Porque odio la sangre?

No es como que tengas que tomártela. Sé más fuerte. Este mundo es duro.

Dios. ¿Yo sé? Chao. No estoy hablando contigo. Los doctores y yo tenemos asuntos IMPORTANTES para discutir.

¡Espero que no sea sobre mi pelo!

Y no es por asustarte Mari, porque esta vez hablo en serio, pero las enfermeras me dijeron que el análisis de sangre de Abue no había salido tan bien hoy.

Sí. Y que probablemente el abdomen le duela mucho más de lo que dice que le duele.

Lo que creo que al menos explica por qué está más irritable últimamente... Y la única razón por la que voy a perdonarla.

Pero es muy normal para los pacientes con la condición de tu abuela. Y afortunadamente, el stent ayudará a estabilizar las cosas. Si no ayuda, entonces sabremos que algo más está pasando.

¿Es eso probable?

Podría ocurrir. Pero hablaremos de eso cuando llegue tu mamá.

Y como la nieta buena y responsable que soy, iba a explicarle todo a Abue, pero entonces ella nos interrumpió diciendo: ¡Está bien! ¡Todos para afuera! Basta de charlas triviales. Me gustaría estar sola. Luciana, ve a ver qué traen para cenar.

¿Otra vez? No. Espera. Estoy hablando con las enfermeras.

¡Ya no más! Se te van a ocurrir ideas locas como a tu mamá.

¡Y ni siquiera sé por qué me obliga a averiguar!

O por qué finge que se la va a comer.

La última vez que estuvimos aquí lloró porque dijo que la comida del hospital le recordaba a la mierda de cerdo. *Y a la cara de mi exmarido. Ay, Dios. Rápido. Llévensela.*

Entonces cuando le dije que no… y que, si iba a ser grosera, yo me iba a ir, me miró y me dijo: ¡Está bien! ¡Solo pásame el iPad y VETE!

Dios. ¡¿Qué te pasa hoy?!

No tengo ganas de hablar. Tengo la depresión y la presión arterial de un adolescente. No quiero que suba.

Bueno, lo que sea. Estoy agotada.

Me duele mucho, Luciana…

Lo sé. Me doy cuenta. Pero solo estoy tratando de ayudarte. Para que puedas mejorar.

¡Y eso me empeora!

¡¿Por qué?!

PORQUE NO PUEDO DARTE ESO.

Y yo estaba tan putamente brava.

Con todo.

Y contigo.

Que dije: A la mierda.

Voy a ir a *Ladies' Night* sin mirar atrás.

15

Y me cambias esa cara ya

—Ufff, hola. Voy a llorar.

¿Aló?

¿Estás despierta?

Sí. Aquí también son las seis de la mañana.

También tenemos relojes en esta dimensión.

¡Okey, perdón! Pensé que estarías despierta para hacer tus estúpidos ejercicios.

No, no pasa nada.

Bueno, sí pasa.

Pero no con el stent.

Estoy en el hospital con Abue y van a iniciar el procedimiento en unas horas. Pero algo realmente triste pasó mientras yo no estaba…

Sí. Abue dijo que Luisa llamó y le contó que una de sus amigas de la infancia, una mujer llamada Nela, se había muerto de un infarto la noche anterior.

¿Qué?

Y parecía que Abue estaba… realmente afligida.

No quería que estuvieras aquí cuando recibí la llamada, Nana. Lo siento. Por eso traté de sacarte. Luisa me dijo que alguien había muerto… solo que yo no sabía quién. Pero esto no me lo esperaba. Nela había sido mi única amiga de verdad en la infancia… No puedo creer que no supiera que estaba enferma.

Espera. ¿Cuándo fue esto?

Falleció anoche. Pero fue mi mejor amiga hasta que cumplí dieciséis años. Los primeros meses después de que le dispararan a mi padre.

Yo sé. La historia es todavía más trágica.

Abue me explicó que había oído de Luisa, que había oído de otra de sus hermanas, Ileana, que había oído de otra persona de su ciudad, que Nela estaba en el hospital por complicaciones de una afección cardíaca. *Querían que yo supiera. Para que me despidiera.* Pero cuando el juego de teléfono roto llegó a Abue, Nela ya se había muerto.

Lo siento mucho, amiga.

Y Abue dijo que cuando Luisa finalmente llamó y le contó la noticia, todo su cuerpo entró en *shock. Mi pecho, Nana. Todavía me duele.*

Luego me dijo, entre lágrimas, que pensaba que su corazón "acababa de estallar en pedazos". *Como si una parte del músculo se estuviera derrumbando.*

Dios. ¿Te está dando un infarto también?

Creo que…

¡ENFERMERA!

Y como nunca había oído a Abue decir algo así de vulnerable en mi vida, yo también estaba un poco en *shock. ¿Abue? ¿Puedes oírme? ¿Qué está pasando?*

Cuando las enfermeras confirmaron que estaba bien, decidí que el momento de hacer que Abue abriera su corazón era ahora o nunca.

Y poco a poco, Mari... ella hizo precisamente eso.

SÍ. Abue me dejó saber sus sentimientos REALES y auténticos.

Fue... extraño.

Bueno, primero me enteré de que Nela y Abue habían sido como hermanas durante la infancia. *Ella no tenía ninguna y yo era mucho mayor que las mías.* Tanto es así que, si Abue cierra los ojos ahora y piensa en eso, puede imaginarse la casa de su infancia con sus numerosas habitaciones y puertas abiertas. Y todas están ocupadas por Nela. *Y su risa gigantesca.*

Qué lindo. ¿Cómo era Nela?

¿En aquel entonces? Era divertida y valiente. Medio parecida a ti. Siempre me hacía reír. Pero muy obediente al mismo tiempo. Las monjas del colegio la adoraban por eso.

Abue luego dijo que en los primeros recuerdos que guarda en su memoria, tiene alrededor de cinco o seis años. Y su mamá está embarazada de Ileana, su primera hermana. Pero que su padre está vivo y tiene un trabajo estable. Y pasa la mayoría de las noches en la casa con su familia.

En ese momento todos éramos... ¿felices?

¡¿Felices?!

Es difícil imaginarlo, pero estábamos felices. Cuando éramos solo los tres. Antes de que llegaran todos los problemas. Nela vivía a pocas cuadras, entonces pasábamos días enteros en la casa de la otra. Nos encantaba correr, cantar, bailar y pintar. Andar en bicicleta por el río los fines de semana. Jugando a las escondidas en el barrio después del colegio.

Parecía que… ¿las cosas estaban bien?

Y como TAMPOCO había oído a Abue decir algo positivo sobre su infancia jamás… yo solo miraba al techo en estado de *shock*.

¿Me estás contando esto porque crees que podrías morirte?

No… Es que es extraño. Todos los que están en ese recuerdo se han ido. Nela era la única que quedaba. Y ahora estoy aquí. Como la única que puede recordar.

Creo que Abue también se sorprendió a sí misma.

Porque parecía que también escuchaba eso por primera vez…

Hasta extendió las manos y dijo: ¿No es una locura? ¿Qué de todo eso, surgiera esto?

Se reproduce muy lento en mi cabeza. Cuando pienso en eso. Mi infancia y esas habitaciones. En algunos recuerdos hasta estoy jugando afuera con Nela y Fernanda, que nos rocía con la manguera mientras saltamos. Todo es perfecto a nuestro alrededor. Vivo y cautivador. Cálido, húmedo y de un verde vivo. Incluso Fernanda nos preparaba esta limonada dulce. De caña de azúcar. Aunque a veces tenía que irse adentro cuando le dolía la barriga. Porque los bebés empezaron a aparecer en la escena.

En otras habitaciones somos aún más felices. Estoy sentada en el regazo de papá en la mesa. Y Nela está en una silla a mi derecha. *Nos reímos porque nos cuenta historias sobre vacas y gallinas y luego se tira al suelo solo para hacernos sonreír. Me encantaba todo en aquel entonces. Él estaba en la casa todo el tiempo.*

En los últimos recuerdos, Nela y yo estamos más grandes. Y nos dejan caminar solas al colegio. Pero aun así siempre hacíamos una pausa. Cada vez que pasaba el bus. Juntábamos las manos por seguridad, muy apretadas. Pensábamos que era ruidoso y aterrador. Y nos recordaba a nuestros hermanitos llorando… También hablábamos de lo malas que se habían vuelto nuestras mamás en aquel entonces. Qué distantes y extrañas se sentían. Y cómo se cansaban tanto y se enojaban tanto que sus ojos se quedaban atascados buscando algo que no estaba ahí.

Abue entonces susurró: Nunca pienso en esos tiempos. *Es mucho más fácil olvidar.*

De eso me doy cuenta… Esta es la primera vez que oigo hablar sobre eso.

Pero luego me preguntó si creía en el cielo, jaja.

Eres inteligente. ¿Qué opinas? Tengo que saber adónde vamos.

Y le dije que no estaba segura.

Pero que Luisa me había enseñado más sobre la reencarnación y que pensaba que el concepto de regresar como otra persona era muy bonito.

Tendría cuidado antes de creer cualquier cosa que diga esa mujer, Luciana. Te venderá un sueño. Y es una pena. En realidad. Porque siempre pensé que algún día ella crecería y sería la mejor de nosotras. Pues era la más inteligente y la más joven.

Pues, ¿sí ves? Si es tan inteligente, ¡tal vez tiene razón sobre lo de la reencarnación!

Tal vez… Si es así, me gustaría volver como la princesa Diana.

Así no funciona, jaja.

Porque le dije a Abue que había leído en Internet que, al reencarnar, se puede seguir conociendo a las personas que ya se conoce, una y otra vez, en cada vida. Porque cuando morimos, nuestra alma encuentra maneras de regresar con las otras. *Siempre.*

En diferentes cuerpos, por supuesto. Pero nuestro corazón siempre es el mismo.

¡Así que tal vez existe la posibilidad de que puedas volver a ver a Nela!

Entonces pensé que es un consuelo saber que aun si todos morimos, tendremos la oportunidad de volver a vernos. Al menos una vez más. *Hace que todo parezca menos triste y definitivo.*

Pero Abue dijo como: Eso es raro… no pienso en que las personas que odio se mueran y regresen. Pienso en ellas como congeladas en el tiempo y en la muerte, para siempre. *¿Por qué algunas cosas no deberían ser tristes y definitivas?*

Acabo de decir que volverían como otras personas, amiga. Probablemente ni las reconocerías.

Sí las reconocería. Mi espíritu lo sabría.

Sí. Supongo que tienes razón. Ese es el punto.

Después de eso, finalmente me armé de valor para preguntarle a Abue por qué ella y Nela se habían dejado de hablar. Esperaba oír alguna mierda de telenovela trascendental. Pero la verdad fue mucho más silenciosa.

No es una buena historia, Nana.

No importa. Igual quiero saber.

Abue me contó que tan pronto sucedió lo del asesinato de su papá, hubo muchos rumores circulando por ahí. *Que no estábamos a salvo. Y que estábamos involucrados con gente mala.* Entonces lo mejor era que todo el mundo mantuviera la distancia. *En especial los niños.* Y desafortunadamente, la familia de Nela sintió miedo e hizo exactamente eso.

Sus papás la hicieron ir un día a nuestra casa para decirme que nuestra amistad había terminado. Les preocupaba la seguridad en nuestra casa. Sin mi papá y por su culpa. Nos rompió el corazón a las dos. Pero no había nada que pudiéramos hacer... Nela lloraba. Y Fernanda casi ni me deja llegar a la puerta.

Fue triste, sí... Pero Abue me dijo que, con el paso de los años, cuando ambas habían crecido y dejado sus hogares, ella encontró la manera de volver a hablar con Nela.

Una mujer en el supermercado me dio su número. Me dijo que Nela acababa de mudarse a un apartamento al otro lado de la ciudad. Yo no podía creerlo. Estaba muy feliz de pensar que podría verla de nuevo.

Y aunque su encuentro fue emocionante al principio y Abue sintió que su vínculo especial se fortalecía poco a poco, con el tiempo sus conversaciones se volvieron demasiado dolorosas. Nela tenía una vida plena y una familia. Y parecía que había decidido seguir adelante. Mientras que Abue todavía se sentía triste y sola. Tan perdida como cuando tenían dieciséis años.

Fue demasiado para mí volver a sumergirme en el mundo que me había abandonado. El mismo que se había llevado a mi padre... Y yo estaba brava con Nela. Otra vez. Por aceptar acabar nuestra amistad. Y no pelear por ella. Puede que parezca tonto ahora, pero así es como lo veía. Porque así ya fuera adulta y estuviera casada, no sabía cómo funcionaba el mundo. Entonces me inventé la mayoría de las cosas. Y le dije a Nela que volver a terminar nuestra amistad sería lo mejor.

Au... Yo sé.

Pero Abue dijo que Nela de verdad había entendido por qué Abue necesitaba un espacio.

Porque sabía que ella no solo era un recordatorio de las partes malas. Sabía que también era un recordatorio de las cosas buenas.

De todo el amor y la alegría que compartimos cuando jóvenes. Eso siempre fue lo que más me dolió. Nuestros recuerdos antes de la tristeza.

Entonces Nela y Abue acordaron dejar de hablar y finalmente Abue se mudó a Estados Unidos.

Cada una tuvo sus hijos y luego crecieron. Y cuando me vine aquí para ayudar a tu mamá, todo fue más fácil de olvidar. Esa otra parte de mi vida. Desapareció. Pero todavía pensaba en Nela a veces... Y en nuestra antigua vida. En especial en cómo cantaba, Nana. Tenía la mejor voz. Era la única mejor que yo en el coro. Algunos días, finjo que sigo cantando con ella.

Yo quedé como: Abue… man. Lo siento muchísimo. Estoy segura de que te hubiera gustado poder
haber dicho adiós.

No sé. Ya no sé nada.

¿Qué? ¿Qué quieres decir?

*Ahora siento la cabeza medio nublada. Y todas mis deci-
siones han sido las equivocadas.*

*Okey, ¿qué tal si te quedas aquí conmigo? ¿Está bien?
Para que no te pierdas. Y cuando volvamos a casa, me puedes
contar. Pero por ahora, salgamos de esta parte. Y agradezca-
mos a Dios que estás bien.*

¿Por qué? Dios no quiere tener nada que ver conmigo.

*¡Conmigo tampoco entonces! Podemos ahogarnos juntas
en sus llamas.*

Luisa llamó justo en ese momento para ver cómo
estábamos… Lo que estuvo bien.

Porque estaba a punto de decirle a Abue que ella y
Nela probablemente estaban enamoradas.

Dios, ¡es un chiste, jaja! Cálmate. Jamás le diría eso.

Eran muy buenas amigas y ya, ¿no? Emoji que pica
el ojo.

Ay, por favor. Sé que a ustedes las chicas, les encantan sus amistades homoeróticas. He visto las fotos.

No, sí, seguro… También me encanta cabalgar a
mis amigas.

Mari: Amo a mi abuela. ¿Por qué carajos le diría
que soy gay?

Y estuvo bueno el cambio de tema, por cierto. No
creas que no me di cuenta.

No, man. No hay manera de que la pierda antes de lo necesario. No voy a arriesgarme a ESO.

Además… No tengo ganas de gastar el que probablemente sea nuestro último año juntas "procesando" nada.

¡Así sea la cosa más sencilla del mundo! Lo que sea. Aquí tengo que elegir mis batallas.

Bueno, seguro… tal vez… pero así a ella no le importara, igual sabría cómo funciona el resto de ese mundo. ¡Y no estoy tratando de que ahora también le dé un ataque al corazón!

Y solo porque Abue esté compartiendo sus sentimientos, Mari, no significa que sea seguro compartir los míos.

Aunque esté loca, sigue siendo CATÓLICA.

¡Tengo que estar alerta al menos con eso!

Así que no te atrevas a decirle nada a mi mamá sobre esto, ¿bueno?

Porque estoy progresando poco a poco con Abue. Y no necesito que ni tú ni nadie lo arruine.

Lo digo en serio, man.

No hagas que me arrepienta de haberte dejado volver a entrar.

Okey. Bueno. Dicho eso, debería volver para ver cómo está Abue. Veo que las enfermeras están caminando hacia su habitación.

Y también necesito ver cómo coños me veo… Porque el guardia no me ha quitado los ojos de encima desde que entré.

Sí. Y cuando regresé del bar anoche, hasta me preguntó: ¿Estás aquí para ver a alguien? ¿O estás aquí por ti?

Gran pregunta. Pero estoy aquí para ver a la luz de mi vida. Habitación cinco - diecisiete. Quinto piso. No se preocupe. Sé dónde es.

Lo que no era del todo justo. Porque ya estaba CONMOCIONADA por mi noche en *Ladies' Night*.

Pues Yessi y yo hicimos contacto visual accidentalmente mientras fingía esperar unos tragos en el bar.

Aj. Hablemos de esto más tarde, Nico. Acabo de regresar a la habitación y mi abuela todavía está despierta y mirando al techo.

Está bien, pero deja de sentir pánico. ¡Yessi no cree que seas un bicho raro! Era un chiste. Vas a estar bien.

¡Pero ni siquiera TOMO, man! ¡Ella sabrá que estaba esperando ahí para mirarla!

No sabía que iba a tener que controlarme más tarde para ESTO.

Eh, Yessi es mi amor platónico oficial de *Ladies' Night*, Mari. Te lo había dicho en un mensaje. Ella es la *bartender* de la foto que te envié.

Sí. Con la cabeza rapada. Y los *piercings*. La vi ahí por primera vez la noche del incidente del caimán.

No, no hablé con ella, jaja. Cálmate… Solo quería saber si ella estaba trabajando en la barra.

¡Y yo tenía mis Keds puestos, Mari!

¡Pues después iba al hospital!

Mi pinta gritaba: Menor de edad con identificación falsa por segunda vez. No: ¡Coño de primera!

Dios. Entonces, "¿qué pasó?", nada. Me doblé como si tuviera un dolor cuando ella me pilló mirándola desde el otro lado de la barra.

Nico dijo como: ¡Bebé! ¿Qué pasa? ¿Tienes cólico?

Algo peor. Yessi y yo nos acabamos de mirar a los ojos.

Ah. Entonces tenemos que ir a saludar.

Ni por el putas.

¿En serio? Se siguen en Instagram. Ella va a pensar que la estás acosando.

¡Estoy bien con eso!

"¡¿Por qué?!" ¡Porque me pongo nerviosa, Mari!

Ya no estoy en sexto grado, corriendo con la lengua toda azul por tratar de lamer árboles para llamar la atención. ¡Ahora estoy estresada las veinticuatro horas del día, los siete días de la semana! Acaso, ¿puedes IMAGINARME rodeada de viejas buenas?

A duras penas pude hablar con Sandra Bullock sobre un maldito tumor…

Mari. No. Tus amigas no eran guapas. Parecían clones sacados directamente de la fábrica de Mattel. Me gusta más la Barbie Ferreira.

Da igual, jaja. Voy a colgar. Tus amigas no me prepararon para una mierda. Y de repente me acordé por qué te había ignorado durante tanto tiempo.

¡Ah! Y mira esto. En el momento justo: mi mamá llegó y está caminando a la habitación de Abue. Increíble.

Juro que tiene los sentidos de Spidey que se activan cada vez que hablo de mujeres…

Es como su superpoder homofóbico.

Pero no tiene ni idea de lo que está a punto de meterse.

Porque Abue está lidiando con su propio drama de chicas en este momento...

¡Y tiene suerte de que la que le gusta no tenga Instagram!

¡Mierda! Se me acaba de caer el teléfono.

Aj. MALDITA SEA.

Se rompió.

¡¿Ves?! Me tengo que ir. Mi mamá afecta hasta el campo energético.

16

Haz lo que se te dé la gana

—¿Sí oíste, man?

¿Te contaron?

¿Mi mamá ya te llamó llorando?

No. No es sobre Abue.

NO, ¡Rosy no está muerta! No digas eso.

Es sobre MÍ, genia.

Sí, jaja.

Me afeité la cabeza.

Bueno, en realidad, me corté el pelo muy cortico. Pero por la forma como todos han estado actuando, pude haberme rapado.

¡Ay, vamos, Mari! No me digas mentiras. Sé que mi mamá y tú hablan mierdas en secreto.

Por lo que todavía estoy brava, por cierto, han pasado muchas cosas. Con el hospital y todo el asunto de Nela.

Así que tuve que restablecer la comunicación y ajustar mis prioridades.

Y ahora, en ESTA ocasión trascendental, necesito saber urgentemente si mi mamá te ha dicho algo.

¡SABÍA! ¿Qué dijo?

Dios. Es increíble.

Voy a estar borracha de poder.

¿Quién diría que rebelarse por algo tan poco relacionado con una parte fundamental de ti sería tan divertido?

¿Y fácil?

Ah, sí. Mi mamá ha estado gritando por eso durante horas.

¡LUCIANA! ¡¿Qué hiciste?! ¿Es un tipo de crisis mental?

Y cuando me vio por primera vez, estaba como: RÁPIDO, entra. No hables con NADIE hasta que lo solucionemos. *¡La gente va a pensar que está pasando algo en esta casa!*

Entonces tuve que mentirle y decirle que había estado pensando en hacerlo desde hace tiempo, solo para que se calmara.

Está bien, mamá… Relájate. He querido tener este corte durante meses. ¡Y este look *está de moda! ¡Es moda pura! Un nuevo comienzo para la primavera, como dijiste.*

NO. ¡¿Por qué te has cortado la cabeza?!

Pero la verdad es que lo hice por capricho.

Porque últimamente me siento putamente diferente.

Y ayer me desperté toda triste… Pensando en lo deprimida que Abue parecía, hablando de la única etapa de su vida que le gustó.

Entonces dije: A la mierda, man.

No quiero tener setenta y tantos y recordar los "buenos tiempos" que viví entre los cinco y los quince años. ¿Qué coños estoy haciendo? *Quiero que me guste quién soy ahora.*

Y decidí que no había necesidad de esperar.

Porque si no me gustaba mi pelo, y si quería VERME o SER diferente, al menos podría empezar ahora. A los dieciocho años. Al cortarme esa mierda de inmediato.

Mmm… No, jaja.

Abue no lo odió "técnicamente".

Solo que no sabe que fue la fuente de mi inspiración. Entonces estaba un poco confundida.

Dios mío, Luciana. Ten cuidado. Algunas madrigueras de conejos son demasiado profundas para salir.

¿De qué estás hablando?

Ese pelo. Lo que sea que te esté pasando. No te desquites contigo misma. Al menos hazlo profesionalmente…

Y BUENO, lo que sea. Sé que tal vez la cagué. Al cortármelo yo misma.

¿Pero pensé que de verdad me veía bien?

¿Y que finalmente me estaba viendo a mí misma por primera vez?

¿Como si tal vez ahora hasta pudiera DISFRUTAR mis días en esta tierra?

Pero mi mamá dijo como: ¿Por qué? ¡Te pareces a Pablo Escobar!

Jajajaja.

¿Por qué te ríes? Mató a cientos de personas y destruyó nuestro país.

Porque tienes razón. Me parezco un poco a él.

No, en serio, Mari. Esa mierda la golpeó fuerte, jaja.

Hasta lo mencionó durante mi sesión de asesoramiento universitario esta semana.

Estábamos sentadas con la señora Daniels, mi consejera, que estaba hablando de lo amable, valiente y franca que soy. Y de cómo quería "mostrar todo eso" en mis aplicaciones. *Así Luciana solo esté aplicando a universidades que la aceptarán al cien por ciento.* Porque a pesar de que Broward y Dade son buenos prospectos, y que tenemos hasta mayo, ella adorablemente quiere asegurarse de que yo todavía me "destaque". *Entonces, señora Domínguez, ¿tiene alguna historia buena de su hija sobre la que yo pueda escribir?*

¡Lo que me pareció realmente tierno!

Pues nunca imaginé ningún "proceso universitario" que resaltara algo "BUENO" sobre mí.

Pero mi mamá arruinó el momento diciendo: Bueno, señora Daniels, debería ver su habitación. Y escuchar la forma como me habla.

A lo que la señora Daniels dijo: Bien, pues nadie es perfecto, señora Domínguez. Todos estamos aquí para aprender y crecer.

Entonces mi mamá la finalizó con: Sí, eso lo podemos ver ahora con su pelo nuevo.

Dios. ¡Es solo pelo, mamá! ¿Podrías parar?

No. Esto no me hace ninguna gracia. Es tu vida. Tu

mensaje al mundo.

¡Bien, entonces! Este es el mío.

Está bien. Estoy sorprendentemente bien.

Pensé que las rabietas de mi mamá me afectarían más… Pero supongo que esto es lo que pasa cuando te vuelves PUTAMENTE GUAPA.

Es un chiste, jaja. Cállate.

Solo sé que la reacción de mi mamá en verdad no tiene nada que ver conmigo, sino con el nuevo problema capilar de Abue. Así ella no lo admita.

Espera, ¿qué?

¿Mi mamá no te ha contado?

Guau. Increíble. Ustedes dos solo tienen tiempo de hablar mierda sobre mí, ¿no?

Bien. A Abue se le ha comenzado a caer el pelo en parches. En la parte de atrás de la cabeza.

Y los médicos dijeron que se debe a algún efecto secundario extraño y retardado de toda la anestesia de sus dos cirugías. *Estuvo bajo los efectos de esa primera durante mucho tiempo. Puede que este segundo procedimiento haya alterado sus hormonas.* Pero cosas como esta eran de esperar mientras se recuperaba, y no es nada de lo que debamos preocuparnos.

Sin embargo, no podemos dejar que ella se entere.

Porque mi mamá no quiere que se preocupe.

¡¿Otra vez, ma?! ¿Con esa mierda de no contar cosas?

Esto es grave, Luciana. No puedes llamar la atención sobre su pelo. Y me doy cuenta de que estás pasando por algo… pero necesitas escucharme un ratito más. Tu abuela al fin se siente mejor físicamente. Y muy pronto tenemos una cita para hablar sobre su quimioterapia. Entonces no puede sentir que se está enfermando más o no considerará nada de nada. ¡Y es hora! ¡El stent ya ha retrasado bastante todas las cosas!

¡Pero pensé que habías dicho que estaba bien! Y que solo había sido un efecto secundario de la cirugía.

¡La realidad no le importa en lo más mínimo!

Síp. Bingo. Mi mamá quiere mantener la ilusión de que todo está bien y progresando saludablemente, para que Abue al fin pueda pensar en sus opciones de tratamiento con una "mente positiva y clara".

Y esta vez, trágicamente, estoy de acuerdo con ella.

Lo que, ya sé, es otro cambio drástico por aquí.

¡Pero han pasado como cuatro o cinco meses desde la cirugía de Abue! Entonces estoy de acuerdo con que debemos avanzar en el proceso.

En especial si vamos a tener que luchar contra la decisión que Abue ya tiene en la cabeza…

Pues, obvio, Mari.

Ella no ha dicho nada en absoluto sobre la quimio-terapia. Sin embargo, mi mamá está esperando para atacar con esta desde el margen.

¡No, el stent salió bien! Entendiste mal.

Lo necesitábamos para que bajara la hinchazón del estómago de Abue, y está funcionando.

Llevamos como dos semanas y ya se siente mucho mejor.

Bueno, sí, además de lo del pelo. Pero ella todavía no sabe. Y, sinceramente, Abue ha estado bastante serena y reservada desde la noticia de su amiga.

Casi ni quiso asistir al funeral por Skype…

Sí, jaja. El de Nela.

Tuve que convencerla como cinco veces de que podía unirse sin usar la cámara.

¿Pero y qué pasa si me ven?

¿Cómo, Abue? La cámara está apagada.

¡Sabrán que estoy ahí! ¡En esa cajita! No puedo permitirlo. No he hablado con estas personas en décadas.

¡Solo aparecerá tu nombre en esa pantalla negra! Ni siquiera tenemos que usar una foto. Además, si te hablan, yo voy a estar aquí.

Ah, genial. Entonces el cura te podrá ver el pelo y nos echará del funeral. No. ¡Solo me uniré si cambias mi nombre de Skype a Gloria Estefan!

Y la falsa de Abue estuvo todo el tiempo concentrada en examinarle la cara a todos los demás… Se pasó cada minuto del funeral investigando las fotos de sus excompañeros de clase… A pesar de haber estado de luto y llorado por su amiga Nela durante semanas.

Entonces, como puedes adivinar, no logró sanar ninguna herida.

¿Podrías tomarle una foto a la pantalla, Luciana? ¿Con tu teléfono? Necesito repasar a toda esta gente más tarde. Están pasando muchas cosas. ¿Crees que esa persona está en un apartamento? ¿O en una casa?

Y cuando le pregunté a Abue por qué la familia de Nela estaba transmitiendo en vivo el funeral, me dijo: ¿Porque la iglesia cobra por asiento? ¿Y es muy pequeña? *Te dije que era popular, Luciana.*

¿En serio? ¿Acaso eres una gringa descerebrada?

Entonces, de hecho, a pesar de estar más "serena" últimamente, Abue sigue siendo la misma. No tienes de qué preocuparte.

Bueno. ¿Podemos cerrar la sesión? El padre lleva como dos horas cantando la misma canción. Me arrepiento de haber insistido en que nos uniéramos.

¡Apréndete las palabras! ¡Tienen un mensaje hermoso! Pero primero haz zoom aquí. Quiero ver los fondos de todos. ¿Crees que ese es su novio o su hijo?

Y luego, como si no estuviera teniendo el mejor sábado de mi vida, después del funeral de Abue por Skype, mi mamá nos llevó a probar un nuevo restaurante vegano.

¡Va a ser divertido! ¡Vamos! Ustedes dos han estado viendo pantallas TODO el día.

Lo que no me pareció tan grave, pues al menos con la cabeza rapada encajaba en el restaurante vegano. Pero justo cuando entramos, Abue comenzó a protestar.

Sí. Estaba toda: ¡Guácala! ¿Por qué estamos aquí, Elena? ¡Soy carnívora! ¡Yo cazo! ¡Necesito comer algo más que una simple flor! ¿Y esto qué es? ¿No debería estar Jaime en el trabajo? ¡Pensé que en este lugar no se permitían animales!

Es domingo, Emilia. Y estoy sentado aquí mismo.

Yo sé. Eso acabo de decir.

¡Pensé que podíamos probar algo nuevo, mami! Y pues esto parece ser... lo que la gente quiere... Pero esta comida te

hará bien. Es extremadamente importante para tu recuperación. ¿Podrías probarla? ¿Por mí?

Y el pobre mesero no sabía que nuestra mesa ya estaba exaltada... cuando mi mamá le preguntó por un tipo especial de leche de marañones. Pues había leído en Internet que supuestamente "ayuda con la función hepática".

Cuando respondió que no lo tenían, mi mamá le rapó el pitillo plástico de la mano y gritó: ¡¿NO?! ¿Y ESTO QUÉ ES? ¿NO LES IMPORTA NUESTRO PLANETA AGONIZANTE? *¿Y por qué harían algo como "Febrero de tofu frito"? ¡Suena asqueroso!*

¡Mamá! ¡Por favor! No puedes hablarle así a la gente.

Luciana, no le grites a tu mamá. Es un día difícil para ella.

¡Para mí también, pa! ¡Le está gritando a extraños!

Y luego Abue empeoró las cosas haciendo bolitas de papel. Y disparándolas hacia mi mamá a través del pitillo.

¿Por qué le gritas al mesero, Elena? Te enseñé a ser mejor que eso.

¿Yo? ¡Tú eres la que actúa como una niña!

¿Y qué? ¿Acaso el mundo no ama a los niños?

En un punto, Abue vació un paquete entero de sal en la bebida de mi papá, porque le preguntó por qué no quería probar nada.

Porque perdí mis años anteriores, Jaime. Y ahora me niego a sufrir otra vez. ¿De verdad quieres meterte en esto?

Entonces, obvio... las cosas estuvieron un poco tensas.

Y cuando volvimos a casa, Abue decidió lidiar con

todo corriendo derecho a nuestra habitación seguido de un portazo.

Síp. Como una adolescente emputada, jaja.

Como yo. Tan tierna.

Pero creo que se sentía un poco triste antes del cumpleaños…

Ya sabes cómo se pone Abue cerca de su cumpleaños.

Toda callada y sentimental… por esas únicas veinticuatro horas en todo el año.

Hasta pasó toda la noche revisando las fotos del funeral de Nela y de Colombia en su iPad.

Como una estudiante enamorada.

Bueno, no, no fue del todo tan *random*.

Últimamente está obsesionada con que quiere ir a un lugar llamado Valle de Cocora. Mira fotos todo el día en Internet.

Creo que estoy lista, Nana. Para volver.

¿A dónde? ¿Al hospital?

No, tonta. A Colombia. Cuando mi abdomen esté bien. Aquí, mira estas fotos. ¿No es precioso? Quiero volver a ver esas montañas… Y a tocar ese suelo. Solíamos ir mucho allá con papá cuando éramos niñas. Incluso con Nela. Corríamos por todo el valle y cantábamos. Mirábamos el amplio prado… y los árboles altos. Era tan grande, Nana. Como un sueño enorme. Te hacía sentir solitario, pero conectado con todo al mismo tiempo.

¡Y esto me pareció tremendo!

Pues ella nunca quiere levantarse y salir de la

habitación.

Y mucho menos visitar su país de origen…

¡Fue lindo verla así de vulnerable!

Y tal vez… reconsiderar conectarse con ciertas partes de su pasado, ¿sabes?

¡Además de que está otra vez entusiasmada con su futuro en general!

Pero, por alguna razón, mi mamá está convencida de que es el equivalente a dejarla darse por vencida y morir.

¿Cómo? ¿Al ayudarla a que se relaje? Esto es bueno, mamá. El stent la está haciendo sentir mejor. ¡Tú fuiste la que dijo que necesitaba salir de la cama!

No. Es una sentencia de muerte. Confía en mí. Se está ensimismando en su cabeza… No está bien.

Sí.

Mi mamá estaba como: Luciana, escucha. Sé que nunca me crees, pero tu abuela está loca y está perdiendo la cabeza. No creo que el stent esté funcionando. Si quiere viajar, ¡es porque hay algo MÁS que la afecta por dentro todavía!

Yo sé, jaja.

Pensé como: ¿Tal vez Abue solo quiere viajar porque está agradecida de estar viva?

¡Eso va en contra de la esencia misma de su ser! Y no va a ese lugar hace décadas: el Valle de Cocora. ¡Ni siquiera sabe de qué está hablando! Lo único que queda ahí ahora… son estas palmeras ancestrales y centenarias. Y son muy estimulantes, estoy de acuerdo, pero ella no sabe nada sobre estas. ¡Incluso

*hay un rumor que dice que son las más altas del mundo!
¿Te contó eso? Pensábamos que se habían extinguido cuando
la guerrilla se tomó el valle. Pero cuando se firmó el Acuerdo
de paz y se permitió que regresaran los científicos, encontraron
todo un valle de palmas de cera, completamente florecido. ¡E
intacto! Fue un milagro, de verdad. En cautiverio de la guerrilla, involuntariamente se protegió a las palmas del consumo
humano. ¿No es increíble? ¡Pero ahora crecen en todas partes!
Y no queda nada más. ¡¿Por qué querrá ir allá?!*

Dios. Ya no me importa. Solo deja de gritar. Mi cerebro ha
alcanzado su límite de Elena.

*¡No! ¿Crees que porque ahora tienes ese corte de pelo pue-
des hablarle así a tu mamá?*

*Jaja, ¿por qué te sientes tan amenazada por mi pelo? ¡Y tal
vez Abue simplemente está sintiendo nostalgia, mamá! ¿Por
su amiga y por su casi cumpleaños?*

*No. Esa es otra cosa, que me tiene muy preocupada. ¿Por
qué esta vez está tan feliz? ¿Y no las otras veces? ¡Por lo general nunca quiere celebrar! ¿Y ahora está sonriendo? ¡Me hacía
desconectar el teléfono en la casa todos los años!*

Pero… ¿creo que está bien? Honestamente.

¿Y que Abue solo está siendo ella misma?

Porque, ¿sabes qué?

Es asombroso que ese hecho al fin me reconforte.

17

Auxilio

—Eyy.

¿Ya llamaste a Abue de cumpleaños?

Sí. Está sentada abajo.

Con su pinta de cumpleaños completamente blanca. Esperándote.

Como un angelito tetón que se prepara para su regalo.

¡Entonces, apúrate! Eres como una de las tres únicas personas que ella deja que celebren su cumpleaños.

¿Qué?

¿No?

No te he estado ignorando "otra vez".

Por qué me preguntas eso…

Mari. Te dije que mi teléfono se dañó y ahora estoy tratando de dormirme temprano.

Algunos sí tenemos que TRATAR de entrar a la universidad, ¿te acuerdas?

Sí. Incluso en las que tienen admisiones continuas. Deberías tratar de no sonar tan condescendiente.

Las aplicaciones no son sino hasta dentro de unos meses, ¡pero igual tengo que concentrarme!

La consejera estudiantil últimamente me ha estado acosando por los ensayos para la aplicación, y las dos sabemos que solo puedo hacer una cosa a la vez.

No, Mari… El hecho de que no hayas tenido noticias nuestras no significa que Abue esté otra vez en el hospital. Cálmate. Vuelve a "terapia" y supera tus pesadillas de Irma.

¡OJALÁ ese fuera mi mayor trauma!

Mi adrenalina se ha disparado noventa veces más desde el huracán.

Dios… ¿Estabas seriamente preocupada?

Guau. Es increíble. Abandonar a tu familia de verdad ha hecho que ahora sí te importe, ¿no? Quizás el universo está funcionando.

Pero oye, ¿estás en los dormitorios ahora mismo?

Porque, de hecho, tenemos algunas cosas que necesitamos conversar. Según nuestro nuevo contrato de hermanas actualizado.

No, no. No con el viaje de fantasía de Abue a Cocora. Eso no se ha confirmado todavía, jaja.

Se trata de la "salud" de Abue… en términos emocionales.

Sí. Te dije que te llamaría cada vez que tuviera una actualización de la salud Abue y pues, bueno, tengo una.

Que he estado absolutamente evitando pensar. Debido a los problemas de capacidad de atención en los ensayos universitarios mencionados anteriormente.

Pero ahora que ambas estamos aquí, creo que deberíamos conversarlo.

Porque, eh, la muerte de Nela el mes pasado ha soltado una avalancha.

Sí. Y más específicamente: Abue al fin me contó lo que pasó entre ella y Fernanda…

A-já…

Se me pone la piel de gallina otra vez ahora que lo digo…

Y, por cierto, si sueno tranquila ahora es porque todavía estoy en *shock*.

Porque la historia real es mucho más complicada que lo que todos creen.

Y creo que Abue solo me contó porque oír sobre la muerte de su amiga… la hizo pensar en cuando era feliz y toda esa mierda. Y el haberse conectado con esa parte de su cerebro fue como un despertar.

Además de, sí, afrontar su propia mortalidad. Con la llegada de su septuagésimo sexto cumpleaños.

Porque eso es exactamente de lo que quiso hablarme primero.

Su puta última voluntad y testamento.

Luciana, ven. Cierre la puerta. Quiero asegurarme de que haya un registro de todo. Para que nadie me la pueda quitar. Así me muera.

¿Quitarte qué?

¡Mi vida! Siéntate. Necesito que escribas esto. Saca tu cuaderno. No sé cuánto tiempo nos queda. ¡Setenta y seis campanazos a medianoche! Pero apaga tu teléfono. Por favor. Me van a volver loca todos esos piticos.

Fue… así no fue como pensé que sería mi día.

En especial, porque Nico me había texteado como cinco veces distintas para que fuéramos al centro comercial a probarnos los nuevos coloretes de Rihanna. *¿Creo que estoy ocupada?*

Pero es FENTY, Luciana.

Yo sé.

Y es—

¡Lo siento! ¡Mi abuela está diciendo vainas locas otra vez!

Ah, y antes de que preguntes y me des mal genio, no, el carro no va a ser tuyo.

Perfecto. ¿Es para mí?

No.

¡Pero ni siquiera manejas, Abue!

No importa. Tengo otros planes.

No te puedes estirar la cara otra vez. Medicare se va a dar cuenta.

Esto es serio, Luciana. Nada de chistes.

En todo caso, ¡el carro debería ser para mí! Después de cortarle las asquerosas uñas de los pies a Abue. Y afeitarle las aterradoras partes del cuerpo que ella no alcanza. ¡Me merezco el Nobel!

Pero cuando le pregunté por qué quería que yo, una niña de dieciocho años sin educación escribiera su maldito testamento oficial, solo me dijo: ¡Dios mío! ¡¿No puedes hacer nada?! ¡Basta de preguntas, pequeña!

Entonces, como te podrás imaginar, en cuestión de segundos ya estábamos peleando.

¿Por qué estás toda jorobada? Eres demasiado joven. Se te van a caer los senos.

¡Porque me acabo de despertar! No me esperaba todo esto.

¡Yo tampoco! Únete al club. ¿Y qué tienes puesto? Has dormido con esa camiseta durante una semana.

¿Es mi camiseta de piyama?

¿Y? No tienes que actuar como si quisieras que te enterraran con eso puesto.

Sigue así y lo pondré en tu testamento.

Y ni siquiera sabía por dónde empezar… tuve que buscar en Google "PLANTILLAS LEGALES DE TESTAMENTO", lo que se sintió putamente horrible… Y cuando le mostré a Abue las diferentes opciones, empezó a volverme loca con sus: Mmm, aj, no, tal vez, mmm.

Porque la única jodida plantilla que le gustó fue este documento legal de veinticinco páginas. Que, estoy segura, proviene de una página web falsa que intenta estafar a las personas mayores para quitarles su dinero.

No, Abue. Este no cuenta.

¿Por qué?

Tiene un borde de flores.

No entiendo.

Yo sé.

Después de eso, solo dije: olvídalo. Sin plantilla. Voy a abrir un documento de Google y empezaré a escribir.

¿Podríamos agregar nuestro propio borde de flores al final?

No.

Y esa mujer, Mari… me la soltó CON TODA.

SÍ.

Comenzó a declarar dramáticamente un montón de cosas sobre su dignidad y sus hijos. Y que no debía haber peleas, porque todo debía dividirse equitativa y amistosamente. Pues tenían que recordar que el dinero podía destruir una familia.

¿De qué plata estás hablando?

¡Exactamente! Esto les enseñará una lección.

Y que, de ninguna manera, bajo ninguna circunstancia, algo de lo que alguna vez ganó o tiene bajo su nombre legal, Emilia Molina Serrano, podría ser entregado a sus tres hermanas: Luisa, Bárbara e Ileana.

¿Hasta Luisa? Pensé que ya nos gustaba otra vez. ¿Ni un poquito?

¿Desde cuándo? Y ella no tiene por qué recibir nada. ¿No fuiste tú la que me enseñó que "podemos perdonar, pero no tenemos que olvidar"?

Tampoco el nombre de su madre, Fernanda Ortega Molina, debe pronunciarse jamás ni en su funeral ni en relación con ella, desde el día de su muerte en adelante. Amén.

¿Podrías repetir eso? Bájale al manoteo esta vez.

Lo que me pareció bastante chistoso… y también el final.

Pero entonces Abue se giró hacia mí lentamente y dijo: ¿Estás lista? Porque te voy a decir por qué. *Cuando muera, no quiero que la verdad se vaya conmigo.*

Y me salieron ronchas… por todas partes, man.

Como en cada puto rincón del cuerpo.

¡Porque sí, Mari! ¡Soy lo peor para decir mentiras!

¿Cómo se suponía que iba a mentir y a fingir que no sabía las cosas que ya sabía?

Pero salió bien. Al principio entré en pánico por nada.

Porque Abue inmediatamente vio el miedo en mi cara y dijo: Está bien, Nana. No tendrás que hacer nada. *Solo necesito a alguien que me escuche. Alguien en quien pueda confiar.*

Okey… Creo que esa persona puedo ser yo.

Y entonces comenzó a contarme.

Justo antes de cumplir dieciséis años, le dispararon a papá. Y entonces comenzó el resto de mi vida.

¡Y mi actuación también!

Porque cuando Abue dijo como: "Perdimos a papá y con eso llegaron muchos problemas económicos. Y como hermana mayor, se esperaba que yo ayudara". Yo tuve que decir como: ¿En serio? ¡Guau! ¡No me lo creo!

Sí. ¿Por qué estás hablando así?

¿Así cómo?

No importa. Pero es verdad. Me sacaron del colegio. Para siempre. Y me dijeron que tenía que cuidar a mis hermanas.

Lo siento mucho, Abue.

Está bien. No había otra opción.

Lo sé. Solo que lo siento.

¿Por qué? ¡Todavía no sabes nada! Necesitarás una piel más dura para oír el resto de la historia.

Y luego explicó la parte que ya sabemos.

Que después de la muerte de su papá, los hermanos biológicos de Fernanda entraron inesperadamente en la historia. Y le ofrecieron dinero a Fernanda a cambio de emplear a Abue.

Dijeron que ya tenía edad suficiente para trabajar. Y mamá les creyó. Pero ella solo quería que yo ganara dinero para la familia y aprendiera algo de disciplina como recepcionista en el centro de la ciudad.

Sin embargo, como ya sabemos... fue exactamente uno de estos medio hermanos, del segundo matrimonio del papá de Fernanda (un saludo al asesino y amante de primas: Héctor), quien le dio el trabajo a Abue y luego la acusó de robarle.

Los hermanos eran todos unos mentirosos... Le dijeron a mamá que me entrenarían. Y que me enseñarían nuevas habilidades. Pero eso nunca pasó. Solo querían tener una forma de controlar nuestros ingresos. Y de mantenernos calladas. Sobre algunas de las cosas que había hecho el papá de Fernanda.

¡Y ahí ya por fin pude dejar de actuar!

Porque Abue me contó que su medio tío, su nuevo jefe, el médico supuestamente "amable y generoso" que la había acogido como a una paloma herida, había intentado besarla un día.

¿PERDÓN?

Y fue su segundo error. Porque el primero fue esperar que yo lo aceptara sin más.

SÍ, MARI.

EN LOS LABIOS.

¡Su propio PUTO medio tío!

Yo quedé, literalmente, tan asqueada que ni siquiera pude hacer un chiste sobre el hijo del tigre que sale pintado...

Me voy a vomitar, Abue.

Está bien. Afortunadamente, giré la cabeza y me desaparecí. Pero ese fue el principio del fin para mí. Sabía que todo y nada habían sucedido.

Sí, genia.

¡Por eso hubo una pelea familiar!

¡Pero NO por las razones que crees!

Todo debió ser planeado. Porque el doctor me dijo que, si no sucedía ese día, sucedería al siguiente. Y al principio había sido muy amable conmigo. Siempre preguntándome cómo estaba y asegurándose de que supiera usar los teléfonos. Me decía que podía contar con él... Si alguna vez me sentía triste o sola. Pero él sabía lo que estaba haciendo. Porque yo tenía dieciséis años y todo mi mundo acababa de cambiar. Estaba triste y sola casi todo el tiempo.

Entonces, después de que el médico intentó ese acto ATROZ, Abue obviamente comenzó a faltar al trabajo.

Pero solo a escondidas.

Porque igual salía de su casa por las mañanas, pero iba a esconderse en el parque cerca de su antiguo colegio. Se sentaba y observaba a los niños jugar, y recordaba brevemente su antigua vida. Con la esperanza de volver a ver a Nela y contarle todo lo que estaba pasando.

En ese entonces no sabía qué hacer. Tenía miedo de alguna reacción en contra. Y de decirle a mamá. Porque sabía que nuestra familia necesitaba el dinero. Y estaba tan perdida… que hasta me preguntaba si había sido mi culpa que el doctor hubiera intentado besarme. Algún gesto o señal que había hecho sin querer. Algo que le hizo pensar que estaba bien hacer lo que hizo. Pero ahora sé que hubiera podido tener un cartel con luz intermitente que dijera "NO" y aún así él lo hubiera intentado.

Desafortunadamente, Abue no logró escapar a la situación escondiéndose en el parque por mucho más tiempo.

Porque unos días después, la despertó la policía… y el doctor en la puerta.

¡¿Por qué?!

Y según Abue, Fernanda estaba fuera de sí.

Nunca había visto ese color de furia en su cara.

Porque aparentemente LA POLICÍA le estaba diciendo que —oye esto—, acusaba a Abue de CHANTAJEAR al doctor. Que intentaba EXTORSIONARLO. Después de haber tratado de seducirlo varias veces. Por dinero.

Dios mío. Esto es mucho más oscuro de lo que pensaba…

¡LO SÉ!

En mi cabeza pensé como: ¡Coman mierda! Luisa me contó que te habían acusado de robar. ¡No que estaban diciendo que eras una TRABAJADORA SEXUAL MANIPULADORA!

¡A los putos dieciséis!

Y Abue hasta dijo que la policía le había dicho a Fernanda que como el médico "SENTÍA LÁSTIMA" por Abue, y porque "ENTENDÍA" que ella no era más que una "niña confundida y en duelo", les haría un favor y no levantaría ningún cargo.

Porque lo único que quería era que le devolvieran su dinero.

Y que Abue supiera que su comportamiento "no estaba bien".

Ay, yo lo hubiera apuñalado ahí mismo.

¡Yo debí apuñalarlo! Pero estaba en shock. *No paraba de mirarme las manos... y de buscar en los bolsillos de mi falda. Tratando de entender de qué dinero estaban hablando. A ver si tal vez lo había cogido por accidente. Todo eso mientras mi madre estaba ahí, paralizada... Como si al final me odiara. Y yo hubiera destrozado el último vestigio de dignidad que nuestro nombre tenía en esa ciudad.*

No Mari, jaja. No había ningún dinero perdido.

¡El doctor solo la estaba AMENAZANDO!

Quería que supiera que era poderoso. Y que sería mi palabra contra la de él si alguna vez le contaba a alguien algo sobre lo que hizo. Porque pudo haberme dejado ir. Pero quería que supiera que yo no era nada.

Y así, después de horas de buscar en toda la casa el dinero que no estaba ahí, el doctor anunció que finalmente estaba listo para irse.

Pero solo con la condición de que Abue prometiera no volver a acercarse ni a él ni a su oficina nunca más. Y que, si lo hacía, él mismo la metería en la cárcel.

Quería prometerlo, Nana… Lo prometí. Para hacer que todo desapareciera. Pero esa mañana algo me inundó. Ver a la policía irrumpir en nuestra casa. Porque no podía dejar de pensar en lo injusto que había sido todo; lo que me estaban haciendo. Y darme cuenta de lo impotente que todavía era para evitarlo. Entonces miré a los policías. Que ni siquiera lo habían interrogado. Ni tampoco me preguntaron mi versión de los hechos de ese día. Y tomé una decisión.

Luego, con toda la rabia en su corazón, Abue dijo: Seguro. Dejaré al médico en paz. Siempre y cuando él pague por el bebé que llevo dentro.

¿QUÉ?

Porque si él iba a difundir mentiras sobre mí, entonces yo iba a incriminarlo de vuelta.

DIOS. ASÍ ES LA MIERDAAAA.

Yo sé, man.

¡Literalmente corrí una vuelta celebratoria por la habitación cuando Abue me dijo eso!

Y luego por toda la casa, jajaja.

¡Luciana! SIÉNTATE. Tu mamá se va a dar cuenta de que algo no está bien si haces ejercicio.

¿Por qué siempre actúan como si eso fuera tan raro? Monto en patineta con Nico todo el tiempo.

Por favor. Sabemos que eso no es lo que haces en el skate-park. Pero no importa. Deja de moverte y ya. No quiero que nadie juzgue mis decisiones.

¿Decisiones? ¡Ese tipo te agredió y luego te acosó! Tenías derecho a protegerte.

Mi niña. No toda la gente ve el mundo de la misma manera en que lo vemos tú y yo.

Entonces, obviamente ESO llamó la atención de la policía.

Y complicó un poco más las acusaciones del médico.

Entonces Abue vio la oportunidad y duplicó su apuesta…

Les explicó a todos los presentes que ella no estaba "robándole" al médico, como él había dicho. Que en realidad ella simplemente estaba tomando el dinero que se le debía y lo estaba guardando para su bebé en camino, según el acuerdo paternal entre ella y el médico. Y que, si no le creían, podían llamar a la esposa y a los hermanos del doctor para corroborar. Porque todos estaban involucrados en esto.

Okey ¡Pero qué hijueputas! ¿No les perturbaba que fueras apenas una NIÑA?

¡Claro que sí! Esa fue la única razón por la que me pusieron atención. De lo contrario, ¡me hubieran dicho que era una puta! Y se sintió muy bien decir eso ahí… para recuperar parte de mi poder. Pero debí tener más cuidado. Porque era una familia poderosa y ese día me gané un enemigo. Estaba claro que había tocado un punto sensible y que su familia había pasado por esto antes. Porque él no quería que ni su esposa ni sus hermanos se enteraran de nada. Y un pedófilo sería algo muy malo para el negocio familiar. Entonces se fue… resoplando. Diciendo que deberíamos avergonzarnos de

la forma como lo habíamos tratado. Después de que lo único
que hizo fue intentar ayudar.

Pero al final obtuvo su venganza… Porque se aseguró de
que todo el mundo hablara de mí después de ese día.

¿Cómo así? ¿Por qué?

Quería enterrarme, Nana. Y casi lo logra.

Abue dijo que después de eso el médico había tomado medidas extremas para proteger su nombre y su
familia.

Que habló con los demás hermanos, y les dijo que
Abue había ido a la policía con esas acusaciones e historias falsas. Y que como estaba difundiendo rumores
sobre ellos por toda la ciudad necesitaban pararla de
alguna forma. Entonces usaron su influencia para inventar mentiras. Y cuestionar una vez más el carácter
de Abue, al decir que ella les había hecho lo mismo
a otros, y que conocían a muchos hombres que estaban
arruinados por eso y vivían avergonzados.

Me gané una mala reputación de la noche a la mañana, mi
niña. Lo único que se necesitó fue tres susurros para encender la
historia en la ciudad y verla arder por todo el lugar. Los herma-
nos y todos los demás apoyaron al médico, consternados por mi
comportamiento y descaro. Mancharon mi nombre para prote-
gerse y compartieron con todos sus amigos esa historia falsa sobre
mí. La niña sin padre que habían intentado salvar, que había
adquirido un mal hábito y que se había vuelto en su contra.

Y por alguna razón, a pesar de que Abue le había
contado a Fernanda la verdad y le había dicho que no
estaba EMBARAZADA, Fernanda no le creyó nada.

No le importó que Abue hubiera hecho lo que hizo para protegerse. Solo le importó que la policía apareciera en su puerta, y que ahora ella y sus hijas sentirían vergüenza toda la vida.

Entonces, cuando los rumores sobre Abue fueron demasiado fuertes en su iglesia y en el supermercado, Fernanda regresó a casa y decidió que era hora de hacer que todo desapareciera.

Me dijo que yo era una historia de fantasía fracasada. Y dijo que había oído historias sobre mí por toda la ciudad. Y que no importaba si eran ciertas o no. Porque después de lo que yo había hecho, ella finalmente lo había perdido todo. La esperanza de un buen futuro. Y la única familia real que alguna vez había tenido.

Dios… ¡Está obsesionada con los hermanos!

Sí. Buscaba su aprobación. Desesperadamente. Y que todos supieran que ella no era el tipo de madre que criaba a una niña de esa manera.

Entonces Fernanda dijo: ¡Está bien! Creo que ya sé qué hacer.

Si mi hija tiene edad suficiente para ser trabajadora sexual —o al menos pretender ser una—, entonces tiene edad suficiente para afrontar las consecuencias como una adulta.

Y mandó a Abue al puto sótano, man.

Fernanda se dijo a sí misma que si nadie podía verme, los rumores se acabarían. Y yo ya no iba a poder escaparme, con más planes de robo o de seducción. Porque era su deber de madre proteger a la ciudad de mí. Y a mí de mí misma. Entonces solo me dejarían salir durante el día. Para cocinar y limpiar. Y cuidar a mis hermanas. Pero dormiría y viviría sola ahí. Sin poder irme. Aislada del resto del mundo, hasta que todas las historias sobre mí se extinguieran. Y dijo que el tiempo que tomara, era por mi culpa.

Sí, yo también estoy furiosa, Mari...

CRÉEME.

Porque pensaba como, ¿Es en SERIO, Fernanda? Tu hija está luchando para que la vean como realmente es, ¿y tú simplemente la mandas al CALABOZO?

¡¿Qué es esto?!

¡¿Nuestro puto cartón de bingo familiar?!

Si la hubieras conocido, no estarías tan sorprendida. Aunque yo nunca hubiera dejado que se te acercara. Pero ella no entendía ni los sentimientos más elementales... En especial cuando otras personas hablaban de nosotros. No sé cómo más explicarlo.

Síp. Es correcto.

No fueron "los hermanos" quienes le habían dicho a Fernanda que se deshiciera de Abue. Como me había dicho Luisa.

¡Fue la MISMA Fernanda quien ideó ese plan! En un gesto para demostrar su lealtad, tiró a Abue ahí abajo como un cordero de sacrificio.

¡Y lo peor de todo es que funcionó!

Abue dijo que cuando Fernanda la encerró, los hermanos quedaron impresionados con su lealtad y continuaron con su "contribución" financiera y su "apoyo" emocional.

¡¿Por qué nunca le has contado esto a Luisa?! ¿O al resto de tus hermanas?

Fernanda fue diferente con ellas… No sé por qué, pero así fue. Las escuchaba y era más suave con ellas. Y después de todo lo que habíamos perdido, pensé que al menos ellas deberían tener a su madre. Nadie más iba a protegerlas.

Entonces, después de ESO, pensé: SIGAMOS con este maldito testamento, amiga. NUNCA se mencionará a ningún hijo de puta que alguna vez te haya traicionado. ¡Mientras yo esté viva!

Bien, ahora sí estás escuchando.

Pero dime que estás tomando agua…

O que al menos sigues sentada.

Porque Abue interrumpió mi fiesta justo ahí cuando dijo: "Y no se te olvide incluir a Roberto".

¿Roberto? ¿Tu exmarido? ¿Por qué?

EXACTAMENTE, MARI.

ME ALEGRO DE QUE ESTÉS IGUAL DE CONFUNDIDA.

Porque cuando yo pensaba como: ¿cómo así? ¿Pensé que habías dicho que mi abuelo alcohólico, ausente e infiel estaba muerto?

La respuesta de Abue sonó demencial: "¿Muerto para mí? Sí. ¿Pero muerto para el mundo? No sé".

COMO… ¿QUÉ?

¡¿QUIÉN ES ESTA MUJER?!

¡Invocando personas desde y hacia los muertos!

Y ni siquiera me di cuenta de lo putamente loco que sonaba… Hasta ahora que te estoy contando.

Porque cuando corrí escaleras abajo para preguntarle a mi mamá, ella me respondió con indiferencia: *¿Muerto? No. No creo. Pero quién sabe. Nos dejamos de hablar cuando yo era joven.*

Entonces ¿por qué carajos Abue me dijo que se había muerto como el año pasado?

Dijimos que PODRÍA morirse pronto. Porque habíamos oído que estaba enfermo.

Y cuando corrí escaleras arriba para preguntarle a Abue… cómo sabía si todavía estaba vivo… Me miró como si yo fuera la persona más idiota del mundo, y dijo: "¿Porque todavía es mi marido?, ¿y tienen que avisarme si se muere?"

Como… ¿A ver, Luciana? ¿Otra vez estás actuando como una puta imbécil?

Se me va a explotar la cabeza… ¿Por qué siguen CASADOS?

Y no debí pedir ningún tipo de aclaración.

Porque Abue entonces dijo sin muchos rodeos: "Para que nunca pueda casarse con esa zorra inmunda por la que destrozó a esta familia".

Amiga… eso suena un poco cruel. ¿Y por qué te importa si te engañó? Pensé que no querías estar con él.

¡Porque se eligió a sí mismo, Nana! ¡Después de todos esos años! Exigiéndome tener hijos. Después de tenerme siempre en esa casa. Sabía que yo sufría y era infeliz en nuestro matrimonio durante mucho tiempo… ¡Pude haber hecho lo que él hizo! Pero no lo hice. Me obligué a quedarme. Para él y nuestros hijos.

En ese momento pensé: ¿Qué carajos está pasando aquí, man?

¡¿Por qué te CASASTE con él entonces?!

Pero ahí Abue finalmente explotó.

Porque saltó de la cama y gritó: ¡Eso es lo que estoy tratando de explicar! ¡Que no tuve otra opción! Cuando me mandaron a ese sótano, tuve que buscar la manera de salir de la casa de Fernanda. Sin que ella, la policía o sus corruptos hermanos me persiguieran. Entonces decidí que tan pronto me dejaran estar arriba, me casaría con el primer hombre que se arrodillara. "Porque si la palabra de un hombre fue suficiente para encerrarme, entonces la palabra de otro iba a sacarme".

Oh-por-dios.

¡No me mires como si estuviera loca, Luciana! ¡Estuve ahí abajo durante casi un año! El aislamiento fue una tortura... Ni te imaginas cómo es. Ser tan joven y perder a la persona que más amas en el mundo. Sin tener a nadie cerca que te ayude. Mientras toda tu vida acaba de cambiar, en un instante. Necesitaba canalizar esa ira y tristeza en algo, Nana. Entonces se me ocurrió este plan.

Y Abue dijo que cuando Fernanda finalmente la dejó volver a vivir arriba, no pudo haber sido en un mejor momento. Porque Roberto y su familia acababan de pasarse a vivir a la casa de al lado.

Así comenzó la conquista de Abue por el matrimonio.

Lo siento, te creo. Es que todavía no puedo creer que ustedes dos se conocieran así.

¿Por qué? No era mucho mayor y vivía en la casa de al lado. Era ideal. Tienes que recordar que a mí no me permitían salir de la casa, Luciana. Él era mi única opción.

Y aparentemente, después de algunos primeros intentos fallidos por llamar su atención, Abue finalmente lo logró con solo mirarlo, jaja. Desde el otro lado del patio. Señalando esas pequeñas notas que le estaba dejando en las sábanas que colgaba para secar. Y supongo que Roberto debió darse cuenta rápidamente. Porque después de eso comenzaron a comunicarse en secreto casi todas las noches.

Le confié todo. Y le expliqué por qué necesitaba salir. Él era muy sensible y afectuoso en ese momento, y nos encariñamos rápidamente. Como nunca había tenido novia ni muchos amigos, dijo que me entendía, porque también se sentía solo a su manera.

Poco después, Abue le dijo a Roberto que se había enamorado. O lo que ella pensaba que era "amor", en todo caso. Él quedó tan desconcertado por su sorpresiva confesión que le propuso matrimonio esa misma noche. Dijo que no le importaban las advertencias de las historias de la chica que se acostaba con hombres por dinero. Nadie se había fijado en él antes y pensaba que Abue era hermosa.

Tenía veinte años. Y yo diecisiete.

Así que al día siguiente se escaparon para ir al juzgado y, con un anillo en el dedo, Abue por fin tuvo la autoridad legal para irse de la casa de Fernanda. Porque a los ojos de la ley, ahora tenía un nuevo responsable.

Mamá no mostró ninguna emoción al verme partir. Para ella, yo no era más que un problema con el que debía lidiar. Entonces yo me ocupé de mí misma. Lo único que me dijo fue que al menos mediante el matrimonio mi reputación sería respetable.

Y Mari, aquí es donde necesito que DE VERDAD me oigas.

Porque no estoy en absoluto preparada para ser tía.

Porque Abue dijo que, en lugar de salir y disfrutar de su nueva vida, pasó de ser esposa a madre sin dar espera. Descubrió que estaba embarazada de su primer hijo, Tío Iván, apenas unos meses después de casarse.

Estaba angustiada. Pensé que necesitaba complacer a mi nuevo marido. Por haberme sacado de esa casa. Pero eso lo arruinó todo… En aquel entonces no hablábamos ni de métodos anticonceptivos ni de interrupción del embarazo. Así que tuve que aceptar que mi plan de "escape" había terminado. Porque no podía correr. O abandonar a mi bebé. Me negué a ser una mala madre como la mía.

Entonces Abue dijo que no tuvo más remedio que formar una familia con Roberto.

Aunque eso no hubiera estado en sus planes.

Y que, con el paso de los años, Roberto empezó a sentir resentimiento hacia ella. Al darse cuenta de que para Abue su matrimonio había sido un simple medio para escapar. Porque quería que se quedara en casa y que siguiera teniendo hijos. Pero Abue solo quería encontrar un trabajo y que la dejaran en paz.

Me sentí mal al no poder ser lo que él quería. ¡Pero nunca hablamos de tener hijos! Tuvimos que pensar muy rápido.

Sobre cómo salir. Y luego, cuando nació el primer bebé, él no
quiso parar. Tenía esta imagen de cuento de hadas de la familia
perfecta en la cabeza… Y pensé en correr. O intentar separar-
me. Pero la forma como era con tu tío Iván no me lo permi-
tió. Porque me recordó la forma como mi papá había sido con
nosotras mientras crecíamos. Y cuánto lo había necesitado en
estos últimos años. Entonces, casi sin darme cuenta, nuestro
segundo bebé estaba en camino. Tu tío Tomás y su cabezota…
¡Y es una maldición, de verdad! Porque las mujeres de nuestra
familia pueden quedar embarazadas de solo pensarlo.

Sí, Mari. Abue dijo que ustedes son MUY fértiles.

Entonces tratemos de recordar eso los fines de semana, ¿vale?

Porque Abue dijo que después de tener al resto de sus
hijos, ya no quedaban en ella ni ira ni vida. No quedaba
ninguna parte de ella que alguien no hubiera tomado.
Porque después de vivir una vida definida y controlada
por otros, sentía como si ya estuviera muerta.

Dios, Abue. Qué depresión…

Sí. Pero durante un tiempo fue agradable no sentir nada.

Hasta que, obvio, Abue pilló a Roberto engañán-
dola con la vecina.

Porque eso sí que la despertó.

¡Ay, ese fue el punto FINAL de quedarme quieta y sufrir!
¡Cogí a los niños y me fui! Le dije que no se nos acercara o
huiría con ellos a las montañas y nunca más volvería a saber
de nosotros. Pero el imbécil ni se molestó… Solo me dijo que
sentía alivio de que nuestra vida falsa pudiera terminar. Y se
quedó con esa puta. Sin luchar jamás por verme a mí o a los

niños. Entonces yo necesitaba algo, Nana. Para nada, o para *todo. Y decidí seguir casada con él. Negándole el divorcio.* *Continué protegiéndome, financiera y legalmente, pero impidiéndole casarse con alguien más. Porque al final tendría que rendirme cuentas.*

Joder... amas la venganza más que yo.

¿Venganza? ¡Estaba ajustando cuentas!

No, ese es el final de la historia, jaja. No te preocupes. Fue exactamente ahí cuando yo también llegué a mi límite.

Tuve que decir como: ¡Okey, ya no más! Esto es una locura, ¡pero ya entiendo! Por favor, deja de hablar antes de que actives mi déficit de atención y se me olvide escribir todo esto. NO PUEDO volver a oírlo.

Buena idea. Los médicos dijeron que Roberto me sube la *presión arterial.*

Y cuando al fin terminé de escribir y le mostré a Abue el documento de Google, tuvo el maldito descaro de decir: Pero, Nana, ¿todo está en español? Estoy orgullosa, pero vamos a tener que quemarlo. Es muy detallado. ¡Y pensé que protegerías mis secretos en inglés!

No lo entiendo, amiga. ¿Por qué? ¿Por qué no puedes *contárselo a nadie?*

Pensaba que nadie me iba a creer... Y después todo se *volvió demasiado difícil. Para contarlo. Entonces dejó de importar. Después de muchos años. Y decidí seguir adelante con* *mi vida.*

Pero sí importa. Si estás sentada aquí ahora, contándomelo.

Sí. Parece que encontramos el lugar donde lo tenía todo acumulado. El tumor me la hizo bien, ¿no?

¡A la mierda el tumor! Se supone que debes vivir el resto de tu vida en paz. ¡Conmigo!

No, Nana. No te alteres. No te conté esto para que te sintieras mal por mí. Te lo conté para que pudieras entender. Por qué voy a querer lo que quiero.

Y luego me abrazó con mucha fuerza y me susurró: En este mundo, a la gente solo le importa cómo te ves. Y quiero que todo, todo este planeta, sea tuyo. Entonces, por favor, cuando me vaya, ¿prométeme que conservarás mi maquillaje?

Dioooos.

¡Es importante que ames cómo te ves, Luciana! Nadie va a amar eso por ti. ¡Así que no te quedes en el pelo! Continúa. Juega y diviértete con tu ropa. Ponte un poco de sombra de color verde brillante en los párpados. O algo de escarcha para ojos seductores. Píntate las cejas de rosado, ¡no me importa! Pero no rechaces el sentirte hermosa por culpa de tu mamá… Ella tiene buenas intenciones. Simplemente tienen gustos diferentes. Y tampoco son mis favoritos, pero tenemos que dejarla ser.

Eeeeh… Ese no es el único problema que tengo con ella. Pero, está bien. Por ti, lo intentaré.

Como… ¿qué se suponía que debía decir después de todo eso?

¿De una? ¿Voy a aprender a usar bien el delineador de ojos?

¡¿Mientras estoy sentada aquí con el maldito corazón en las manos?!

Dime, Mari.

Cómo se suponía que me iba a ir al centro comercial con Nico como si nada, ¿después de oír todo esto?

Y pensé que llamarte... me haría sentir mejor... Pero oír todo otra vez fue peor.

¡Porque sí!

¿Acaso es justo que una persona pase por todo eso E IGUAL termine en la sala de emergencias?

¿Cuál es el punto de intentar ser "bueno" o de hacer lo correcto? ¡Cuando todos los demás pueden SER LO PEOR y ESTÁN BIEN!

Porque ahora está claro que por aquí tus puntos de niña buena no te protegerán.

No.

A las perras simplemente se nos pide que vivamos nuestra vida por los demás.

A las perras simplemente se nos encierra en el sótano.

Creo que hablar de esto ya no se siente bien, Abue.

Está bien, Nana. Si me ves diferente ahora.

¿A ti? Te quiero todavía más. Soy yo y el resto de este lugar lo que tengo que descifrar.

18

Siéntate bien

—¿Mari?

¿Aló?

Guau… ¿Qué pasa?

No, no me va a dar otro ataque de ansiedad.

Estoy impresionada de que no me estés ignorando otra vez por culpa de una de tus amiguitas vagabundas.

Amigas, hermanas, da igual. La misma cosa.

Y sé que probablemente en este instante te estás echando bronceador en aerosol en las piernas para las vacaciones de primavera o lo que sea, pero esto es importante.

Necesitaré que me escuches.

Sí.

¡Y por primera vez es sobre mí!

¡Así que cierra tu puto Instagram! Desde aquí puedo oír los videos que estás viendo mientras hablamos.

Gracias… Dios.

Esa maña tuya es muy GROSERA.

Pero ya está. Te cuento.

Contacté a la médium de la que me habló Luisa y fue ICÓNICO.

No, es en serio, jaja. Me dio consejos absolutamente vitales.

En especial sobre cómo seguir adelante.

Con todo el drama pasado, presente y futuro de Abue.

Y esta señora iba en serio, man…

Tenía los cristales, los libros, las oraciones y todo. Además, es colombiana y hace todo desde su casa.

Lo que debió ser una señal de alerta para mí, sí. Personalmente.

Pero vi que tenía un póster de Beyoncé de fondo. Entonces me sentí lo suficientemente segura como para continuar. *Bien. No tiene estatuillas del Niño Dios. Tal vez no todos los colombianos quieren torturarme…*

Eh, no sé qué llevaba puesto, Mari. Estábamos hablando por FaceTime.

Parecía la típica supermamá de los suburbios de Miami.

Con el pelo liso e iluminaciones. Y probablemente también los *jeans* ajustados y los tenis de tacón.

¡Dios, no sé de qué marca! ¡¿Quieres dejar de preocuparte por su pinta y dejar que te cuente?!

Dios… Eres peor que Abue.

Ah, ¿y entonces ahora solo puedes hablar unos diez minutos? Súper.

No puedo creer que en Georgetown no te hayan enseñado que el tiempo es una invención.

Es un chiste, jaja. Cálmate. Sé que vas a GW. Es tan fácil molestarte.

Igual, no te preocupes. Esto será rápido.

Estoy probando esta cosa nueva llamada "tener voluntad", ¿okey?

Y sé que esto podrá ser medio nuevo para ti, conmigo, pero estoy aquí para responder a todas tus preguntas.

Porque ¿adivina qué, Mari?

La médium me dijo que la mayoría de los problemas "físicos"... podrían estar relacionados con algo "emocional"... que está guardado muy en el fondo y no se ha expresado.

Y como ya soy anémica y estoy envejeciendo, decidí que necesito quitarme peso de encima antes de que me derrita.

Sí. Y aunque es seguro que llegaremos a ese lugar... A la parte donde se hacen confesiones, quería contarte primero algunas cosas que dijo la médium.

Porque después de que me explicara su proceso, y me dijera que me haría algunas preguntas y que luego hablaría con mis "guías", me forzó a cuestionar todo por completo cuando dijo: "Y ya sé por qué estás aquí, Luciana. ¿Pero por qué CREES que me llamaste?".

Uff... ¿qué?

¡Obvio que estaba aterrada!

Pero después decidí seguirle la cuerda.

Porque la idea de que alguien pudiera decirme obje-tivamente qué hacer parecía un maldito alivio...

Okey, sí. Pero tiene varias capas.

Y le conté a la médium que recientemente me ha-bía enterado de algunas cosas sobre mi abuela... y quería saber si iba a estar bien.

Está enferma. Y está procesando muchas cosas. No se bien si es algo bueno o malo para ella. Y en este momento no puedo confiar en la opinión de nadie.

Pero en realidad también quería saber si yo iba a estar bien.

Si le pasaba algo a Abue.

Porque podía alistarme y prepararme todo lo nece-sario, pero no estaba segura de cómo me sentiría cuan-do de verdad llegara el momento.

Tengo miedo. De cómo se sentirá sin ella. Pero Abue no quiere hablar sobre la quimioterapia o el tratamiento con sus médicos. Y no he querido pensar en lo que pase después.

Entonces la médium recibió mis preguntas, cerró los ojos y dijo: "¿Es este estrés de Luciana, o es algo que le han puesto encima?".

Espera, ¿me estás hablando a mí?

No.

Obvio, en mi cabeza estaba como, Eeh... eso no fue lo que pregunté, jaja, pero bueno.

Y luego me empezó a explicar que todos mis "guías espirituales" estaban diciendo que ese algo me lo ha-bían "puesto encima". Y que nunca estuvo destinado a que yo lo "cargara".

Debió haberse abordado y resuelto hace mucho tiempo.

Entonces yo quedé como: Típico. Emoji de ojos en blanco. Todo el mundo proyecta mierdas de su pasado sobre mí. Bla, bla, bla. Nada nuevo. Ya sé de qué se trata.

Pero entonces la médium dijo: "NO, Luciana, Shhh. Esto es serio para tu cuerpo".

Y que con unos pocos pasos se podía corregir el rumbo y yo iba a estar bien.

¿Qué tendré que hacer ahora? ¿Matar a un dragón o algo así?

Solo escucha.

ENTONCES —y aquí es donde todo se vuelve un poco cucú, ten paciencia—: la médium empezó a "limpiarme", ¿puedes creer? Con su mente, a través de la pantalla rota de mi iPhone. Porque dijo que podía sentir… que todo me estaba afectando a "nivel celular".

Y luego las cosas se intensificaron bastante rápido.

El estrés de todo lo que pasó y que todavía continúa. Está provocando algo más que cólicos.

Dios… No te dije que tuviera cólico.

No sientes las consecuencias de todo, querida, porque tu cuerpo las está absorbiendo por ti. Pero si no lo ayudas y eliminas el control que algunas de estas cosas tienen sobre ti ahora, tu cuerpo sufrirá un daño grave.

Espera. ¿Es sobre mi colon irritable?

Pon atención. Así es como la gente termina con dolores y enfermedades. Pasa por cosas difíciles y después no encuentra un lugar donde situar esos sentimientos. Entonces su cuerpo lo

*absorbe todo. Y puedo ver que estás tan bloqueada, con tanto
miedo y estrés en tu interior, que tus células no se están regene-
rando adecuadamente. Están muriendo mucho más rápido de
lo que deberían, Luciana. Pero naciste con regalos tan hermosos… ¿Por qué te has puesto esas cadenas alrededor de los pies?*

¡¿Yo?! ¡me las pusieron los demás!

*Te hicieron daño, querida. Sí. Pero también los dejas de-
cidir las cosas por ti. Renuncias a tu voluntad demasiado rápido. Sé que estás enojada, pero tienes más opciones de las
que crees. Todo lo que necesitas ya está aquí, contigo. Tu paz
vendrá al saber eso.*

Vale, lo siento, pero estoy muy confundida.

Creo que ya sabes de lo que estoy hablando.

¡Te pregunté por mi abuela!

Y te estoy hablando de ti.

¡Uf, está bien! Pero si mi abuela está enferma, ¡no puedo
simplemente salir del clóset frente al resto del mundo! Es demasiado para mí al mismo tiempo.

*Luciana, querida. Siéntate. Echa los hombros hacia atrás.
Intenta averiguar cómo se siente eso. Deja que las cosas te res-
balen por una vez. Si no lo haces, tu alma y tu columna segui-
rán doblándose.*

Tengo escoliosis…

Estás al borde de un daño irreversible. ¿Qué vas a cambiar?

Dios. ¿Todas tus sesiones son así de agobiantes?

*Sí. Solo tenemos quince minutos. Ahora hablemos de tu
abuela.*

Así que decidí abrirme y contarle todo a la médium.
Sobre la salud de Abue. Y la historia de su vida.

Y sobre todos los otros ancestros monstruosos de nuestro linaje, de un lugar muy lejano.

En especial cómo casi la destruyen.

Y también entre ellos.

Señalando a todo y a todos excepto a sí mismos. Solo para sucumbir ante el peso de las presiones externas... como ratoncitos tristes en un laboratorio.

Y concluyendo todo aquí, conmigo, en este momento.

Veo... Es probable que el tumor de tu abuela se formara después del asesinato de su padre.

¡¿En serio?! *¿Por qué el universo está obsesionado con los hombres?*

Quiero que aprendas de esto, Luciana Domínguez. La mayoría de los seres humanos pasan toda la vida concentrados en otras personas. Pero tu abuela tuvo que soportar esta carga desde una edad temprana. Y nadie nunca creó el espacio para que ella se deshiciera de ésta. Entonces su tumor es por ese dolor... La mezcla de tristeza y rabia que nunca llegó a afrontar. Y si sigues resentida con tu madre o tu hermana y las utilizas como excusa para no vivir tu vida, irás por ese mismo camino.

Eeh... bien, pues prácticamente acaba de decir que lo siente, pero que la enfermedad de Abue se debe a su dolor no liberado.

Y a la injusticia de todo lo que le pasó.

Porque el cáncer es ciertamente de ella...

Pero otros lo han nutrido durante décadas.

Y, sinceramente, man, a estas alturas, lo creo, qué hijueputas.

¡¿Por qué no, Mari?!

¡Tiene mucho más sentido que cualquier otra cosa que haya oído!

Piensa en eso... ¿Por qué el karma, o Dios, o cualquier otro maldito poder desconocido que gobierna este universo decidiría darle a Abue un cáncer tan raro y agresivo, DESPUÉS de todo lo que tuvo que soportar?

¡Era solo una niña!

¡Que maltrataron unos adultos!

Que se suponía que tenían que PROTEGERLA.

¡¿No se supone que los buenos ganan al final?!

Solo si los buenos... se deshacen de lo que los malos les pusieron encima.

Aj. ¡Es tan injusto!

Cultivar nuestra alma es un trabajo difícil. Pero esta bien. Tu abuela tiene una idea.

Y... por cierto... También le creo a la médium porque Abue ha estado diciendo que ve a su papá en el armario. Jajaja.

¿Cómo así? ¿Su fantasma? ¿En la habitación que compartimos?

Sí. Sorpresa.

Nop. No tengo ni idea cómo.

Solo me dijo que está sentado ahí y la mira fijamente. *Entonces le dije que se fuera si no iba a decir nada.*

Yo estaba como: ¡Okey! ¿Pero qué tal si le PEDIMOS que no diga nada? *Me gustaría no tener que verlo ni oírlo...*

¿Por qué les tienes miedo a los espíritus, Luciana? ¿Acaso no has conocido a los tontos de esta tierra?

¡No es lo mismo! ¿Por qué está aquí?

No sé. Tal vez piensa que estoy cada vez más cerca de irme.

¡Eso no es verdad! No digas eso. No sabemos.

Entonces Abue terminó nuestra conversa sobre su padre fantasma con un: "Creo que estoy deprimida".

Obvio. Me has contado un montón de cosas "deprimentes".

¿Ves? ¡Por eso no las cuento!

No, está bien. Sentirse agotado significa que al fin enfrentaste algo. Es el primer paso para sentirse mejor.

Entonces le dije a la médium que era irónico que el tumor de Abue —que supuestamente surgió a partir de sus emociones no expresadas—, ahora la esté inspirando a hablar sobre sus sentimientos.

Pero ella dijo como: ¡Por supuesto! ¡Eso es lo que sucede! Si nos ignoramos a nosotros mismos durante el tiempo suficiente, nuestros cuerpos encuentran una forma de hacernos escuchar.

Mierda...

Entonces por culpa de ella estoy aquí sentada...

Contemplando la posibilidad de decirle a todo el mundo: ¡JÓDANSE! Ahora voy a ser gorda, gay y egoísta. ¡Solo porque no quiero lidiar con todo esto dentro de diez años!

Pues, a diferencia de Abue, yo SÍ tengo el espacio para expresar mis emociones.

Y, con suerte, deshacerme de algunas de estas cosas antes de que sea demasiado tarde.

Porque así nadie me lo dé, ¡yo puedo CREAR mi propio puto espacio!

¡¿Y me hace sentir como si me quisiera morir?!

¿El hecho de CONSIDERAR ser "vulnerable" con nuestra familia? Sí.

Pero, según la evidencia, también voy a morir si no lo considero. Entonces, vale huevo. Aquí voy.

Sí. ¿Estás lista?

Necesito hacerlo ya, mientras tengo adrenalina.

Okey. Bien.

Entonces, quería decir que ya no me importa tu total falta de interés en lo que le pasa a esta familia.

Especialmente a Abue.

Y así a ella no le importe, me ofendo completamente en su nombre.

Porque esperaba más de ti.

Mi hermana.

A quien amé y admiré toda mi vida.

Pero este año todo ha sido angustia tras angustia, y nunca estuviste aquí para ayudar a reponerme.

Y puedo respetar tus decisiones.

Claro.

Pero no voy a decir mentiras y decir que no me molestan.

Porque este año me has hecho mucho daño, Mari…

Y sé que estás en tu propio "camino" o lo que sea, haciendo las cosas nuevas que te gustan, pero a mí también me han pasado muchas cosas. Y SIEMPRE encontré una forma de incluirte.

¡No siempre llamaba solo para pedir un puto consejo!

Te llamaba porque TE AMO, MAN.

¡Y extrañaba a mi hermana!

Y DESESPERADAMENTE quería hacerte sentir que todavía formabas parte de esta familia... Sin importar lo aterrador o difícil que fuera, sin importar lo que estuviéramos pasando.

Pero tú... tú escogiste crear más distancia.

Y estoy cansada de permitir que esa decisión me baje el ánimo.

Luciana, ¿podría decirte una cosa más?

Aj. ¿Podré manejarla?

Te preocupas demasiado por los demás: por lo que saben o no saben. No regales más tu tiempo, cariño. ¡Concéntrate en ti! En lo que quieres hacer con tu día, o con el resto de tu vida. Saca de tu cabeza todos esos problemas de todas esas personas. La forma como ellas ven el mundo no depende de ti.

¡Pero viven conmigo! ¡Y me controlan!

No, están viviendo en ti. Y necesitas arrancarlas. O terminarás justo como tu abuela. Antes me preguntaste que quién gobierna este universo; la respuesta es: tú.

Ay, perfecto. Ahora suenas como mi mamá.

¡Tú misma me contaste! Ella te pidió que hicieras algo hermoso con tu vida. Algo que realmente te gustara. Y creo que una parte de ella sabe lo que eso significa. Solo te está animando a que te des ese permiso. De hacer lo que quieras, incluso si ella no lo entiende.

No. No hay cómo.

No tienes que cambiarla. Déjala ser quien es. Es eso lo que le pides a ella también.

¡Pero no es justo! ¡Le estoy pidiendo que deje a la gente vivir! Ella me está pidiendo que sufra. Y que me conforme.

Tiene miedo… Puedes tenerle lástima. Y aunque no tienes por qué aceptar ningún tipo de malos tratos, puedes darle algo de tiempo. Pero si quieres que te acepte, tendrás que dejar de acurrucarte en ese rincón. Muéstrale cuánto te amas.

¡Pero yo soy la que aquí tiene más miedo! ¿A ver? ¡Yo soy una puta niña!

Exactamente. ¡Y mira hasta dónde has llegado! Ahora eres mucho más fuerte que una niña, Luciana. Deja de cortarte las alas. Ve y muéstrale al mundo y a tu mamá que no tienes miedo. Ella también tuvo que hacer lo mismo, ¿no? ¿Cuándo dejó a su familia para venir a Estados Unidos? Tanto tu madre como tu abuela saben que el hecho de que hayas nacido en un grupo de personas no significa que tengas que dar tu vida por ellas. Y es algo que ambas tratan de enseñarte. Cada una a su manera.

Bueno, ha sido una lección bastante dura de aprender…

Aguanta. Ya casi llegas. Tu abuela… ella volverá a confiar en ti de alguna manera. Y no te va a gustar. Pero es lo que ella quiere.

No, Dios. ¿Cuándo?

Algo sobre su viaje. Cuando ella te diga, lo sabrás.

Aj.

Y tengo un mensaje más para ti. De su padre. Si estás dispuesta a oírlo. Es corto, pero esperó a que termináramos para venir.

¡¿QUÉ?!

Solo quiere darte las gracias. Por hacer lo que él nunca pudo.

19

Ubícate, por favor

—Mari… Hola.

Gracias por contestar.

Pero no podemos hablar de eso.

Esta vez no te llamo para pelear.

¿Estás… estás en tu habitación?

¿Sí? Bueno.

Mi mamá quería que yo te dijera esto.

Y lamento mucho lo que tengo que decir.

Porque, eh… Esta mañana fuimos al médico con Abue… pues queríamos saber si podían autorizarla para viajar. Para su viaje a Cocora.

Y su análisis de sangre no salió muy bien…

De hecho, peor que nunca.

Entonces le hicieron una resonancia magnética. Para saber por qué.

Y… lo siento, pero descubrieron que el tumor se comenzó a extender.

Sí.

Eso… eh… significa que tiene demasiada bilis. En la sangre. Y que el tumor probablemente está provocando más fugas.

Lo que no es bueno.

Porque, pues, nos dijeron la verdad.

Que sin una intervención inmediata o agresiva… lo más probable era que Abue no sobreviviera.

Lo sé.

Lo siento mucho.

Yo… ni siquiera puedo decirlo.

Pero oye, Mari. Escúchame. Podemos llorar por esto en otro momento.

Porque ahora, necesito que hagas lo que te diga, solo por esta vez. Tienes que PROMETERME que no le pedirás a Abue que cambie de opinión sobre la quimioterapia, ¿vale? Porque no habrá tratamiento.

O cualquier otro tipo de intervención de emergencia.

Abue no los quiere.

Y no puedo dejar que empeores su situación al pedírselo.

Sí, Mari… Fue muy difícil para ella aceptarlo.

Para todos nosotros.

Pero lo hacemos por ella.

Así que por favor. Deja tus sentimientos a un lado y respeta su decisión. Así no estés de acuerdo.

Sé que es mucha información. Lo siento. Pero no tenemos mucho tiempo. Abue sigue adelante con sus planes.

No. No hay espacio para ninguna conversación.

¿De verdad quieres que sus últimos meses estén llenos de peleas?

Ella se merece mucho más que eso...

¿Estás segura, Abue?

Sí.

Porque yo...

Sí.

Sabes que podríamos...

Luciana. Estoy segura.

¡YA ES DEMASIADO TARDE, MARI!

¡Debiste haber llamado hace seis meses!

Pero no llamaste. Y ahora estamos aquí.

Y necesitas aprender a vivir con eso.

Adelante, man... Grita todo lo que quieras.

Me mantengo firme. Y a Abue no le va a importar.

Hasta el Papa podría llamarla a preguntar por qué se va a subir a un avión cuando le quedan solo seis meses de vida... pero ella no lo va a escuchar.

¡Entonces deja de meterme otras ideas en la cabeza!

Esto ya fue bastante difícil de aceptar sin ti.

Abue se irá a su viaje y luego descansará.

Fin de la discusión.

Lo primero que me dijo esta mañana, cuando salimos del consultorio médico fue: Luciana, necesitas broncearte. Da vergüenza decir que eres colombiana.

Yo quedé como, eeeh... ¿Oíste lo que acaban de

decir los médicos? ¡Necesitas un nuevo HÍGADO!

¡No quiero el hígado sucio de nadie!

Okey, pero ¿por qué tienes que hacer ese viaje? Viajar ahora podría ser peligroso, Abue. ¿Qué pasa si no regresas? ¿Qué pasa si te pasa algo? ¿Qué pasa si tenemos que ir a buscar tu cuerpo en un mar de extraños en el maldito Aeropuerto Internacional de Miami?

¡No sería el peor lugar donde ha estado mi cuerpo!

Y te juro que se está poniendo amarilla otra vez.

Pero no lo va a admitir.

Porque no necesitaba ni que los médicos ni que la resonancia magnética de hoy le confirmaran lo que ya sabía: que durante todo este tiempo se había estado enfermando cada vez más. Y no decía nada.

¿Me estás jodiendo, Abue? ¿Cómo así que ya "sabías"? ¡¿Por qué no nos dijiste que te has estado sintiendo peor?!

¡Porque hubiera dado lo mismo! Todos hubieran empezado a actuar como locos sin pensar ¡Justo como estás ahora! No sirve de nada… Nunca me haré quimioterapia, Luciana. ¿Oíste? No me importa lo mal que esté. No voy a dejar que otro veneno me destruya.

¡Pero si te inyectas SILICONA!

¡Es diferente!

¿POR QUÉ?

Porque eso me ayuda a vivir.

Pero no te alteres por el hecho de que no dijera nada, Mari…

Yo ya pasé por eso.

Igual que con la quimio: discutir si ella sabía o no,

no tiene sentido.

Porque igual no va a cambiar la realidad con la que tenemos que lidiar hoy.

Y además las estadísticas eran una locura de todas formas, Mari.

Este tipo de tumores rara vez se pueden sacar...

Hasta las "historias de supervivencia" en el hospital eran como: "Hola. Soy Catalina. En los últimos dos años he tenido tres cirugías, veinte rondas de radiación, cuatrocientas resonancias magnéticas, más de setenta rondas de quimioterapia y MIL efectos secundarios. Pero TODAVÍA estoy aquí". Emoji que pica el ojo.

¡¿En qué tipo de dimensión diabólica quieres que viva Abue?!

¿Donde un pobre ser humano tiene que pasar por todo ESO solo para tener una oportunidad de vivir?

Sí. Abue era una luchadora excelente e incansable; en eso tienes razón.

Pero ahora quiere descansar.

No quiere pasar el resto de su vida preocupándose por si se pone amarilla o no, con una bolsa de ácido biliar pegada a la cintura.

Mari. Sé que es difícil...

Pero ahora imagínate tener que dormir junto a la posibilidad de esa imagen durante los últimos seis meses.

Aquí tus sentimientos no son mi prioridad.

Entonces, ¿podemos pelear por esto otro día? Ahora

quiero ir a estar con ella.

Sí. Me está esperando arriba.

Me hizo prometerle que esta noche "estudiaríamos juntas" para mis exámenes finales... Para que "por lo menos" me graduara y ella pudiera estar tranquila.

Yo sé.

Fue muy tierno.

Y obviamente ahora no me va a ir bien.

Es un chiste... ja.

Pero cuando la oportunista de mi mamá oyó eso, se despertó de su coma depresivo y dijo: Ah, ¿y qué pasa con el prom? ¿Vas a ir?

No, mamá, ¿qué putas?

No digas groserías, Luciana. Por favor. Estamos muy frágiles. ¿Pero por qué no? Te compré un vestido.

Porque mi abuela se está muriendo. Y no quiero ir con un man.

¡Pues ve sola! ¡O con Nico! Pero no sigas perdiéndote todas las cosas importantes de tu vida... Aprende de todo lo que pasa a tu alrededor... Aprovecha las cosas que puedes vivir. ¡A Mari le encantó su baile de graduación! ¡Llegó a las tres de la mañana!

Bueno, Mari era una perra, mamá.

LUCIANA.

Me tengo que ir. Llegó Nico. Vamos a drogarnos.

¡¿Qué carajos te está pasando?! ¡Ni se te ocurra salir de esta casa! ¡Necesitamos hablar de tu abuela! Necesito ayuda, no sé qué hacer.

¿Qué tal si por una vez sigues MI ejemplo y dejas que sea

ELLA quien decida?

¡Pero ya la has visto! Ella no está bien. No se puede con-
fiar en que tome este tipo de decisiones.

Ma. Te amo. Y lo siento. Pero creo que ya las tomó.

Mira, Abue ya tiene un pie en cada mundo. ¿Entiendes? Llegaste muy tarde.

Eeeh, ¿que cómo sé eso? Porque estoy todos los putos días con ella.

Por eso lo sé.

Luciana, creo que sé adónde me gustaría ir. Para intentar
todo esto otra vez.

Y… con su idea fija de este viaje al Valle del Cocora… Es lo más decidida y en paz que jamás la haya visto.

¿No es precioso, Nana? ¿El valle? ¿Con todo ese ver-
de? Incluso le pusieron el nombre de una princesa quimbaya,
¿sabes? ¿Te había contado? Su nombre significaba estrella de
agua, como estrella de mar. Lo leí en un libro cuando era jo-
ven. ¡Pero es verdad! Porque cuando estás ahí, se siente como
si estuvieras caminando bajo el agua. Con toda la neblina y
la bruma. Y si te acuestas en el suelo y miras para arriba, las
palmeras parecen algas que buscan el sol.

¡Eso suena increíble! Quiero ir.

No. Las estrellas de mar son recordatorios para que cuide-
mos de nosotros mismos… Primero, hacer una pausa y volver
a dejar crecer las partes del cuerpo. Cuando sea necesario. Las
monjas del colegio siempre nos decían eso.

¿Entonces? ¿Por qué no puedo ir y ser una estrella de mar?

Ay, Luciana. Mi niña. Ya eres una.

Y también dijo algo sobre ir a descansar y a

recuperarse.

Síp.

Del tumor.

Y de "todo lo demás".

Quiero sentarme sola en las montañas, Nana. Y dejar ir las cosas. Sabes que odio a la gente. En especial a la que conozco.

¡Pero no conocemos a nadie en Cocora! ¿Qué pasa si necesitas ayuda?

No la voy a necesitar. ¿Puedo contarte mi secreto?

Ah, sí... Yo definitivamente diría que se siente "bien" con su decisión.

Hasta me dijo que últimamente ve a su amiga Nela, jaja.

En un pajarito.

Revoloteando en las ventanas.

Que se miran a través del vidrio por las mañanas... y cantan.

Porque Abue dijo que se supone que nos quedamos por ahí después de morir.

Atando los cabos sueltos.

Que flotamos una y otra vez por todas partes visitando a otros. Y que cuando estamos listos, ascendemos.

Entonces le ha traído algo de paz pensar que Nela está cerca.

Porque si lo está, entonces tal vez la estaba esperando. Para tomar de la mano a Abue. Y cruzar al otro lado. Listas para comenzar su próxima vida juntas.

"En algún nuevo lugar".

He estado pensando en lo que dijiste, Nana. Sobre la reen-

carnación. Y me ha ayudado a sentirme bien con mi decisión...
Pero tú eres la única persona que no le tiene miedo a la muerte
en esta casa. Entonces no le puedes contar a nadie lo que
voy a decir. Porque en Cocora, Luciana, me voy a ir. Es lo
que quiero.

¡¿Ir a dónde?!

Quiero empezar otra vez. En algún lugar nuevo.

¿A vivir?

No. En algún lugar que no es en esta vida, mi niña. No
puedo pedirle a este cuerpo nada más... Mírame. Necesito
sentir alivio. Esta cosa me va a comer desde adentro. Y también a ti y a tu mamá. Pero te mereces más. Deberías tener la
opción de algo mejor. No de quedarte aquí sentada, perdiéndote la vida.

Pero no me estoy perdiendo la vida.

Sí. Sé cómo es eso.

Espera... Primero me dices que quieres ser una estrella de
mar en un valle vacío. Luego me dices que crees que tu amiga
es un pájaro. ¡¿Y ahora me estás diciendo que te quieres morir?! ¡¿Qué coños está pasando?! ¿Es porque me he relajado
con lo del tratamiento? ¡Estaba tratando de darte un poco de
espacio!

Nana. Escuché a los médicos y vi los exámenes. Sé que no
va a ser muy agradable.

¡Pero te vamos a ayudar! ¡Estaré ahí contigo todo el tiempo!

Eso es lo que no quiero... Porque me quedaría por ti...
sin problema. Tienes que saberlo. Pero no puedo luchar contra
esto sola como antes. Y no te dejaré esa pelea a ti. Entonces

me iré… y después intentaremos todo esto otra vez.

¡No! ¿Y qué pasa si llegaras a tener más tiempo?

No lo quiero, Nana. No, así no. No, no, aquí. No llores. Dame la mano. Es como me dijiste… Volveré y nos encontraremos. Solo tienes que buscarme.

Abue. Por favor.

Y tienes que prometerme. Con todo tu ser. Que no importa qué, cuándo o dónde, me encontrarás. Y me ayudarás a acordarme de ti.

20

No me mires así

—Ey…

Perdón que no había llamado hoy.

Todo se puso un poco caótico.

A Nico y a mí nos paró la policía esta mañana mientras llevábamos a Abue a mirar unas pelucas.

Sí.

Abue dijo que era una emergencia y que necesitaba pelucas nuevas para su viaje.

Necesitamos ir al centro comercial, Luciana. Ya mismo. Por favor dime que sabes dónde es.

Y obvio, se nos hizo tarde.

Debido a la policía estatal de Florida y su obsesión conmigo…

¡Aunque todavía no entiendo cómo UNA fuerza policial puede ponerme tantas multas en un mismo año!

Pero, por desgracia, es lo que es.

Soy su gallina de los huevos de oro.

Pues, la escena era sospechosa.

Nico y yo nos veíamos agotados. Oíamos Simple Plan a todo volumen. Teníamos coronas de plástico y la miniván estaba llena de tasas de café helado vacías.

Y Abu también se veía mal. Parecía una loca.

Todavía tenía puesta su piyama de satén rosado, porque esta mañana dijo que no se sentía lo suficientemente bien como para cambiarse.

¿Podrías al menos quitarte los rulos del pelo? ¿Por favor? Parece que te acabáramos de sacar del asilo.

No. Maneja más rápido. Mi pelo está por todo el suelo, Luciana. ¡No puedes dejarme morir así!

¡Shh! Nico está aquí…

¿Y? Él no me entiende.

Y todo hubiera estado bien, si yo hubiera parado del todo y no solo una "parada corta" en uno de los pares de Sheridan.

¡Que ni siquiera pude ver!

Entonces, ¿por qué es MI culpa que el condado no tenga dinero para señales de tránsito? Uno pensaría que con todas las multas que ya he pagado tendrían algo…

Y lo peor es que cuando el policía nos explicó lo que era una "parada corta", ¡ni podía creer que fuera una regla! *¿Es un chiste?*

Yo estaba como: ¿Es en serio, amigo? ¡MIRA a mi abuela! Ella está CLÍNICAMENTE ENFERMA. ¡¿Por qué nos molesta con esta mierda?!

Lo siento, señor agente. Tenemos un poco de afán. Mi abuela necesita ropa nueva… Ella no está bien.

Pero al policía no le importó.

Nos dijo como: Bien, de todas formas, hay niños que caminan por estas calles. Debe tener más cuidado. ¿Me muestra su licencia y registro?

Señor, yo soy uno de esos niños.

Y Abue también estuvo sonriendo y saludando todo el tiempo.

Haciendo que todo lo que dijera sonara como puras idioteces.

Como si no nos hubiera despertado a Nico y a mí hace unas cuantas horas —a toda mierda—, exigiendo que la ayudáramos en esta misión crucial.

¡Despiértense! ¡Tú, muchacho! Llévanos a las tiendas.

Eeh, Abue, ¿por qué no vamos más tarde? Creo que tú y yo deberíamos ir solas…

No, no hay tiempo. Necesito hacer unas compras.

Bueno, entonces tendrás que censurarte cuando estés cerca de Nico. Porque no le he contado nada. ¡Y ni siquiera sé si hablas en serio! ¡Estoy desubicada!

Y luego, justo cuando el policía se alejó, obvio Abue comenzó a gritar: ¡Te DiJe QuE bAjArAs La VeLoCiDaD, LuCIaNa!

¡Yo sé! Eso es lo que dije.

Pero no me pararon por exceso de velocidad, ¿sabes?

Manejabas esta miniván como un carro de carreras.

Estaba en una señal de pare.

Tú tienes licencia, ¿no? Me acuerdo de que tuve que llevarte a hacer el examen como DOS VECES porque no lo pasaste la primera vez.

Dios. Porque ME LLEVASTE TARDE.

Entonces Nico dijo: Eh, ¿quieren que les dé un minuto? ¿Por qué hay tanta tensión en el carro esta mañana? Jaja.

Pero no necesitábamos el intermedio.

Porque cuando el policía regresó, muy amablemente me puso una multa de ciento cincuenta dólares. Y, obviamente, a mí se me olvidó cómo respirar.

¡Está bien, Nana! No entres en pánico. Puedo pedirle plata a mi mamá para la multa o algo.

Y ya podía sentir las lágrimas calientes formándose detrás de mis ojos...

Aj. Gracias Nico. Pero no es eso.

Y sabes que una vez que empiezo a llorar, de verdad no sé cómo parar.

Tu abuela está aquí. Está a salvo.... Todos estamos bien.

Lo peor.

Porque cuando llegamos al centro comercial, Abue quería entrar a todas las tiendas por departamentos.

Sécate las lágrimas, Luciana. Tenemos mucho que hacer.

Todavía no entiendo ¿Es en serio? ¿De verdad vas a hacer esto? ¿Por qué no puedes esperar hasta que estés más enferma?

No. Tengo que irme ahora. No quiero estar aquí cuando llegue el momento de tu cumpleaños.

¿Mi cumpleaños? ¡Me importa un culo mi cumpleaños! Es como en dos meses.

¿Ves? ¡Ese es el problema! Mira lo que te he hecho... No puedes ver más allá. Y quiero que puedas crecer, Nana.

Afuera de este horrible túnel. Estaré a una llamada de distancia, por un tiempo.

Pero… ¿cuál es la logística aquí? ¡¿Con la reencarnación?! ¿Cómo sabré que eres tú?

He leído más sobre eso… Y, por desgracia, la mayoría de la gente empieza otra vez desde la niñez.

Ah, fantástico. ¿Ahora voy a tener que buscarte en la cara de cada niño de tres años?

No, mi niña. Simplemente sabrás. Y te dará más tiempo… para descubrir quién eres. Pero te dejaré mis aros, por si acaso. Puedes atraerme con ellos cuando estés lista. ¿Y, quien sabe? ¡Quizás hasta empieces a usarlos!

Esto no es un chiste para mí, Abue. Estás a punto de cambiarme la vida.

Yo sé. Deberíamos perforarte las orejas para celebrar, ¿no?

¡Para! Esto es real para mí.

Para mí también. Has pasado demasiado tiempo sin aretes. Es otra de las cosas que necesito tachar en mi lista.

Y cuando finalmente llegamos a la tienda de pelucas, en lugar de explorar (como dijo a los gritos por la mañana que tenía que hacer), Abue se pasó veinte minutos acosando a Nico porque debió haberse mostrado más "seguro de sí mismo" con el policía.

Estaba como: ¡CLARO que ese tipo te puso una multa! ¡Ustedes dos parecen como si vivieran en un basurero! Y ahora sabe que ustedes no son nadie porque ni siquiera trataron de sobornarlo, ¿qué pasó ahí?

Concéntrate en las pelucas, por favor. Ya he tenido suficiente contigo por un día.

¡No! ¡Dile a Nico que me escuche! No estaré aquí para siempre y ustedes dos deberían tomar nota. Porque sé ciertas cosas. Fui la cuarta mejor estudiante de mi curso en noveno grado. ¡Estaba a punto de ser la líder del coro cuando le dispararon a mi papá!

Nana, ella sabe que no puedo entenderle, ¿cierto?

Sí. Solo di que sí con la cabeza.

Ah. Y luego nos dijo explícitamente que no podíamos probarnos ninguna de las pelucas de pelo mono, porque era el color de pelo de la amante de su exesposo, y ella estaba demasiado débil para pensar en él en ese momento. Y tampoco es el color que le favorece a Luciana. No sean ridículos.

De todas formas, cuando Abue había comprado como seis pelucas negras diferentes, tuvimos que irnos de la tienda. Porque no podía parar de raparle las de pelo mono a la gente que estaba en la caja registradora y gritar: ¡No! ¡No puedes comprar esto! ¡Este no es el corte que te favorece!

Toma, dásela a mi nieta. Ella sabe qué hacer. Luciana, rápido, ve a botarla a la basura.

Entonces tuvimos que irnos antes de que seguridad la detuviera.

Lo que hubiera sido nuestro segundo encuentro con la autoridad hoy.

Abue, por el amor a Dios. Hazme el favor y deja de hablarle a la gente.

Estás de muy mal humor hoy. ¿Por qué no disfrutas esto conmigo? ¡Estoy feliz!

¡Porque es difícil! Y tienes que aceptarlo. No va a ser fácil para mí… Siento como si te estuvieras rindiendo. Como si ya nada importara.

Ay, Luciana. Ahora todo importa, mi niña. ¡Tienes toda la vida por delante!

Te amo. Mucho. Pero odio que quieras hacer esto.

Es porque te amo, y me amo también, que tengo que hacerlo. Lo que venga, vendrá. No tengo miedo de descubrirlo.

Pero ¿y si yo sí? ¿Si soy yo la que tiene miedo?

Nana. Mira mi cuerpo. Todo me duele tanto… que he estado perdiendo medio kilo por semana. No quieres que me quede así. Eso lo sé. Sería una tortura para las dos.

AJ. No sé. Pero así decida creerte, ¡no me voy a hacer un piercing en Claire's!

Después de la tienda de pelucas, Abue nos hizo parar en Ross, Dillard's Y JCPenney.

Lo que fue simplemente horrible.

Porque había todavía MÁS colombianos corriendo y gritando por todos lados. Con hordas de ropa en pilas hasta el techo.

Así que, siendo razonable, intenté proponer Kohl's —como la Suiza de los grandes almacenes—, pero Abue me rechazó diciendo: ¿Qué carajos se supone que debo comprar ahí? Todo es cómodo y largo.

Para mi funeral quiero un traje sexy, Luciana. No quiero denim reciclado.

Dios. Ya no más. Ya fue suficiente por hoy.

¡Por favor! ¡Es importante! Necesito estar vestida completamente de blanco. Cuando vean mi cuerpo. Quiero pantalones

nuevos de lino y una camisa blanca transparente. Con mi
sombrero blanco favorito y la boa de plumas. Que me cuelgue
del cuello hasta los dedos de los pies.

¡¿Cómo se supone que vamos a cerrar el ataúd con todo
eso?!

Tienes razón... Tendremos que mandarlo a hacer. Anó-
talo. Y prométeme que todos los que vayan se van a ver muy
bien, Luciana, ¿bueno? ¿Al menos te peinarás y te maquilla-
rás? Y dile a tu mamá que se ponga ese vestido amarillo que
me encanta. Pero Mari, eeh, creo que se verá muy bien con este
vestido con la espalda abierta que le voy a dejar. Tú se lo das.
Y tú puedes ponerte lo que quieras. Simplemente sin huecos
ni rotos, por favor. Eso es todo lo que pido. ¡Ah! Y necesitare-
mos flores en todas partes... ¡De todo tipo! Las quiero colgan-
do del techo y trepando por las paredes. Quizás incluso sobre
los asientos. Para reemplazar a los asistentes. Y un camino
grande de pétalos de rosa, que se extienda desde mi ataúd hasta
la puerta.

Creo que me voy a desmayar.

Pues no te desmayes. Todavía tenemos que ir a GUESS,
en el segundo piso.

¡No! ¿Cómo traeremos tu cuerpo, Abue? ¿Si vas a estar
en las montañas?

Te llamaré. Tu sabrás.

Y...

Perdón...

Porque sé que trae mala suerte hablar de eso.

Pero si Abue alguna vez tiene su funeral como quiere, creo que será como un video musical de Pitbull.

Sí. Un video que se filma en una fiesta donde todos van de blanco durante la semana de los yates en Miami.

Culos falsos, tetas falsas y todo lo demás.

De hecho, ¡ya sé!

Eh, nada… Solo un presentimiento.

Espera un segundo. Mi teléfono acaba de vibrar.

Y le dije a Abue que me avisara por texto cuando terminara su fisioterapia.

Espera…

AY, DIOS.

MARI…

AY-POR-DIOS.

YESSI, LA DE *LADIES' NIGHT* ACABA DE MANDARME UN *DM*.

Dios mío, no puedo respirar.

¿Lo abro? ¿Qué hago?

SÍ, EN INSTAGRAM. ¿QUÉ HAGO?

Eeeh… Creo que lo único que dice es "Me gusta tu nuevo corte".

Pero, joder, igual.

Significa todo para mí.

Pensé que ella ni siquiera sabía que yo existía…

Pues sí, nos seguimos. Pero ella sigue a todos los del bar. ¡Es una *bartender* coqueta! Igual que tú.

Espera. ¿Esto significa que Yessi, la bartender guapa conoce el nombre "Luciana Domínguez?". Voy a vomitar del estrés.

Dios. ¡Hasta me olvidé por un segundo de que Abue se estaba muriendo!

El amor es una droga muy loca…

Okey. Creo que ahora voy a ir a desmayarme. Y a inyectarme el *DM* de Yessi en las venas.

Mierda, no, no voy a responder. Primero tendré que pensar en esto durante SEMANAS.

¡Necesito despejar la cabeza, Mari! O perderé la oportunidad.

En este momento, hay demasiados buitres rondando por ahí…

Y lo digo literalmente.

Porque estoy acostada afuera en el pasto.

Sí, jaja. Creo que me acaba de caer popó y todo.

¿Sabías que los buitres en realidad son un signo de fuerza? ¿Ante la muerte?

Sí. Tenerlos alrededor no significa que te vas a morir. *Solo que algo se debe terminar.*

Eso me dijo la médium cuando yo los seguía llamando a ustedes malditos buitres, jaja.

¿Pero, sabes qué?

Antes, en la tienda de pelucas… Cuando Abue tenía puesta una gorra que le sujetaba el pelo… y con lo flaca y huesuda que se ha puesto… parecía un buitre bien cuidado.

Sí.

Como un buitre aterrador, pero glamoroso.

Sin embargo, no se le han caído las tetas ni un centímetro. Todavía se ven listas para la acción.

Y a su manera, supongo, contribuyen a su estética de buitre.

Pero la ciencia nunca ha funcionado de verdad con ella, ¿no? Tal vez es una extraterrestre...

O tal vez... la médium tiene razón.

Tal vez Abue es mi buitre personal, y está aquí para picotearme y picotearme hasta que me salga sangre.

Porque juro que siento como si estuviera perdiendo todos los órganos.

¿Qué?

Eh, no. Estoy bien, jaja. Lo siento.

Mi intención no era preocuparte.

Bueno, en realidad no estoy para nada "bien". Pero sabes a qué me refiero.

Estoy sentada en el patio.

Tratando de acordarme de cómo respirar.

Abue. Mírame. ¿Estás segura de que quieres hacer esto?

Sí. Al fin tengo la libertad. Y me estoy enfrentando a la verdad.

¿Pero por qué no? ¿Por qué ni siquiera PIENSAS en hacerte la quimioterapia? ¿No quieres más tiempo? ¿Para seguir haciendo todo lo que amas? ¿Todo lo que finalmente tienes la oportunidad de hacer? Si no luchas ahora, todos esos cabrones te habrán robado la mayor parte de la vida. ¿Por qué los dejas?

Porque no quiero pelear, Nana. Ese es el punto. ¿Quieres que insista y me enferme más, solo para fastidiar a otras personas? ¿Qué clase de vida es esa? Ya oíste a los médicos. Mis posibilidades no son buenas.

¡Pero no puedes simplemente IRTE y dejarte MORIR! No es así como funciona.

Voy a dejarme vivir.

NO. No está bien.

Mi dulce niña… ¿Podrías estar feliz por mí? ¿Puedes hacer que tu gran corazón y tu fortaleza lo entiendan? Quiero pensar que vas a sonreír. Cuando me vaya.

21

¿Todo bien?

—Holi. ¿Qué estás haciendo?

Oh. Guau.

¿Estás reservando tus vuelos para venir este verano desde ya?

¿Por qué?

¿No te queda como un mes de universidad o algo?

Pensé que estabas haciendo esa pasantía en la Casa Blanca, ¿no?

Entiendo, está bien. Vienes acá primero.

Bueno, lo máximo…

Y diferente.

Pero mira, sé que no hemos hablado tanto. Desde que expresé mis quejas y te maldije. Pero quería contarte sobre mi ensayo de la aplicación a la universidad, si tienes unos minutos…

No, no, Mari. Está bien. No tienes que disculparte.

Han pasado muchas cosas y yo tampoco quería hablar de eso.

Entonces, todo bien. Podemos hablar cuando estés aquí.

Ah, okey. Bueno, gracias por decir eso. Eso... significa mucho.

Y yo también lo siento... de hecho. Si fui demasiado dura.

Todavía estoy trabajando en mi forma de decir las cosas.

Sí, sé que lo sabes, jaja.

Pero bueno, *cool*... Gracias.

¡Y ya no más con este festival de sentimientos!

Tengo alergia.

Tenemos el RESTO de nuestra vida para eso.

Mejor hablemos de la próxima *Gran novela americana*: mi ensayo universitario.

Sí. Por fin lo terminé.

A pesar de, literalmente, todo.

Y no quiero echarme la mala suerte, pero creo que está bastante bien.

Lo entregas tres semanas tarde, Luciana.

Lo sé, señora Daniels. Lo siento mucho. Pero me tomó mucho tiempo encontrar el arco narrativo.

No, por ahora estamos en Broward College. Porque no pide puntajes de exámenes.

Pero puedo aplicar a Palm Beach hasta julio, y pronto también a Miami Dade, si hago el SAT cuando acabe el año escolar.

Y debido a las noticias recientes, mi mamá y mi papá estuvieron de acuerdo con todo.

Mi consejera universitaria fue la única que quería que ampliara mis horizontes.

¡Inténtalo, Luciana! La UIF. O el New College y Valencia. ¿Por qué no?

Porque Broward prácticamente tiene una tasa de aceptación del cien por ciento… Y no hay requisitos de prueba estandarizados. Está hecha para mí, básicamente ¿Y has visto mis notas? ¡Apenas voy a lograr pasar en Dade!

Está bien, puedes concentrarte en Broward. Pero está bien tener también otras opciones. ¡No te limites! ¡Eres una gran narradora! Nunca se sabe hasta dónde podrían llevarte este ensayo y los suplementos. La FIU tiene excelentes programas en psicología y justicia penal. Y New College en comunicaciones y trabajo social… Todas son carreras maravillosas en las que podría verte sobresalir. También puedes pensar en tomarte un tiempo y postularte luego a esas universidades para empezar en los cursos de primavera..

Señora Daniels, ¿TRABAJO SOCIAL?

¡Eres compasiva y buena para oír a los demás! ¿Qué tiene eso de malo?

No, no lo soy.

Luciana. ¿Has leído tu ensayo?

Pero, eh, antes de contarte oficialmente el tema, prométeme que no te vas a poner brava.

Bueno, bien. Porque eres casi la villana de la historia, jajaja.

¡No, no te enloquezcas! Escucha.

Y solo te cuento porque sé que mi mamá va a querer enmarcarlo y decir: ¡AY, MARI! MIRA. TU HERMANA ESTÁ OBSESIONADA CONTIGO.

Entonces, estoy aquí para decirte que no es verdad.

Porque te amo, pero no es por eso que lo escribí.

¡Lo escribí porque quiero estar obsesionada CONMIGO por una vez! Y tú eres la que me ayudó a darme cuenta.

Sí. Pues eres como... un ejemplo REALMENTE bueno de los que solo piensan en sí mismos.

Sin ofender.

¡Pero todo bien! Porque en lugar de ponerme brava, ¡al fin puedo dejarme inspirar por ti!

¿No te parece genial?

Exactamente. Me alegra que estés de acuerdo.

Y... por esa precisa razón, escribí sobre tener que esforzarme más este año. En el papel de hermana mayor.

Porque el primer año que te fuiste fue una mierda.

Porque me convertí en hija única.

Y este segundo año las cosas se pusieron todavía más difíciles. Porque de repente tuvimos que cuidar a Abue.

Tuve que descubrir cómo protegerla, señora Daniels. Como la protegería una hermana mayor.

Lo que fue verdaderamente difícil...

Pero me empujó a salir de mí misma. Y a ver las cosas de otra manera por primera vez.

Tuve que empezar a sentirme cómoda al tomar la iniciativa. Así eso molestara a la gente. En especial cuando mi abuela no podía hacerlo por sí misma.

Y resulta que defender a alguien más es mucho más fácil. Y hacerlo suficientes veces me ayudó a calentar los músculos.

Porque ver a Abue en su lucha me mostró las cosas que yo también perdía.

Me di cuenta de que ya no tenía que seguir rechazando el futuro. Solo porque tenía miedo de no encajar tal y como era. ¡De que el futuro podía ser emocionante! Si me permitía idear el correcto.

Y así, si mi persona favorita había decidido no vivir —y literalmente me refiero a vivir, físicamente—, solo para complacer a los demás, entonces yo también iba a dejar de hacerlo.

Porque al fin era capaz de más.

Sé que suena estúpido, señora Daniels. Pero de verdad sentí que podía hacer algo por mí misma... Por primera vez. Y como si de verdad pudiera HACER lo que mi mamá había querido y lograr algo significativo en mi vida. Porque ya no tenía que seguir ocultando quién era ni lo que quería. Y mi abuela... estaba usando su vida para mostrarme que yo podía vivir.

Eeeh, ¿tiene sentido?

Sí. Y no es tonto, Luciana. Es perfecto. Escríbelo.

Gracias, jaja. Me alegro de que te guste.

Estaba tan nerviosa por lo que fueras a decir.

¡Porque Mari! ¡Sigues siendo mi hermana mayor!

¡Todavía me importa lo que PIENSAS!

Y eres una escritora increíble... Lo que es demasiado injusto. Porque debí haberte maldecido DESPUÉS de que me ayudaras con este ensayo.

Pero, de todas formas.

Ah. Mmm.

Sí, tal vez tienes razón.

Si hubieras ayudado, el resultado no hubiera sido el mismo.

Lo que, supongo… ya no es tan malo.

Desde que… sí, Mari. Ya puedo tener mi "propia voz". Gracias por recordarme lo que dijo tu psicólogo.

¡Aunque ustedes, perras, me la dieran a la fuerza!

¿Tu psicólogo también abordó eso?

Es un chiste, es un chiste… No estoy tratando de pelear.

Solo que no puedo creer que sea una estudiante de último año. Esa parte sigue siendo una locura.

Yo sé. Me parece muy raro.

¡Me acuerdo de estar muy asustada al empezar la secundaria!

Sí, porque todos mis amigos dejaron de ser mis amigos el último día, jaja. Cuando se enteraron de que le había dado un beso de despedida a Catalina en el parqueadero. Antes de que sus papás la mandaran a otro colegio. *Lo sentimos, Luciana. Es solo que no queremos meternos en problemas.*

Y entonces uno de esos papás metidos llamó a mi mamá. *¿Sí oíste? Tu hija está besando chicas detrás del basurero.* Y ni siquiera yo había salido del clóset, entonces ella quedó inconsolable durante semanas.

En verdad que casi arruinó mi vida, esa gente…

Es triste…

No me lo merecía.

¡Me hicieron pensar que había matado a mi mamá, Mari! ¡En octavo grado!

¿Y ahora qué? Solo porque esas viejas vieron *Lindas mentirosas* y pensaban que Shay Mitchell era sexy, ¿ahora está bien ser gay?

No, no se me va a olvidar. Sus pasados crímenes de odio en la secundaria.

¡Aunque soy Géminis! ¡Y a veces perdono!

Pero no lo olvidaré…

Porque estoy cansada.

Y aprendí de la rabia de mi abuela.

Además, ahora estoy tratando de ser libre y sin restricciones. Para una máxima longevidad.

Y de todas formas ya me permití estar brava por eso una vez más… Mientras recordaba todos los momentos "que definieron" mi vida.

Tratando de decidir cuál escogía para mi ensayo universitario.

La señora Daniels estaba tan asustada, jaja.

Me decía como: ¡Luciana! ¡No! ¡Las universidades no quieren oírte hablar de cuando le pegaste a otra niña en el campamento de debate!

Sí. ¿Te acuerdas de eso? ¿El verano después de mi segundo año?

¿Cuando mi mamá me mandó al campamento de debate, porque mi actitud era del tamaño de Florida?

Pobre. Pensó que con eso me convertiría en una buena debatiente.

Pero en cambio, me convirtió en la mejor para decirles "váyanse a la mierda" a todos en el campamento.

¡No quiero ir, ma!

¿Por qué no? ¡Mari fue! Y eso la ayudó con la universidad.
Es gratis para todos los niños del distrito escolar: vas a ir.

De todos modos, lo único que hice durante esas cuatro semanas fue no ir al campamento y fumar cigarrillos
robados encima de la miniván en el parqueadero.

Como un puto cliché.

Como si hubiera un puto fotógrafo caminando por
ahí, esperando a tomarme una foto.

Listo para inmortalizar mi "buena onda" y mi dolor.

¿Que qué pensaba? Que una chica cualquiera se me
iba a acercar y me iba a decir: Guau, ¿tú TAMBIÉN
estás triste y eres gay? ¿Será que lo paramos todo y nos
BESAMOS ahora mismo?

Patético, jajaja.

No puedo creer que eso pasara hace solo dos años.
Alguien debería demandarme.

Y además fue un verano tan caliente...

No tenía por qué ponerme *jeans* anchos y sacos de
sudadera.

Pero lo único en lo que podía pensar era en incen-
diarme a mí o al carro.

Porque todo apestaba en ese momento.

Mi mamá estaba obsesionada con la dieta Whole30
y yo todavía me estaba recuperando del intento de salir
del clóset.

Pero no me ayudaste en nada.

Porque estabas concentrada en prepararte para ir a la universidad, y Abue estaba en un crucero con uno de sus novios de quién sabe dónde.

Además, todavía ni siquiera me habían recetado anticonceptivos. Para controlar la endometriosis. Entonces sentía tanto dolor en el cuerpo que me metía en una tina hirviendo todas las noches para tratar de quemar mis calambres y el colon irritable.

¿Y ahora me quieres mandar al CAMPAMENTO DE DEBATE?

Yo era un ángel, eso es lo que era.

Pero la pobre niña a la que golpeé no sabía nada de eso. Ella fue solo daño colateral.

Sin embargo, ella sí ERA una perra total.

Entonces no es que no se lo mereciera...

Le encantaba acercarse a mí siempre y decirme: ¿Por qué te vuelves a poner camiseta para otro torneo de debate? *Se supone que debes estar en vestido. ¿No tienes plata para comprar uno? ¿Y* qué onda con el delineador de ojos? Pareces Marilyn Manson.

NO QUERÍA ESTAR AQUÍ.

Y entonces, un día, me pilló de mal humor.

Mi mamá y yo nos habíamos peleado mucho esa mañana porque no me dejaba comer más de un banano. *Solo uno al día, Luciana. Dámelo. Si no, vas a consumir muchos gramos de azúcar.* Y mi cable auxiliar se acababa de romper, entonces solo podía oír mis CD de Go Radio. Que eran mucho más *emo* que cualquier otra cosa en mi Spotify.

Entonces, investida por el poder del Warped Tour de 2011, esa mañana, cuando esa niña del campamento de debate me arrinconó en el pasillo, cerré mi mano en un puñito que llevé directamente a su cara.

¡Qué coños! ¿Acabas de…?

Sí, Dios. Lo siento mucho. Puedes devolverme el golpe.

Y hubieras llorado de la risa, Mari…

Porque la niña bloqueó mi puño y luego me lo devolvió.

Los de seguridad nos estaban separando como un segundo después, pero ella sin duda estaba a punto de darme en la jeta.

Sin embargo, todavía tengo su mirada de sorpresa incrustada en la cabeza… Como si no pudiera creer que yo hubiera intentado pegarle.

Dios… Tenía tanta rabia ese verano.

Fue casi agradable.

¿Conoces ese sentimiento?

¿Cuando ya ha pasado lo peor que pudo haber pasado, y todavía estás viva, entonces caminas con el fuego que te adormece los poros?

Y eres tan estúpida.

Piensas que nada más puede hacerte daño.

De hecho, casi ruegas que algo trate de hacerte daño.

Aj. No importa, jaja. Probablemente no lo conozcas.

DE TODAS FORMAS, pensar en eso da un poco de vergüenza y es alarmante.

No quiero pensar en eso más.

Solo quiero sacudirme esa versión de mí misma y decir: ¿QUÉ ESTÁS HACIENDO? ¡Deja de esconderte ahí! ¡Diles a todos que se vayan a la mierda!

Y… no sé QUÉ haría si alguna vez tengo una hija o un hijo como yo…

Porque estaría aterrorizada.

O peor. ¿Qué pasa si salen raros?

¿O les gustan las tiendas Bass Pro o Longchamp o algo así?

Tienes razón… es verdad. Todo va a estar bien.

Porque me tendrán a mí. Y también nos tendrán a nosotras.

Entonces le contaré a mi hija o hijo raro, amante de las tiendas Bass Pro, sobre todas las personas que la o lo precedieron. *Su enfermizo compromiso religioso con las apariencias. Y su explotación de los demás. La vida asfixiante que vivieron, gracias a las expectativas que depositaron en sí mismos.*

Y cuánto deseaban que la gente las amara.

Porque, aunque todas tenían opciones, no estuvieron preparadas para afrontar el mundo solas.

Sí.

Creo que deberíamos recordarlas.

Sin arandelas ni fábulas.

Solo como personas que querían vivir.

Y, obvio, le contaré a mi hijo o hija sobre Abue.

El gran dolor y amor de mi vida.

Le contaré sobre lo fuerte que era y de qué se trató

todo.

Sobre lo que finalmente mandó su cuerpo bajo tierra.

Lo que dolerá, ¿sabes?

Porque de verdad quisiera que mis hijos pudieran conocerla… oír hablar de ella no les producirá el mismo efecto, jaja.

Tendré que decir como: ¡Lo siento, niños! ¡Tendrían que haber estado ahí!

Pero imagínense un toro. En el cuerpo de una mariposa.

Okey. Paremos aquí.

No quiero volver a llorar.

Le prometí a Abue que estaría feliz por ella y por su decisión…

Pero les mostraré a mis hijos sus fotos.

Y les contaré sus historias.

Sé que espera que las sepan llevar.

22

¿Y dónde aprendiste eso?

—Oye, creo que esta será mi última llamada por un tiempo.

Sí. Hasta que llegues.

Quiero un descanso.

Para estar menos en mi teléfono y más en el mundo.

Si lo puedes creer.

Y, de todas formas, solo quedan unas pocas semanas de clase.

Entonces quiero disfrutar.

Le prometí a Abue que aprovecharía mis últimos momentos de niñez.

¿Me lo juras, Luciana? ¿De verdad lo harás?

Sí.

Bien. ¡Diviértete entonces! Grita y corre por ahí. Actúa como si estuvieras viendo la luna y las estrellas en el cielo por primera vez… Vas a querer recordarlo.

¿Recordar qué?

¡La sensación de dejarlo salir! Confía en mí. Y espero que me pienses después. Arriba en las montañas. Mirándote desde arriba y sonriéndote.

Una frase que nunca pensamos que diría, yo sé.

Pero Abue me pidió que cerrara bien este capítulo. Entonces lo hago por ella.

Por cierto, ¿ya la llamaste?

Todas sus cosas están empacadas y listas.

Sí. Su vuelo sale mañana a primera hora.

Mi mamá y yo la vamos a llevar al aeropuerto y luego, cuando aterrice, Iván la recoge y la lleva a Cocora.

Ah, sí... Se puede decir que está emocionada.

No puedo esperar a estar en el valle, Nana. En perfecto silencio.

Es la única razón por la que no sigo llorando.

Porque su felicidad es como tan "presente"... que es difícil no verla.

Además, ya escogió todas sus pintas.

Entonces no se va a arrepentir.

¿Está demasiado corto este vestido, Nana? ¿O crees que está demasiado largo?

Además de sus cien sombreros, obvio.

¿Y estás segura de que este sombrero todavía combina con mi peluca?

Sí. Ambos son negros, ¿no?

¿Y? ¡¿Combina?!

Ha estado corriendo por todas partes como una colegiala la noche anterior al primer día de colegio.

Te ves hermosa, Abue. No te preocupes.

Creo que ahora hasta tiene como cinco putas maletas...

Le dije que Aduanas y Migración le iban a decir en el aeropuerto: Señora, ¿y cuál es exactamente el propósito de su viaje? Sabe que a donde va es campo, ¿cierto?

Sí. Lo sé muy bien.

Pero esto es bueno, está bien.

Tengo que decirme a mí misma que esto es bueno.

Que Abue quiera dejar esta tierra apostando en sí misma es romántico...

Como una carta de amor.

O un guiño final al Bad Bitch Incorporated.

Una marca, por así decirlo.

Sé que tengo que aceptar que ella solo tiene una configuración, que es toda esa actitud y el pelo negro azabache.

Nada más importa.

Probablemente ha estado despierta toda la noche pensando: ¿Qué haría Venus, la diosa romana de la belleza y el amor? ¿Se quedaría? ¡¿Qué haría Afrodita?!

Ah, y ahí va ahora... Nuestra reina mítica residente. Tirando más zapatos por toda la habitación para ver si le caben en la maleta.

A pesar de haber superado ya el límite de veintitrés kilos, jaja.

Mmm. Interesante.

Creo que acabo de escucharla decir la palabra *"sutilito"*.

Bien por ella.

Bueno, obviamente van a pasar muy bien con ella en ese avión. Tengo celos.

Y también me la imagino complicando la vida de todos en el aeropuerto... Haciendo que se desmayen con su perfume almizclado cuando pasa.

Es decir, lo tiene puesto ahora en la otra habitación y yo apenas puedo respirar...

Pero no sabrán lo bien que lo tienen.

O lo afortunados que son.

Al presenciar el espectáculo individual de Abue arrasando la terminal internacional.

¡Dolor! ¡Belleza! ¡Resiliencia! *¡Y silicona!* Todo en un solo paquete.

¡Solo por una noche, amigos! ¡El gran acto de desaparición de Emilia Molina!

Y es tan extraño pensar que toda esa gente podrá verla... Después de que nosotros le digamos adiós.

Que ella irá a existir fuera de aquí.

Sola en el mundo otra vez, después de décadas, por primera vez.

Tengo miedo, Abue, de estar aquí sin ti.

Todavía tenemos algo de tiempo, mi niña. No tenemos que decir adiós todavía.

Pero va a pasar. Ese día va a llegar.

Sí, y después volveré y nos encontraremos. Entonces escribe todas las cosas buenas. Querré escucharlas.

Aunque creo que Abue también está un poco preocupada...

Porque me va a dejar una lista de cosas por hacer mientras no está.

Para que no me enloquezca por completo.

Y la mujer no deja de sorprenderme. Porque el primer punto de su lista, ni idea por qué, es que me asegure de orinar cada dos horas.

Síp. Para que no desarrolle una "enfermedad de la vejiga".

Porque si sigues aguantándote, las ganas de orinar Luciana, te enfermarás.

Dios. ¿Has estado anotando mi horario de orinar?

Sí. Necesitas empezar a escuchar tu cuerpo. Deja de ignorar lo que necesita.

El segundo punto, obvio, es seguir revisando quién escribe en su muro de Facebook.

Esto no es sorpresa.

¿Por qué? ¿Afectaría tu decisión?

No. Pero es importante saber. A quién le importa todavía. Y no voy a tener Wi-Fi en el iPad, entonces me tienes que decir tú.

Y dijo que, si alguien de su "lista de preaprobados" publica algo, entonces puedo —y debo— responder. Pero solo con uno de los mensajes de "la plantilla" que va a dejar.

¿Y qué pasa si responden a ese mensaje?

Tú no respondes. O sabrán que no soy yo. Tú hablas como una gringa.

Pfff.

¡No, está bien! Ya te perdoné por eso.

Y, por último, pero no menos importante, el tercer punto de su lista es que por favor me asegure de aprender a delinear correctamente mis ojos en su ausencia. Porque se supone que debo parecer una "gatita sexual ardiente".

No es que adore al diablo.

Te lo he dicho mil veces, Luciana. Vamos. Trata otra vez. Coge el delineador y dibuja.

¡Pero no quiero!

Ay, por favor. Conozco a las de tu tipo. He visto la trayectoria. Sé que vas a querer hacer esto en el futuro.

¡¿De qué estás hablando?!

Tu papá me va a vender el carro, ¿bueno? Y luego te dará el dinero. Porque sé que te quieres ir de aquí. Para tomar un descanso y respirar un tiempo. Y como te dije, ¡diviértete! ¡Eres hermosa y tienes un corazón enorme! Deja de hacer que la gente se pierda eso. Crees que yo no sé cosas, pero sí sé.

Eeeh…. ¿gracias?

Porque yo sé, Nana. Yo sé. Y está bien. Creo que es bastante obvio, pero entiendo por qué no has dicho nada durante todo este tiempo. Sé que este mundo puede ser implacable… Quiero que sepas que te amo. Y que estoy orgullosa de todo lo que eres. Y nada en esta vida, ni en ninguna otra, podría cambiar eso. Ni siquiera los huecos de tu camisa… que ya acepté para seguir adelante.

¿Pero sabes lo que se me vino a la cabeza el otro día, Mari?

¿Cuando estaba pensando en despedirme?

Me estaba acordando de todas esas veces cuando las tres corríamos hacia la hiedra venenosa (o lo que fuera esa extraña versión mutante de ella) cuando Abue vino a Estados Unidos por primera vez. ¿Te acuerdas?

Sí, cuando nos quedamos atrapadas en la casa todo el día. Durante las vacaciones de verano. Y como no había nada más que hacer, Abue nos dijo que nos inventáramos un juego.

¡Ah! ¡Tenemos una idea! ¿Podemos ir a correr por el bosque para ver quién es la más rápida? ¿Por los árboles detrás del patio?

¿Y tu mamá las va a dejar hacer eso? ¿Es seguro?

Sí. ¡Solo tengo que vigilar a Luciana!

Y siempre pensé que era muy raro ver correr a Abue…

Porque nunca en mi vida había visto a una persona mayor moverse tan rápido.

Pero como era el juego secreto que jugábamos cada vez que mi mamá y mi papá estaban trabajando, parecía siempre como si entráramos en un mundo oculto especial. Cuando las tres desaparecíamos en el patio.

Todavía puedo olerlo también… ¿No es muy loco?

El aroma de nosotras tres ese verano.

Corriendo por el bosque y sudando nuestra ropa. Rodeadas de un montón de insectos y árboles… Sin saber cuándo nos iba a dar esa última picazón o el ardor del cansancio en el pecho.

Y la cálida sensación de querer llorar después.

Cada vez.

Pero la pobre Abue no sabía de qué huíamos ese verano.

Ella no sabía que estábamos tan aburridas, que estábamos dispuestas a sentir que nos quemábamos.

Corriendo entre la "hiedra venenosa" que habíamos descubierto un día, solo para ver quién podía salvarse de la irritación.

¡Veo una! Justo ahí, Nana. ¡En tu pie! ¡Gané!

¡Maldita sea! No es justo. ¡Ustedes son muy rápidas!

Y, de todas formas, tenía que verlas a ti y a Abue salir victoriosas e ilesas siempre, porque tú eras atleta y ella era de plástico. Y los aceites de las plantas nunca fueron lo suficientemente rápidos o fuertes para penetrarles la piel.

Pero nunca aprendí la lección, ¿no?

Igual siempre trataba…

Y una vez, cuando tú tenías nueve y yo siete, mi papá nos llevó en el carro a ese barrio para visitar nuestra antigua casa. Y cuando nos metimos a escondidas en el patio para jugar y tratar de correr hacia los árboles, descubrimos que el nuevo dueño lo había llenado de gallinas.

¡¿Qué es esto?!

Pero era demasiado tarde.

Porque íbamos tan rápido y estábamos tan emocionadas que cuando finalmente nos dimos cuenta, ya estábamos escalando la mitad de la cerca. *Ay, mierda. No, no, no.*

Entonces me dijiste que me apurara. Que subiera rápido y que no paráramos.

Pero tenía problemas para moverme. Porque sin querer había pisado una planta de hiedra mientras subía. *Aj. ¡Au!* Y yo gruñía y hacía ruidos, alertando sin querer a las gallinas de que estábamos cerca.

¿Qué te pasa? ¡No hagas ruido! Prepárate para correr.

Y entonces saltaste e igual te fuiste corriendo.

Suponías que yo iba siguiéndote muy cerca.

Y entonces me di cuenta… de que mi problema era mucho más grande que cualquier irritación. Porque si esas gallinas venían por nosotras, no podría correr.

Entonces comencé a gritarte en susurros que pararas, diciéndote que ya no quería jugar más y que el juego se había acabado. *Mari, por favor. No lo hagas.* Pero fue inútil. Porque ya habías llamado la atención del gallo.

Creo que probablemente esa fue la primera vez que dije "puta", jajaja.

Sí, cuando te alejaste corriendo de mí. Con los ojos que se te salían de la cara y gritabas: ¿Por qué?, ¿carajos?, ¿no?, ¿corres? El Gran Gallo Bravo se acerca.

¡Luciana, CORRE! ¡No sé qué va a hacer esa cosa!

Sin embargo, yo TODAVÍA no te decía la verdad. Como una idiota hambrienta de poder.

Porque había visto una pequeña ampolla formándose en la parte posterior de tu pierna, lo que significaba que, por primera vez, en lo que a todos concernía, yo estaba ganando.

SÍ.

Y juro que un ángel debió haber estado cuidándome ese día.

Porque la única razón por la que esa decisión estúpida no me salió mal… fue porque ese gallo rabioso me pasó corriendo, no sé cómo. Con la mirada fija en ti.

Y le tuvo piedad a mi cuerpecito, todo irritado y ampollado. Tirado en el suelo por el dolor.

¿Dios? ¿Estoy viva?

Creo que todavía estaba en posición fetal cuando me desperté del desmayo y me di cuenta de que igual iba a tener que levantarme y correr para asegurarme de que el gallo no te lastimara.

¡Mari, espera! ¡Ya voy!

Porque me acuerdo de pensar como: ¿Es en serio, Universo? ¿Decido que me den una paliza y tú bombeas oxígeno dentro de mis pulmones?

Como: No. Óyeme bien, perra. ¿Tú? Tú vas a correr.

No vamos a morir hoy aquí.

Okey. Un pie delante del otro, Luciana. Tú puedes.

Sin embargo, es una lástima que nadie haya creído esa historia.

Es una buena historia.

Porque, Mari… ¿Por qué carajos habría gallinas en un conjunto residencial?

¡Las pobres probablemente estaban llenas de drogas!

Como todo lo demás por aquí.

Atrapadas en cuerpos confusos y pequeños que funcionan mal. Tratando de liberarse y huir.

Casi como Abue…

Entonces, ¿cómo va a pasar? ¿Cuando ya estés cansada?

¿Quién? ¿Yo? No tendré que hacer nada. Cuando esté lista para irme, me iré y ya. Mi cuerpo sabrá que ya no más.

¿Pero, cómo?

Solo sé que así va a ser, Nana. Sé por qué estoy aguantando. Sé lo que me ha mantenido aquí todo este tiempo.

¿La lotería de Florida?

No, mi niña. Contigo ya he ganado.

Entonces también sabes que te voy a llamar todos los días, ¿cierto? ¿Y que te voy a molestar hasta los confines de esta tierra?

Sí. Por eso me llevo el teléfono.

Y hablando del rey de Roma, aquí está.

La propia reina liberada del gallinero.

Tirándome más zapatos para ver si puedo hacerlos caber en la maleta, jajaja.

¡Luciana!

Creo que me tengo que ir, Mari. Hablamos más tarde.

¡Luciana!

¿Me prometes que la llamarás hoy?

¿Antes de que se suba al avión?

Bien. Gracias.

Y también llámala más largo esta vez… Si puedes.

Creo que la hará feliz.

¡Deja de hablar de mí en tu puto teléfono!

Ay-dios-mío. ¿Oíste eso?

¿Por qué siempre cree que soy yo?

Exacto. ¡TÚ me llamaste a preguntar!

¡Yo no estoy sentada todo el tiempo haciendo informes sobre su vida por diversión!

Ah, y ahora me oyó. La hice poner brava.

Ahora se está alejando y mirándome con una sonrisa.

Como si estuviéramos oyendo la misma canción y ya fuera a llegar la parte buena.

Acuérdate: siempre estaré cerca. Cuando estés lista, solo tienes que buscarme.

¿Qué pasa si no puedo encontrarte, Abue? ¿Qué pasa si no me reconoces?

¿Tú y yo? Sí que nos encontraremos.

¿Cómo estás tan segura?

Mi Nana. Ya nos encontramos aquí una vez.

Sí. Creo que voy a ir a darle un abrazo.

Así ella lo odie.

Así el afecto le haga pensar que me estoy muriendo.

Quizás una parte de mí lo esté.

Agradecimientos

Quiero agradecerle a mucha gente, así que ténganme paciencia. Cuando era niña, era muy extrovertida y forcé la amistad sobre muchos individuos modestos.

Primero, gracias a mi agente, Mariah Stovall, por ser absolutamente intrépida y mi persona favorita para hablar de cualquier tema relacionado con libros. Todavía me pellizco para ver si existes. Y gracias al maravilloso equipo de Trellis Literary Management, por todo lo que hace incansablemente y con tanta pasión. Gracias especialmente a Allison Malecha y Khalid McCalla. Y a Sara Langham, de David Higham Associates y Jason Richman, de UTA, por creer en la vida de *Oye* más allá de este libro.

Gracias a mi fabulosa e incansable editora, Clio Seraphim. Cuyo cerebro capta cosas con las que yo ni siquiera podría soñar. Pero lo que es más importante, por acoger a este libro como si fuera un hijo propio.

Y un sincero agradecimiento a David Ebersho y al resto del increíble equipo de Hogarth y Random House: Ralph Fowler, Donna Cheng, Andrea Pura, Carrie Neill, Maria Braeckel, Jordan Hill Forney, Windy Dorrestyn, Andy Ward y Rachel Rokicki. Gracias por darle una oportunidad a Abue y a Luciana. Cuento mis estrellas cada noche por haber tenido la suerte de aterrizar en manos tan brillantes y comprensivas. Gracias a Jillian Buckley, también conocida como la madre biológica de este libro, por cambiar mi escritura y mi vida con una letra. Y por luchar por mí. Gracias a Evan Camfield y a Bonnie Thompson, quienes tuvieron que corregir este libro, lo que seguro no fue fácil, pero lo hicieron con tanta atención y cuidado. Y gracias a Alan Berry Rhys por crear nuestra espectacular y perfecta portada.

Gracias a mi madre, Claudia Obregón, por empujarme a seguir mis sueños y a no rendirme nunca. Gracias a mis hermanos Esteban y Alejandro (¡y Manu!), las dos personas más valiosas de mi vida, por mostrarme que siempre hay un camino mejor y más iluminado. Y gracias a mi papá, Michael Mogollón, por su corazón de oro y por sostener la represa con la espalda, que nos sostiene a todos. Los amo infinitamente. Gracias por apoyar siempre mis ideas y sueños locos. Y por nunca preguntar qué coño es lo que estoy haciendo.

Gracias profundamente al resto de mi familia: mis tías, tíos, primas, primos, mascotas, maestros y amigos. Sin ustedes, no habría un yo. Especialmente a Tía Kathy, Tía Tere y Tía Andrea. Y a todos mis primos y primas, que no puedo nombrar aquí porque nunca acabaría. Pero sepan que me gustaría nombrarlos. Manu, el más joven, espero que algún día puedas leer esto y reírte. Pero por ahora, sigue patinando en tu uniforme de Barbie.

Un gran agradecimiento al equipo local por estar ahí desde el primer día: Soleil Tacher, Valeria Dubovoy, Tomas Barron, Lottie Bertello, Krystal Succar, Sylvanna Bruna, Margarita Hernandez, Adrian Geilen y Victoria Torres. Los amo, chicos. Los amo más allá de las palabras.

Lágrimas interminables de gratitud y abrazos para mi aquelarre: Lauren Hill (¡y Erica Hill!), Dallas Hill y Jyotsna (Joy) Dhar. No puedo insistir lo suficiente en cuántas veces ustedes tres me sacaron del hoyo más profundo.

Gracias a mi rincón de Los Ángeles, que me ha mantenido a salvo, alimentada y llena de alegría sin límites: Pipo Valencia, Gina Mehta, Victoria Walls, Breani Williams, Arielle Ford, Alex Ford, Sam Gabbard, Chasidy Lowe y Jessy Morner-Ritt.

A mi parche de Iowa, que me ha moldeado a mí y a mis escritos tan profundamente, y que me amaba a pesar de quién era cuando tenía veintidós años: Eliana Ramage, Emily Dauer, Andrew Smyth, Yvonne Cha, Keenan Walsh, Jade Jones, Ralph Washington, Benjamin Krusling, Julianne Neely, Tameka Cage Conley, Afabwaje Kurian, Alyssa Asquith, Van Choojitarom, Ambar Aragon, De'Shawn Charles Winslow, Micah

Bateman, Danielle Wheeler, Daniel Khalastchi y Stephen Lovely. Todavía no puedo creer que tuvieran que interactuar conmigo en 2017. Lo siento mucho.

Gracias especiales a Kiley Reid, Dawnie Walton, Monica West, Regina Porter y Margot Livesey. No solo por ser mis primeras lectoras, sino por ser cinco de las personas más talentosas y hermosas que he conocido. Por dentro y por fuera. Gracias por creer siempre en mí y por toda una vida de amistad.

Gracias a mis profesores de Iowa V. V. "Sugi" Ganeshananthan, Lan Samantha Chang y Ayana Mathis por compartir sus mentes invaluables y su sabiduría. Gracias al Taller de Escritores de Iowa por brindarme dos de los mejores años de mi vida, aunque no lo supiera en ese momento. Y gracias, un millón de veces, al fondo Robert Schulze para escritores de la Universidad de Iowa. Por brindarme los recursos que necesitaba para iniciar esta novela. Y ahora, gracias al St. George's School, mi lugar favorito en el mundo, por ayudarme a completarlo. Y darme mi hogar. Específicamente, a Beezie Bickford, por ser un ángel en mi vida. Y a Kim Bullock, por mostrarme cada día cómo debo vivir exactamente.

Gracias también a todos mis estudiantes cercanos y lejanos, desde el Breakthrough Ft. Lauderdale en Pine Crest, al Higher Achievement Ward 6 en D.C., a mis estudiantes del dormitorio del St. George, de inglés y del centro de escritura, así como a mis estudiantes de escritura creativa de la Universidad de Iowa y a mis campistas del Iowa Young Writers' Studio. Gracias. Aprender junto a ustedes ha sido el viaje de una vida.

Un enorme agradecimiento a mis profesores: Irene Zingg, mi profesora de literatura en español de la secundaria, y Nancy Sollitto, mi profesora de historia de la secundaria. Ustedes dos cambiaron mi vida. Gracias, gracias, gracias. Y un GRACIAS absoluto a la señora O'Brien, que me tuvo la paciencia necesaria mientras aprendía inglés en primaria. Y a todos los profesores, que acogen a cada alumno con amabilidad y compasión.

Gracias a Doris Zinke y a Meghan Sepe (¡y a los perros!) por crear la mejor familia de barrio que una niña podría pedir. Gracias a todos los padres, compañeros y familia de mis amigos. Y a los amigos de mi familia, pareja y padres. De verdad. Todos ustedes me han brindado múltiples hogares en varios rincones del mundo. No puedo creer que tenga la suerte de conocer personas tan increíbles, excepcionales y de tan buen corazón. Un reconocimiento especial a Doug y a Melissa Landau; a Sara, Joseph y Sydney Tacher; a Natalia D. Novoa y a Bobby Novoa; a Mario, Alex y Nina Dubovoy; a Aldo y Lottie Bertello; a Rosa De Los Santos; a Michelle Profit; a Stacy Torres; a David y Trish Hill; a Kathryn y Greg Hill; a Cecilia y Juan Succar; y a Donna y Henri Ford.

A mis bebés GW, quienes me brindaron la mejor experiencia universitaria del planeta: Joy Bullock, Taina Mejia, Ashlynn Profit, Chelsea Iorlano, Marcela Torres-Cervantes, Kathya Saaverda, Olivia Martinez, Rodrigo Restrepo, Ambar Mesa, Lizzie Kubo Kirschenbaum, Sahara Lake, Margaret Kurtz, Dan Grover, Eric Darnell, Elwood Taylor, Alexa Yacker, Maryah Greene, Ryan Carey-Mahoney, Yessenia González, Tina Pierre, Marcia McMurry, Adriana Segal, Anne Hall y Paula Caruselle Heller. Gracias por crear mi personalidad, jajaja. Y por infundirme tanto amor que hasta el día de hoy sigo sintiendo que estaba viviendo una especie de sueño celestial febril. Todo su amor y aliento me han marcado y definido. Gracias desde el fondo de mi corazón. Y gracias a mis profesores de ese entonces, que alimentaron muchas de las cosas buenas que me esfuerzo por encarnar hoy: David McAleavey, Jane Shore, Fred Pollack, Patrick Henry, Emma Snyder y la Dra. Imani Cheers. Gracias por apoyarme cuando sueños como este eran solo una semilla.

Gracias a mi difunto mentor, Hache Carrillo. Sin Hache, este libro y mis escritos casi ni existirían. Me sacó del camino de idiota en el que estaba durante mi segundo año de universidad y me enseñó sobre ficción. Le debo el mundo. Y ninguna de sus invaluables lecciones tuvo nada que ver con su identidad. Hache, espero que descanses en paz. Te admiraré en cada vida, incluso en la multitud de vidas que has creado en esta de aquí.

Gracias a Florida. Mi lugar desquiciado y mágico. Te amo. Y siento mucho lo que está pasando. Pero confía en que no nos rendiremos. El Sur también es para la gente de color y los maricas.

Y gracias a Colombia. Por todo. A veces sí me provoca ser Melissa Mogollón Obregón. Perdón por perder tanto de mi español. Gracias a Suad Y., Isa G., Isa M., Vito M., Cata N., Mariana T., Vale S., Valen M., Naty H., Lisette A., Ana Caro G., Pau A., y Laly B. Las pienso, siempre.

Y obviamente, gracias a la chica más linda del mundo, Vanessa Rodríguez. Por ser tierna, feroz, generosa, talentosa y divertida, y por estar a mi lado en cada paso de este camino. Te amo, *baby*. Gracias por querer hacer la vida conmigo (y gracias a Maryan y a Álvaro por crear a mi persona favorita.)

Por último, gracias a mi abuela, Alba. ¿Qué más queda por decir? Te amo y eres mi cosa favorita en la que pensar. Me siento la persona más afortunada del mundo por ser tu nieta. Espero que estés feliz y bailando donde estés. Te adoro.

(Dora, si alguna vez desarrollas cualidades humanas y puedes leer esto, debes saber que moriría por ti, ¿vale? Sé que no puedes vivir para siempre, pero gracias por darme los mejores siete años de mi vida. Gracias por seguirme por todas las ciudades, carreteras y estados y por nunca dejar de estar a mi lado. Por protegerme y nutrirme, y por hacerme reír hasta orinarme. Gracias a todos los refugios de animales en todo el mundo por darnos a nuestros mejores amigos. Especialmente al ACT Now! Rescue en St. Louis, Missouri, por salvar a mi hija y entregármela. No hay mejor compañera de escritura que una perra de carretera.)